致童年的每一场聚散

电影剧照版

Qingtong & Kuihua

曹文轩 著

青铜葵花

作家出版社

图书在版编目（CIP）数据

青铜葵花 / 曹文轩著. -- 北京：作家出版社，2025.6
ISBN 978-7-5212-2778-9

Ⅰ.①青… Ⅱ.①曹… Ⅲ.①长篇小说 - 中国 - 当代
Ⅳ.①I247.5

中国国家版本馆CIP数据核字（2024）第072694号

青铜葵花

作　　者：曹文轩
责任编辑：邢宝丹　桑　桑
营销编辑：韩　歌
封 面 图：李劲陞
装帧设计：孙惟静
出版发行：作家出版社有限公司
社　　址：北京农展馆南里10号　　邮　　编：100125
电话传真：86-10-65067186（发行中心）
　　　　　86-10-65004079（总编室）
E-mail:zuojia@zuojia.net.cn
http://www.zuojiachubanshe.com
印　　刷：河北品睿印刷有限公司
成品尺寸：145×210
字　　数：200千
印　　张：10
印　　数：001-20000
版　　次：2025年6月第1版
印　　次：2025年6月第1次印刷
ISBN　978-7-5212-2778-9
定　　价：39.80元

Qingtong & Kuihua

青铜葵花

Qingtong & Kuihua

青铜葵花

青铜葵花

Qingtong & Kuihua ▶

▶❚❚

青铜葵花

▶❚❚

青铜葵花

Qingtong & Kuihua ▶

Qingtong & Kuihua ▶

青铜葵花

Qingtong & Kuihua ▶

▶ ‖

青铜葵花

青铜葵花

Qingtong & Kuihua ▶

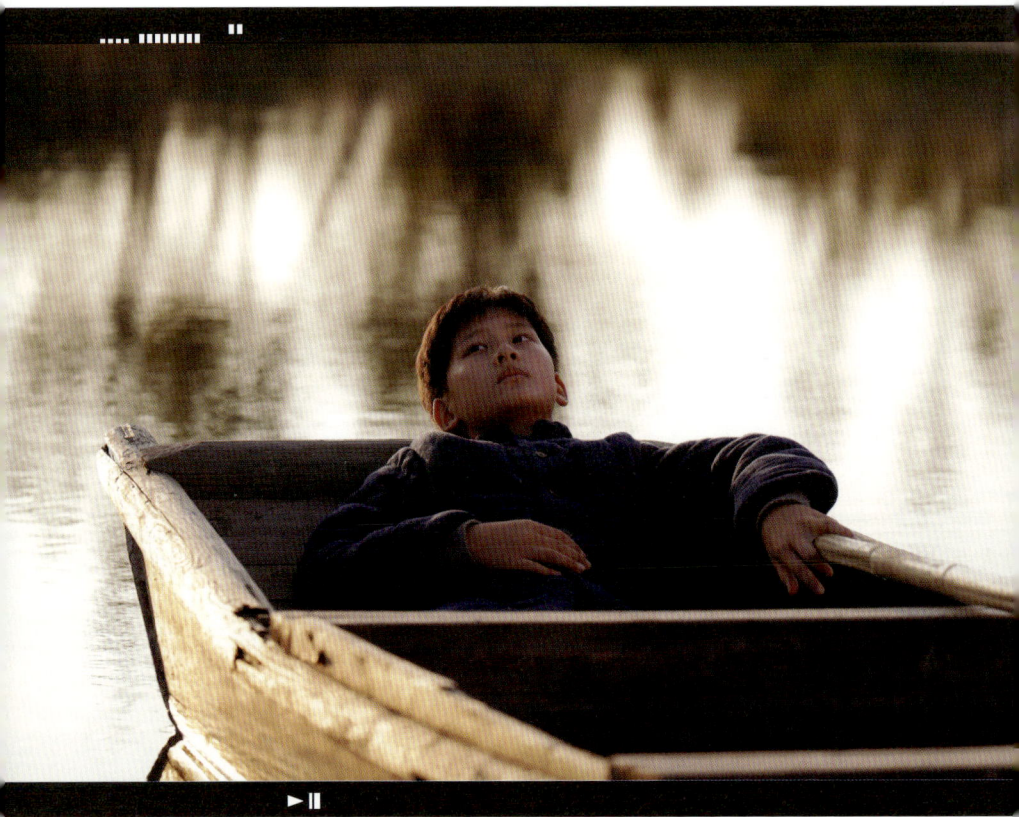

▶Ⅱ

青铜葵花

目 录

Contents

青 铜 葵 花

青铜葵花

第 **1** 章

小 木 船

1

七岁女孩葵花走向大河边时，雨季已经结束，多日不见的阳光，正像清澈的流水一样，哗啦啦漫泻于天空。一直低垂而阴沉的天空，忽然飘飘然，扶摇直上，变得高远而明亮。

草是潮湿的，花是潮湿的，风车是潮湿的，房屋是潮湿的，牛是潮湿的，鸟是潮湿的……世界万物都是潮湿的。

葵花穿过潮湿的空气，不一会儿，从头到脚都潮湿了。她的头发本来就不浓密，潮湿后，薄薄地粘在头皮上，人显得更清瘦，而那张有点儿苍白的小脸，却因为潮湿，倒显得比往日要有生气。

一路的草，叶叶挂着水珠。她的裤管很快就被打湿了。路很泥泞，她的鞋几次被粘住后，索性脱下，一手抓了一只，光着脚丫子，走在凉丝丝的烂泥里。

经过一棵枫树下，正有一阵轻风吹过，摇落许多水珠，有几颗落进她的脖子里，她一激灵，不禁缩起脖子，然后仰起面孔，朝头上的枝叶望去，只见那叶子，一片片皆被连日的雨水洗得一尘不染，油亮亮的，让人心里很喜欢。

不远处的大河，正用流水声吸引着她。

她离开那棵枫树，向河边跑去。

她几乎天天要跑到大河边，因为河那边有一个村庄。那个村庄有一个很好听的名字：大麦地。

大河这边，就葵花一个孩子。

葵花很孤独，是那种一只鸟拥有万里天空而却看不见另外任何一只鸟的孤独。这只鸟在空阔的天空下飞翔着，只听见翅膀划过气流时发出的寂寞声。苍苍茫茫，无边无际。各种形状的云彩，浮动在它的四周。有时，天空干脆光光溜溜，没有一丝痕迹，像巨大的青石板。实在寂寞时，它偶尔会鸣叫一声，但这鸣叫声，直衬得天空更加空阔，它的心更加孤寂。

大河这边，原是一望无际的芦苇，现在也还是一望无际的芦苇。

那年的春天，一群白鹭受了惊动，从安静了无数个世纪的芦苇丛中呼啦啦飞起，然后在芦荡的上空盘旋，直盘旋到大麦地的上空，嘎嘎鸣叫，仿佛在告诉大麦地人什么。它们没有再从它们飞起的地方落下去，因为那里有人——许多人。

许多陌生人，他们一个个看上去，与大麦地人有明显的区别。

他们是城里人。他们要在这里盖房子、开荒种地、挖塘养鱼。

他们唱着歌，唱着城里人唱的歌，用城里的唱法唱。歌声嘹亮，唱得大麦地人一个个竖起耳朵来听。

几个月过去，七八排青砖红瓦的房子，鲜鲜亮亮地出现在了芦荡里。

不久竖起一根高高的旗杆，那天早晨，一面红旗升上天空，犹如一团火，静静地燃烧在芦荡的上空。

这些人与大麦地人似乎有联系，似乎又没有联系，像另外一个品种的鸟群，不知从什么地方落脚到这里。他们用陌生而好奇的目光看大麦地人，大麦地人也用陌生而好奇的目光看他们。

他们有自己的活动范围，有自己的话，有自己的活，干什么都有自己的一套。白天干活，夜晚开会。都到深夜了，大麦地人还能远远地看到这里依然亮着灯光。四周一片黑暗，这些灯光星星点点，像江上、海上的渔火，很神秘。

这是一个相对独立的世界。

不久，大麦地的人对它就有了称呼：五七干校。

后来，他们就"干校干校"地叫着："你们家那群鸭子，游到干校那边了。""你家的牛，吃了人家干校的庄稼，被人家扣了。""干校鱼塘里的鱼，已长到斤把重了。""今晚上，干校放电影。"……

那时，在这片方圆三百里的芦荡地区，有好几所干校。

那些人，都来自一些大城市。有些大城市甚至离这里很远。也不全都是干部，还有作家、艺术家。他们主要是劳动。

大麦地人对什么叫干校、为什么要有干校，一知半解。他们不想弄明白，也弄不明白。这些人的到来，似乎并没有给大麦地带来什么不利的东西，倒使大麦地的生活变得有意思了。干校的人，有时到大麦地来走一走，孩子们见了，就纷纷跑过来，或站在巷子里傻呆呆地看着，或跟着这些人。人家回头朝他们笑笑，他们就会忽地躲到草垛后面或大树后面。干校的人觉得大麦地的孩子很有趣，也很可爱，就招招手，让他们过来。胆大的就走出来，走上前去。干校的人，就会伸出手，抚摸一下这个孩子的脑袋。有时，干校的人还会从口袋里掏出糖果来。那是大城市里的糖果，有很好看的糖纸。孩子们吃完糖，舍不得将这些糖纸扔掉，抹平了，宝贝似的夹在课本里。干校的人，有时还会从大麦地买走瓜果、蔬菜或是咸鸭蛋什么的。大麦地的人，也去河那边转转，看看那边的人繁殖鱼苗。大麦地四周到处是水，有水就有鱼。大麦地人不缺鱼。他们当然不会想起去繁殖鱼苗。他们也不会繁殖。可是这些文文静静的城里人，却会繁殖鱼苗。他们给鱼打针，打了针的鱼就很兴奋，在水池里撒欢一般闹腾。雄鱼和雌鱼纠缠在一起，弄得水池里浪花飞溅。等它们安静下来了，他们用网将雌鱼捉住。那雌鱼已一肚子的子，肚皮圆鼓鼓的。他们就用手轻轻地捋它的肚子。那雌鱼好像肚子胀得受不了了，觉得捋得很舒服，就乖乖地由他们捋去。捋出的鱼子放到一个翻着浪花的大水缸里。先是无数亮晶晶的白点，在浪花里翻腾着翻腾着，就变成了无数亮晶晶的黑点。过了几天，那亮晶晶的黑点，就变成了一尾一尾的小小的鱼苗。这景象让大麦地的大人小孩看得目瞪口呆。

在大麦地人的心目中，干校的人是一些懂魔法的人。

干校让大麦地的孩子们感到好奇，还因为干校有一个小女孩。

他们全都知道她的名字：葵花。

2

这是一个乡下女孩的名字。大麦地的孩子们不能理解：一个城里的女孩，怎么起了一个乡下女孩才会起的名字？

这是一个长得干干净净的女孩。这是一个文静而瘦弱的女孩。

这个女孩没有妈妈。她妈妈两年前得病死了。爸爸要到干校，只好将她带在身边，一同从城市来到大麦地。除了爸爸，她甚至没有一个亲戚，因为她的父母都是孤儿。爸爸无论走到哪儿，都得将她带在身边。

葵花还小，她不会去想象未来会有什么命运在等待着她、她与对岸的大麦地又会发生什么联系。

刚来的那些日子，她对周围的一切都充满了新鲜感。

好大一个芦苇荡啊！

好像全部世界就是一个芦苇荡。

她个子矮，看不到远处，就张开双臂，要求爸爸将她抱起来。爸爸弯腰将她抱起，举得高高的："看看，有边吗？"

一眼望不到边。

那是初夏，芦苇已经长出长剑一般的叶子，满眼的绿。爸爸曾经带她去看过大海。她现在见到了另一片大海，一片翻动着绿色波涛的大海。这片大海散发着好闻的清香。她在城里吃过由芦苇叶裹的粽子，她记得这种清香。但那清香只是淡淡的，哪里比得上她现在所闻到的。清香带着水的湿气，包裹着她，她用鼻子用力嗅着。

"有边吗?"

她摇摇头。

起风了，芦苇荡好像忽然变成了战场，成千上万的武士，挥舞着绿色的长剑，在天空下有板有眼地劈杀起来，四下里发出沙啦沙啦的声音。

一群水鸟惊恐地飞上了天空。

葵花害怕了，双手搂紧了爸爸的脖子。

大芦苇荡，既吸引着葵花，也使她感到莫名的恐惧。她总是一步不离地跟随着爸爸，生怕自己被芦苇荡吃掉似的，特别是大风天，四周的芦苇波涛汹涌地涌向天边，又从天边涌向干校时，她就会用手死死地抓住爸爸的手或是他的衣角，两只乌黑的眼睛，满是紧张。

然而，爸爸不能总陪着她。爸爸到这里，是劳动的，并且要从事繁重的体力劳动。爸爸要割芦苇，要与很多人一起，将苇地变成良田，变成一方方鱼塘。天蒙蒙亮，芦苇荡里就会响起起床的号声。那时，葵花还在梦中。爸爸知道，当她醒来看不到他时，她一定会害怕，一定会哭泣。但，爸爸又舍不得将她从睡梦中叫醒。爸爸会用因劳动而变得粗糙的手，轻轻抚摸着她细嫩而温暖的面颊，然后叹息一声，拿着工具，轻轻将门关上，在朦胧的曙色中，一边在心里惦着女儿，一边与很多人一起，走向工地。晚上收工，常常已是月光洒满芦荡时。在这整整一天的时间里，葵花只能独自走动。她去鱼塘边看鱼，去食堂看炊事员烧饭，从这一排房子走到另一排房子。大部分的门都锁着，偶尔有几扇门开着——或许是有人生病了，或许是有人干活的地点就在干校的院子里。那时，她就会走到门口，朝里张望着。也许，屋里会有一个无力却又亲切的声音招呼她："葵花，进来吧。"葵花站在门口，摇摇头。站了一阵，她又走向另外的地方。

有人看到，葵花常常在与一朵金黄的野菊花说话，在与一只落在树上的乌鸦说话，在与叶子上几只美丽的瓢虫说话……

晚上，昏暗的灯光下，当爸爸终于与她会合时，爸爸的心里会感到酸溜溜的。一起吃完晚饭后，爸爸又常常不得不将她一人撇在屋子里——他要去开会。总是开会。葵花搞不明白，这些大人白天都累了一天了，晚上为什么还要开会。如果不去开会，爸爸就会与她睡在一起，让她枕在他的胳膊上，给她讲故事。那时，屋子外面，要么是寂静无声，要么就是芦苇被风所吹，沙沙作响。离开爸爸，已经一天了，她会情不自禁地往爸爸身上贴去。爸爸就会不时地用力搂抱一下她，这使她感到十分惬意。熄了灯，父女俩说着话，这是一天里最温馨美好的时光。

然而，过不一会儿，疲倦就会沉重地袭来，爸爸含糊了几句，终于不敌疲倦，打着呼噜睡着了，而那时的葵花，还在等着爸爸将故事讲下去。这是一个乖巧的女孩。她不生爸爸的气，就那样骨碌着眼睛，安静地枕在爸爸的胳膊上，闻着他身上的汗味，等着瞌睡虫向她飞来。在这个等待的过程中，她会伸出小手，在爸爸胡子拉碴的脸上轻轻抚摸着。

远处，隐隐约约地有狗叫，似乎是从大河对岸的大麦地传来的，又像是从远处的油麻地或是更远处的稻香渡传来的。

日子就这样一天一天地流淌着。

接下来的日子里，葵花最喜欢的一个去处就是大河边。

一天的时间里，她将大部分时间用在了对大麦地村的眺望上。

大麦地是一个很大的村庄，四周也是芦苇。

炊烟、牛鸣狗叫、欢乐的号子声……所有这一切，对小姑娘葵花而言，都有不可抵挡的魅力，尤其是孩子们的身影与他们的欢笑声，更使她着迷。

那是一个欢乐的、没有孤独与寂寞的世界。

大河，一条不见头尾的大河。流水不知从哪里流过来，也不知流向哪里去。昼夜流淌，水清得发蓝。两岸都是芦苇，它们护送着流水，由西向东，一路流去。流水的哗哗声与芦苇的沙沙声，仿佛是在情意绵绵地絮语。流水在芦苇间流动着，一副耳鬓厮磨的样子。但最终还是流走了——前面的流走了，后面的又流来了，没完没了。芦苇被流水所摇动，颤抖的叶子，仿佛被水调皮地胳肢了。天天、月月、年年，水与芦苇就这样互不厌烦地嬉闹着。

葵花很喜欢这条大河。

她望着它，看它的流动，看它的波纹与浪花，看它将几只野鸭或是几片树叶带走，看大小不一的船在它的胸膛上驶过，看中午的阳光将它染成金色，看傍晚的夕阳将它染成胭脂色，看无穷多的雨点落在它上面，溅起点点银色的水花，看鱼从它的绿波中跃起，在蓝色的天空，画出一道优美的弧，然后跌落下去……

河那边是大麦地。

葵花坐在大河边的一棵老榆树下，静静地眺望着。

过路的船上，有人看到那么一条长长的岸上，坐了一个小小的女孩，心里就会觉得天太大了，地太大了，太大的天与太大的地之间太空了……

3

葵花走到了大河边。

大麦地像一艘巨大的船，停泊在对岸的芦苇丛里。

她看到了高高的草垛，它们像小山，东一座西一座。她看到了楝树。楝树正在开放着淡蓝色的小花。她看不清花，只能看见一团团的淡蓝色，它们像云轻轻笼罩在树冠上。她看见了炊烟，乳白色的炊烟，东一家西一家的炊烟，或浓或淡飘入天空，仿佛寂寞，汇合在了一起，在芦苇上飘动着。

狗在村巷里跑着。

一只公鸡飞到了桑树上，打着鸣。

到处是孩子们咯咯的笑声。

葵花想见到大麦地。

老榆树上拴着一条小船。葵花一到河边时，就已经看到它。它在水面上轻轻晃动着，仿佛是要让葵花注意到它。

葵花的眼睛不再看大河与大麦地，只看船。心中长出一个念头，就像潮湿的土地上长出一根小草。小草在春风里摇摆着，一个劲儿地在长，在长。一个念头占满了葵花的心：我要上船，我要去大麦地！

她不敢，可又那么地渴望。

她回头看了看被远远抛在身后的干校，然后紧张但又很兴奋地向小船靠拢过去。

没有码头，只有陡峭但也不算特别陡峭的堤坡。她不知道是面朝大河还是面朝堤坡滑溜到水边。踌躇了一阵，最后选择了面朝堤坡。她用双手抓住岸上的草，试探着将双脚蹬到坡上。坡上也长着草，她想：我可以抓着草，一点儿一点儿地滑溜到水边。她的动作很慢，但还算顺利，不一会儿，她的脑袋就低于河岸了。

有船从河面上行过，船上的人见到这番情景，有点儿担忧。但只是远远地望着，一边在心里担忧着，一边任由船随风漂去。

她慢慢滑溜到堤坡中间地方，这时，她已浑身是汗。流水哗哗，就在脚下。她害怕了，一双小手死死揪住堤坡上的草。

一只帆船行过来，掌舵的人看到一个孩子像一只壁虎一般贴在堤坡上，不禁大声地喊道："谁家的孩子？"又想，别惊动了她，就不敢喊第二声了，心悬悬地看着，直到看不见这个孩子，心还是悬悬的。

大河那边，一只水牛在哞哞地叫，像城里工厂拉响的汽笛。

就在此时，葵花脚下的浮土松动了，她急速向下滑动着。她用手不停地抓着草，但那些草都是长在浮土里的，被她连根拔了起来。她闭起双眼，心里充满恐惧。

但她很快觉得自己的身体在堤坡上停住了——她的脚踩

到了一棵长在堤坡上的矮树。她趴在堤坡上半天不敢动弹。脚下的水流声，明显地变大了。她仰头看了看岸，岸已高高在上。她不知道是爬上去还是继续滑下去。她只想看到这时岸上出现一个人，最好是爸爸。她将脸伏在草丛中，一动也不动。她在心里想着爸爸。

太阳升高了，她觉得后背上暖烘烘的。

轻风沿着堤坡的斜面刮过来，在她的耳边响着，像轻轻的流水声。

她开始唱歌。这首歌不是她从城里带来的，而是她向大河那边的女孩们学得的。那天，她坐在岸上，就听见对面芦苇丛里有女孩在唱歌。她觉得那歌很好听。她想看到她们，但却看不到——她们被芦苇挡着。偶尔，她会看到她们的身影在芦苇之间的空隙间闪动一下。一闪而过，红色的，或是绿色的衣服。她们好像在剥芦苇叶。不一会儿，她就将这首歌记住了。她在这边，她们在那边。她在嘴里与她们一起唱着。

她又唱起来，声音颤颤抖抖的：

粽子香，
香厨房。
艾叶香，
香满堂。
桃枝插在大门上，

出门一望麦儿黄。

这儿端阳，

那儿端阳……

声音很小，都被潮湿的泥土吸走了。

她还是想上船，想去大麦地。她又试探着向下滑溜，不一会儿，她的双脚就踩在了松软的河滩上。一转身，就已经在水边。她向前走了几步，正有水漫上来，将她的双脚漫了，一股清凉爬满了她的全身，她不禁吐了一下舌头。

小船在有节奏地晃动着。

她爬上了小船。她不再急着去大麦地了，她要在小船上坐一会儿。多好啊！她坐在船舱的横梁上，随着小船的晃动，心里美滋滋的。

大麦地在呼唤着她，大麦地一辈子都在呼唤着她。

她要驾船去大麦地，而直到这时，她才发现这小船上既没有竹篙也没有桨。她不禁抬头看了一眼缆绳：它结结实实地拴在老榆树上。她吐了一口气：幸亏缆绳还拴着，要是先解了缆绳，这只小船就不知道要漂到什么地方去了！

今天去不了大麦地了。望望对岸，再望望这只没有竹篙与桨的空船，她心里一阵惋惜。她只能坐在船上，无可奈何地看着大麦地上空的炊烟，听着从村巷里传来的孩子们的吵闹声。

却不知是什么时候，葵花觉得船似乎在漂动。她一惊，抬头一看，那缆绳不知什么时候从老榆树上散开了，小船已漂离岸边好几丈远，那缆绳像一条细长的尾巴，拖在小船的后头。

她紧紧张张地跑到船的尾部，毫无意义地收着缆绳。终于知道毫无意义后，她手一松，缆绳又掉入水中，不一会儿，又变成了一条细长的尾巴。

这时，她看到岸上站着一个男孩。

一个十一二岁的男孩。他正朝葵花坏坏地笑着。日后，葵花知道了他的名字：嘎鱼。

嘎鱼是大麦地的，他家祖祖辈辈养鸭。

葵花看到，一群鸭子，正像潮水一般，从芦苇丛里涌出，涌到了嘎鱼的脚下，拍着翅膀，嘎嘎嘎地叫成一片，一时间，景象好不热闹。

她想问他：你为什么解了缆绳？但她没有问，只是无助地望着他。

她的目光没有得到嘎鱼的回应，倒让他更加开心地咯咯咯地笑着。在他的笑声中，他率领的成百上千只鸭，沿着堤坡，摇摇晃晃，跌跌撞撞地下河了，它们中间聪明的，就拍着翅膀，直接飞入河里，激起一团团水花。

雨后的大河，水既满又急，小船横着漂在水面上。

葵花望着嘎鱼，哭了。

嘎鱼双腿交叉着站在那里，双手交叉着，放在赶鸭用的铲子的长柄的柄端，再将下巴放在手背上，用舌头不住地舔着干焦的嘴唇，无动于衷地看着小船与葵花。

倒是鸭子们心眼好，朝小船急速地游去。

嘎鱼见了，用小铁铲挖了一块泥，双手抓着近一丈长的长柄，往空中一挥，身子一仰，再向前一倾，奋力一掷，那泥块不偏不倚地砸在了最前面一只鸭子的面前，那鸭子一惊，赶紧掉转头，拍着翅膀，嘎嘎一阵惊叫，向相反的方向游去，跟着后头的，也都呼啦啦掉转头去。

葵花向四周张望，不见一个人影，哭出了声。

嘎鱼转身走进芦苇丛，从里面拖出一根长长的竹篙。这竹篙大概是船的主人怕人将他的船撑走而藏在芦苇丛里的。嘎鱼朝小船追过来，做出要将竹篙扔给葵花的样子。

葵花泪眼蒙眬，感激地看着他。

嘎鱼追到距离小船最近的地方时，从岸上滑溜到河滩上。他走进水中，将竹篙放在水面，用手轻轻往前一送，竹篙的另一头几乎碰到小船了。

葵花见了，趴在船帮上，伸出手去够竹篙。

就当葵花的手马上就要抓到竹篙时，嘎鱼一笑，将竹篙又轻轻抽了回来。

葵花空着手，望着嘎鱼，水珠从她的指尖一滴一滴地滴落在水里。

嘎鱼装出一定要将竹篙交到葵花手中的样子，拿着竹篙跟着小船走在浅水里。

嘎鱼选择了一个恰当的距离，再一次将竹篙推向小船。

葵花趴在船帮上，再一次伸出手去。

接下来的时间里，每当葵花的手就要抓到竹篙时，嘎鱼就将竹篙往回一抽——也不狠抽，只抽到葵花的手就要碰到却又碰不到的样子。而当葵花不再去抓竹篙时，嘎鱼却又将竹篙推了过来——一直推到竹篙的那端几乎就要碰到小船的位置上。

葵花一直在哭。

嘎鱼做出一副非常真诚地要将竹篙递到葵花手中的样子。

葵花再一次相信了。她看到竹篙推过来时，最大限度地将身子倾斜过去，企图一把抓住它。

嘎鱼猛一抽竹篙，葵花差一点儿跌落在水中。

嘎鱼望着被他一次又一次地戏弄的葵花，大声笑起来。

葵花坐在船舱的横梁上哭出了声。

嘎鱼看到鸭子们已经游远了，收回竹篙，然后用它的一端抵着河滩，脚蹬堤坡，将竹篙当着攀缘物，三下两下地就爬到了岸上。他最后看了一眼葵花，拔起竹篙，然后将它重又扔进芦苇丛里，头也不回地追他的鸭群去了……

4

小船横在河上，向东一个劲儿地漂去。

葵花眼中的老榆树，变得越来越小了。干校的红瓦房也渐渐消失在千株万株的芦苇后面。她害怕到没有害怕的感觉了，只是坐在船上，无声地流着眼泪。眼前，是一片朦朦胧胧的绿色——那绿色像水从天空泻了下来。

水面忽然变得阔荡，烟雾蒙蒙的。

"还要漂多远呢?"葵花想。

偶尔会有一艘船行过。那时，葵花呆呆的，没有站起来向人家一个劲儿地挥手或呼喊，却依然坐着，弧度很小地向人家摆摆手，人家以为这孩子在大河上漂船玩耍，也就不太在意，疑惑着，继续赶路。

葵花哭着，小声地呼唤着爸爸。

一只白色的鸟，从芦苇丛里飞起，孤独地飞到水面上。它好像感觉到了什么，就在离小船不远的地方，低空飞翔着，速度很缓慢。

葵花看到了它的一对长翅，看到了它胸脯上的细毛被河上的风纷纷掀起，看到了它细长的脖子、金黄的嘴巴和一双金红色的爪子。

它的脑袋不时地歪一下，用褐色的眼睛看着她。

船在水上漂，鸟在空中飞。天地间，一派无底的安静与寂寞。

后来，这只鸟竟然落在了船头上。

好大的一只鸟，一双长脚，形象很孤傲。

葵花不哭了，望着它。她并不惊讶，好像早就认识它。一个女孩，一只鸟，在空阔的天底下，无言相望，谁也不去惊动谁。只有大河纯净的流水声。

鸟还要赶路，不能总陪着她。它优雅地点了一下头，一拍翅膀，斜着身体，向南飞去了。葵花目送它远去后，掉头向东望去：大水茫茫。

她觉得自己应该哭，就又哭了起来。

不远处的草滩上，有个男孩在放牛。牛在吃草，男孩在割草。他已经注意到从水上漂来的小船，不再割草，抓着镰刀，站在草丛里，静静地眺望着。

葵花也已经看到了牛与男孩。虽然她还不能看清那个男孩的面孔，但她心里无理由地涌起一股亲切，并在心中升起希望。她站了起来，无声望着他。

河上的风，掀动着男孩一头蓬乱的黑发。他的一双聪慧的眼睛，在不时奔拉下来的黑发里，乌亮地闪烁着。当小船越来越近时，他的心也一点儿一点儿地紧张起来。

那头长有一对长长犄角的牛，停止了吃草，与它的主人一起，望着小船与女孩。

男孩第一眼看到小船时，就已经知道发生了什么。随着小船的离近，他从地上捡起牛绳，牵着牛，慢慢地往水边走去。

葵花不再哭泣，泪痕已经被风吹干，她觉得脸紧绷绷的。

男孩抓住牛脊背上的长毛，突然跳起，一下子就骑到了牛背上。

他俯视着大河、小船与女孩，而女孩只能仰视着他。那时，蓝色的天空衬托着他，一团团的白云，在他的背后涌动着。她看不清他的眼睛，却觉得那双眼睛特别地亮，像夜晚天空的星星。

葵花从心里认定，这个男孩一定会救助她。她既没有向他呼救，也没有向他做出任何求救的动作，只是站在船上，用让人怜爱的目光，很专注地看着他。

男孩用手用力拍了一下牛的屁股，牛便听话地走入水中。

葵花看着。看着看着，牛与男孩一点儿一点儿地矮了下来。不一会儿，牛的身体就完全地沉没在了河水里，只露出耳朵、鼻孔、眼睛与一线脊背。男孩抓着缰绳，骑在牛背上，裤子浸泡在了水中。

船与牛在靠拢，男孩与女孩在接近。

男孩的眼睛出奇地大，出奇地亮。葵花一辈子都会记住这双眼睛。

当牛已靠近小船时，牛扇动着两只大耳朵，激起一片水花，直溅了葵花一脸。她立即眯起双眼，并用手挡住了脸。等她将手从脸上挪开再睁开双眼时，男孩已经骑着牛到了船的尾巴，并且一弯腰，动作极其机敏地抓住了在水里漂荡着的缆绳。

小船微微一颤，停止了漂流。

男孩将缆绳拴在了牛的犄角上，回头看了一眼葵花，示意她坐好，然后轻轻拍打了几下牛的脑袋，牛便驮着他，拉着小船朝漂来的方向游去。

葵花乖巧地坐在船的横梁上。她只能看到男孩的后背与他的后脑勺——那是圆溜溜、十分匀称的后脑勺。男孩的背挺得直直的，一副很有力量的样子。

水从牛的脑袋两侧流过，流到脊背上，被男孩的屁股分开后，又在男孩的屁股后汇拢在一起，然后滑过牛的尾部，与小船轻轻撞击着，发出咕嘟咕嘟的声音。

牛拉着船，以一种均匀的速度，向老榆树行驶着。

葵花早已不再惊恐，坐在那里，竟很兴奋地看着大河的风景：

太阳照着大河，水面上有无数的金点闪着光芒。这些光芒，随着水波的起伏，忽生忽灭。两岸的芦苇，随着天空云彩的移动，一会儿被阳光普照，一会儿又被云彩的阴影遮住。云朵或大或小，或远或近，有时完全遮蔽了太阳，一时间，天色暗淡，大河上的光芒一下全都熄灭了，就只有蓝汪汪的一片，但又不能长久地遮住，云去日出，那光芒似乎更加地明亮与锐利，刺得人的眼睛不能完全睁开。有些云朵只遮住太阳的一角，芦苇丛就亮一片，暗一片；亮的一片，绿得翠生生的，而暗的一片，就是墨绿，远处的几乎成了黑色。云、阳光、水与一望无际的芦苇，无穷无尽地变幻着，将葵花迷得定定的。

牛哞地叫一声，她才又想起自己和自己的处境来。

从水上漂来一支长长的带有一穗芦花的芦苇。男孩身体一倾，将它抓住了，并将它举在了手中。那潮湿的芦花先是像一支硕大的毛笔指着蓝天，一会儿被风吹开，并且越来越蓬松起来。阳光照着它，银光闪闪。他就这样像举一面旗帜一般，一直举着它。

在快接近老榆树时，嘎鱼与他的鸭群出现了。嘎鱼撑着一只专门用来放鸭的小船，随心所欲地在水面上滑动着。见到牛与小船，他前仰后合地笑起来。他的笑声是从嗓子眼里发出的，很像鸭群中的公鸭所发出的鸣叫。后来，他就侧着身子躺在船舱里，将头扬起，不出声地看着：看看船，看看牛，看看男孩，看看女孩。

男孩根本不看嘎鱼，只管稳稳地骑在牛背上，赶着他的牛，拉着小船行向老榆树。

老榆树下，站着葵花的爸爸。他焦急地观望着。

男孩站在牛背上将小船重新拴在了老榆树上，然后从牛背上下来，用手抓住小船的船帮，让小船一直紧紧地靠在岸上。

葵花下了船，从河坡往上爬着，爸爸弯腰向她伸出手来。

坡上尽是浮土，葵花一时爬不上去。男孩走过来，用双手托着葵花的屁股，用力往上一送，就将她的双手送到了葵花爸爸的大手里。爸爸用力一拉，葵花便登到了大堤上。

葵花抓着爸爸的手，回头望望男孩，望望牛和船，哭了，一时泪珠滚滚。

爸爸蹲下，将她搂到怀里，用手轻轻地拍着她的后背。这时，他看到了男孩仰起的面孔。他的心不知被什么敲打了一下，手在葵花的背上停住了。

男孩转身走向他的牛。

葵花的爸爸问："孩子，你叫什么名字？"

男孩回过头来望着葵花父女俩，却什么也没说。

"你叫什么名字？"葵花的爸爸又问了一句。

不知为什么，男孩忽然变得满脸通红，低下头去了。

放鸭的嘎鱼大声说："他叫青铜，他不会说话，他是个大哑巴！"

男孩骑上了他的牛，并将牛又赶入水中。

葵花与爸爸一直目送着他。

在回干校的路上，葵花的爸爸似乎一直在想什么。快到干校时，他却又拉着葵花的手，急匆匆地回到了河边。那时，男孩与他的牛早无影无踪了。嘎鱼与他的鸭群也不在了，只有空荡荡的大河。

晚上熄了灯，葵花的爸爸对葵花说："这孩子长得怎么这样像你哥哥？"

葵花听爸爸说起过，她曾经有过一个哥哥，三岁时得脑膜炎死了。她没有见过这个哥哥。当爸爸说这个男孩长得像她那个已不在这个世界上的哥哥后，她的头枕着爸爸的胳膊，两只眼睛在黑暗里久久地睁着。

远处，是大河传来的隐隐约约的水声和大麦地的狗吠声……

青铜葵花

第 2 章

葵花田

1

青铜五岁那年的一天深夜，他正在甜蜜的熟睡中，被妈妈忽然从床上抱了起来。他感觉到自己在妈妈的怀抱里颠簸着，并模模糊糊地听到了妈妈急促的呼吸声。时值深秋，夜晚的室外，凉气浓重，他终于在妈妈的怀抱里醒来了。

四周是一片恐怖的叫喊声。

青铜看到天空是红色的，像布满霞光。

远远近近，所有的狗都在狂吠，显得不安而极度狂躁。

哭爹叫娘声与杂乱的脚步声交织在一起，将秋夜的宁静彻底粉碎。

有人在声嘶力竭地叫喊："芦荡着火了——芦荡着火了——"

人们纷纷从家中跑出，正在向大河边逃跑。大人抱着小孩、大孩子拉着小孩子、年轻人搀扶着或背着老年人，一路上跌跌撞撞。

跑出大麦地村时，青铜看到了可怕的大火。无数匹红色的野兽，正呼啸着，争先恐后，痉挛一般扑向大麦地村。他立即将脸紧紧伏在妈妈的胸膛上。

妈妈感觉到青铜在她怀里哆嗦，一边跑，一边用手不住地拍着他的后背："宝宝，别怕，宝宝，别怕……"

无数的小孩在哭叫。

主人一时来不及去解开拴在牛桩上的牛，它们看到大火，就拼命挣扎，或是将牛桩拔起，或是挣豁了穿缰绳的鼻子，在被火光照亮的夜空下，横冲直撞，成了一只只野牛。

鸡鸭在夜空下乱飞。猪哼唧着，到处乱窜。山羊与绵羊，或是混在人群里跟着往大河边跑，或是在田野上东奔西突，有两只羊竟向大火跑去。一个孩子，大概看到了那是他家的羊，掉头要去追羊，被大人一把抓住，并且遭到一顿骂："你想找死吗?!"那孩子没有办法，一边哭着，一边望着自家的羊往大火里跑。

青铜的爸爸在逃离大麦地时，家里什么东西也没有拿，只牵了那头牛。那是一头健壮而听话的牛。它是在还是小牛犊时，来到青铜家的。那时，它身上长满了癞疮。青铜家的人对它都很好。他们给它吃最新鲜最好的青草，他们每天给它用大河里的清水擦拭身子，他们还采回药草捣成汁涂在它的癞疮上。不久，它的癞疮就被治好了。现在，它是一头油光水滑的牛。它没有像其他的牛那样疯了似的乱跑，而是很安静地跟着主人。他（它）们是一家子，危难之际，一家子得好好待在一起。青铜的奶奶走得慢一些，牛会不时地停下来等她。他（它）们一家五口，紧紧地走在一起，胡乱奔跑的人群与牛羊，都不能使他（它）们分开。

钻在妈妈怀抱里的青铜，偶尔会扭过头来看一眼。他看到，大火已经扑到了大麦地村边。

坐落在村子前面的房屋，被火光照成一座座金屋。秋后的芦苇，干焦焦的，燃烧起来非常地疯狂，四下里一片噼噼啪啪的声音，像成千上万串爆竹在炸响，响得人心里慌慌的。几只鸡飞进了火里，顿时烧成金色的一团，不一会儿就坠落在了灰烬里。一只兔子在火光前奔跑，火伸着长长的舌头，一次又一次要将它卷进火中。它跳跃着，在火光的映照下，它的身影居然有马那么大，在黑色的田野上闪动着。最终，它还是被大火吞没了。人们并没有听到它痛苦的叫喊，但人们却又仿佛听到了，那是一种撕心裂肺的叫喊。只一刹那间，它便永远地从这个世界上消失了。

几只羊，却朝着大火奔去。

看见的人说："这羊，傻啊！"

村子前面的房屋已经烧着了。一群鸭子飞起来，几只落进火里，几只飞进了黑苍苍的天空。

青铜再次将脸贴到妈妈的胸膛上。

大麦地的人都逃到了大河边，几只船在水面上来来回回，将人运送到对岸——火是过不了这条大河的。谁都想往船上爬，不时地，就有人跌落在水中。叫声、骂声、哭声在夜空下响成一片。有些会水的，看看指望不上船了，就将衣服脱下举在手中，向对岸游去了。其中一个做爸爸的还有四五岁的儿子骑在脖子上。儿子看着一河流动的水，一边死死抱住爸爸的头，一边哇哇大哭。爸爸不管，一个劲儿地向对岸游去。到了对岸，儿子从爸爸的脖子上下来后，不哭也不闹，只是愣神——他已被吓坏了。

火像洪流，在大麦地村的一条又一条村巷里滚动着。不一会儿，整个村庄就陷入了一片火海。

青铜的爸爸好不容易才将青铜的奶奶安排到一条船上之后，将牛牵到水边。那牛知道自己此时此刻该做些什么，也不用主人指点便走进水里。青铜的妈妈怀抱青铜，青铜的爸爸扶着她，让她骑到牛背上，然后手握缰绳，与牛一起游向对岸。

青铜一直就在妈妈的怀里瑟瑟发抖。

黑暗中，不知谁家有个孩子跌落到了水里，于是响起一片惊叫声与呼救声。夜色茫茫，哪里去寻觅这个孩子？也许他在落水后，脑袋几次冒出了水面，但却没有被人看到。大火还在向这边烧过来，大家都要抓紧时间过河，一边叹息着，一边在焦急地等待空船，没有几个人下河去救那个孩子。而正在船上的，就更顾不得了。那孩子的妈妈歇斯底里哭喊着，那喊声像要把天空撕破。

天将亮时，过了河的大麦地人看到，那火在将河岸烧得光溜溜的之后，终于慢慢地矮了下去。

大麦地成了一片凄惨的黑色。

青铜在妈妈的怀抱里先是发冷，等大火熄灭之后，就开始发热发烧。此后，高烧一直持续了五天。等体温恢复正常，青铜看上去，除了瘦了许多，本来就大的眼睛显得更大外，其他倒也一切正常。但家里人很快发现，这个本来说话流利的孩子却已成了一个哑巴。

2

从此，青铜的世界改变了。

当同岁的孩子到了年龄都去上学时，他却没有上学。不是他不想上学，而是学校不收。看着大麦地的孩子们一个个都背着书包、欢天喜地地去学校读书，青铜只能远远地站在一边看着。每逢这个时候，就会有一只手轻轻抚摸着他的头——那是奶奶的手。奶奶不说话。她知道孙子心里在想什么。她就这样，用她那双皱皱巴巴的、有点儿僵硬的手，在他的头上一遍又一遍地抚摸着。最后，青铜会将手伸给奶奶。奶奶就拉着他的手，转身往家走，或是到田野上去。奶奶陪着她，看水渠里的青蛙，看河边芦叶上的"纺纱娘"，看水地里几只高脚鸟，看河上的帆船，看河边上旋转不停的风车……大麦地的人总是见到奶奶与青铜在一起。奶奶走到哪儿，就把青铜带到哪儿。孙子已经够孤单的了，奶奶一定要好好陪着他。有时，奶奶看到孙子很孤单的样子，会背着孙子抹眼泪。而与孙子面对面时，奶奶总是显出很快乐的样子，仿佛这天地间装满了快乐。

爸爸妈妈整天在地里干活，他们根本无暇顾及青铜。

除了奶奶，与青铜最亲近的就是牛。每当牛被爸爸牵回家，他就会从爸爸手中接过牛绳，然后牵着它，到青草长得最丰美的地方去。牛很顺从地跟着青铜，愿意被他牵引到任何一个地方。大麦地人除了经常看到奶奶拉着青铜的手到处走动外，就是经常看到青铜牵着牛去吃草。这是大麦地的一道风景。这道风景，会使大麦地人驻足观望，然后在心中泛起一股淡淡的酸楚与伤感。

牛吃草，青铜就看它吃草。牛有一根长长的舌头，那舌头很灵巧，不住地将青草卷进嘴中。吃草的时候，它会不住地、很有节奏地甩动尾巴。最初，青铜只是让牛自己吃草，等它长大了一些之后，他就开始割草喂牛了。他割的草，都是特别嫩的草。牛是大麦地最健壮，也最漂亮的牛。大麦地的人说这是青铜喂得好，或者说这是哑巴喂得好。但大麦地的人从不在青铜面前叫他哑巴，他们当面都叫他青铜。他们叫他青铜，他就朝他们笑，那种无心机的笑，憨厚的笑，很单纯很善良的笑，使大麦地人的眼睛与心都有点儿发酸。

放牛的青铜，有时会听到从学校传来的琅琅的读书声。那时，他就会屏住呼吸谛听。那读书声此起彼伏，在田野上飘荡着。他觉得，那是世界上最好听的声音。他会痴痴地朝学校的方向望着。

那时，牛就会停止吃草，软乎乎的舌头，轻柔地舔着青铜的手。

有时，青铜会突然抱住牛的头哭起来，将眼泪抹在它的鬃毛里。

牛最愿意做的一件事就是将头微微低下，邀请青铜抓住它的犄角，踏着它的脑袋，爬到它的背上。它要让青铜高高在上，很威风地走过田野，走过无数双大麦地孩子的眼睛……

那时，青铜很得意。他稳稳地骑在牛的背上，一副旁若无人的样子。那时，他的眼睛里只有天空，只有起伏如波浪的芦苇，还有远处高大的风车。然而，当所有的目光都不在时，青铜挺直的腰杆就会变软，直到无力地将身体倾伏在牛的背上，任它将他随便驮到什么地方。

青铜很孤独。一只鸟独自拥有天空的孤独，一条鱼独自拥有大河的孤独，一匹马独自拥有草原的孤独。

却在这时，一个女孩出现了。

葵花的出现，使青铜知道了这一点：原来，他并不是世界上最孤独的孩子。

从此，青铜总牵着他的牛出现在大河边。

而葵花的爸爸总是说："去大河边玩吧。"

青铜与葵花都有了一个伴，虽然各自的伴都在对岸。

葵花坐在老榆树下，将下巴放在屈起的双膝之间，静静地望着对岸。

青铜看上去，与往常放牛也没有什么太大的区别，照样地割他的草，照样地指点牛该吃哪里的草不该吃哪里的草。但，他会不时地抬一下头，看一看对岸。

这是一个无声的世界。

清纯的目光越过大河，那便是声音。

一天一天地过去了，青铜觉得自己应该为对岸的葵花多做些事情。他应当为葵花唱支歌——大麦地的孩子们唱的歌，但他却无法唱歌。他应当问葵花："你想去芦荡捡野鸭蛋吗？"但他却无法向她表达。后来，他将他的这一边，变成了一个大舞台。他要在这个大舞台上好好地表演。

观众只有一个。这个观众似乎永远是那个姿势：将下巴放在屈起的双膝之间。

青铜骑到了牛背上，然后收紧缰绳，用脚后跟猛一敲牛的肚子，牛便沿着河岸飞跑起来。四蹄不停地掀动，将一块又一块泥土掀到空中。

葵花依然坐在那里，但脑袋却因目光的追随而慢慢地转动着。

牛在芦苇丛中跑动着，芦苇哗啦啦倒向两边。

就在葵花快要看不到青铜和牛的身影时，青铜却一收缰绳，掉转牛头，只见牛又哧通哧通地跑了回来。

这种跑动是威武雄壮、惊心动魄的。

有时，牛会哞地对天大吼一声，河水似乎都在发颤。

来回几次之后，青铜翻身下牛，将手中缰绳随便一扔，躺到了草丛中。

牛喘息了一阵，扇动了几下大耳朵，便低下头去，安闲地吃着草。

就在一片安静之中，葵花听到了一种从未听到过的声音。那是青铜用芦苇叶做成的口哨发出的。这口哨就这样一直不停地吹着。

葵花抬头看看天空，一群野鸭正往西边飞去。

接下来，青铜又再次爬到牛背上。他先是吹着口哨，站在牛背上。牛开始走动，葵花担心他会从牛背上滑落下来，而青铜却始终稳稳当当地站着。

再接下来，青铜扔掉了口哨，竟然倒立在牛的脑袋上。他将两条腿举在空中，一会儿并拢在一起，一会儿分开。

葵花很入迷地看着。

青铜突然地从牛的脑袋上滑落了下去。

葵花一惊，站了起来。

半天，青铜出现了。但却从头到脚一身烂泥——他跌到了一口烂泥塘里。脸上也都是泥，只有一双眼睛露在外面，样子很滑稽，葵花笑了。

一天过去了，当太阳沉到大河尽头的水面上时，两个孩子开始往家走。葵花一边蹦跳着，一边在嘴里唱着歌。青铜也唱着歌，在心里唱着……

3

夏天的夜晚，南风轻轻地吹着，葵花的爸爸闻到了一股葵花的香味。那香味是从大河那边的大麦地飘来的。在所有的植物中，爸爸最喜欢的就是向日葵。他非常熟悉葵花的气味。这种气味是任何一种花卉都不具备的。这种含着阳光气息的香味，使人感到温暖，使人陶醉，并使人精神振奋。

爸爸与葵花之间，是生死之约，是不解之缘。

作为雕塑家的爸爸，他一生中最成功的作品，就是葵花——用青铜制作成的葵花。他觉得，呈现葵花的最好材料就是青铜。它永远闪耀着清冷而古朴的光泽，给人无限的深意。暖调的葵花与冷调的青铜结合在一起，气韵简直无穷。一片生机，却又是一片肃穆，大概是爸爸最喜爱的境界了。他在这个境界里流连忘返。

爸爸所在的那个城市，最著名的雕塑就是青铜葵花。

它坐落在城市广场的中央。这座城市的名字与青铜葵花紧紧地联系在了一起。青铜葵花，是这座城市的象征。

爸爸几乎所有的作品，都是青铜葵花，高有一丈多的，矮，却只有几寸，甚至一寸左右的。有单株的，有双株的，有三五株或成片的。角度各异，造型各异。它后来成了这个城市的装饰品。宾馆的大门上镶嵌着它，一些建筑的大墙上镶嵌着它，廊柱上镶嵌着它，公园的栏杆上镶嵌着它。再后来，它成了这座城市的工艺品。它们由大大小小的作坊制作而出，五花八门，但却一律为青铜，摆在商店的工艺品柜台上，供到这座城市游览的游客们购买。

爸爸尽管觉得这样未免太泛滥了，但爸爸管不了这些。

爸爸对葵花的钟爱，导致他为女儿起了一个乡下女孩的名字。但在爸爸的心目中，这是一个最好听的名字。他叫起来，觉得是那么亲切，那么阳光四射，天下一派明亮。

女儿似乎也很喜欢这个名字。每当爸爸呼唤这个名字时，她听到了，就会大声地答道："爸爸，我在这儿哪！"有时，她自己称自己为葵花："爸爸，葵花在这儿哪！"

葵花成了爸爸灵魂的一部分。

现在，爸爸在这片荒凉的世界里，又闻到了葵花的气味。

大麦地一带夏天的夜晚，万物为露水所浸润，空气里飘散着各种各样的草木与花卉的香味。然而，爸爸的鼻子却能在混杂的香味中准确地辨别出葵花的香味。他告诉女儿："不是一株两株，而是上百株上千株。"

葵花用鼻子嗅了嗅，却怎么也闻不到葵花的香味。

爸爸笑了，然后拉着葵花的手："我们去大河边。"

夜晚的大河，平静地流淌着。月亮挂在天空，水面上犹如洒满了细碎的银子。几只停泊水上过夜的渔船，晃动着渔火。你看着那渔火，看着看着，渔火不再晃动，却觉得天与地、芦荡与大河在晃动。大麦地的夏夜，很梦幻。

爸爸嗅着鼻子，他更加清晰地闻到了从大河那边飘来的葵花香。

葵花好像也闻到了。

他们在河边上坐了很久，月亮西斜时，才往回走。那时，露水已经很重，空气中的香气也浓重起来。不知是因为困了，还是因为香气迷人，他们都有点儿晕乎乎的，觉得整个世界都影影绰绰、飘浮不定。

第二天一早，葵花醒来时，爸爸已经起床不知去了哪里。

4

太阳还未升起，爸爸就悄悄地起了床，拿了画夹，带上写生用的一切用物，循着已散发了一夜现在依然还在散发的葵花香味，渡过大河，去了大麦地。临出干校时，他将葵花托付给了看大门的丁伯伯——他是爸爸的好朋友。

爸爸穿过大麦地村，又穿过一片芦苇，忽地看到了一片葵花田。

这片葵花田之大，出乎意料。爸爸见过无数的葵花田，还从未见到过这么大的葵花田。当他登临高处，俯视这片似乎一望无际的葵花田时，他感到了一种震撼。

他选择到了一个最满意的角度，支好他的画架，放下可以折叠的椅子，那时，太阳正在升起，半轮红日，从地平线上犹如一朵硕大的金红色蘑菇，正在破土而出。

这是一种多么奇异的植物，一根笔直的有棱角的长茎，支撑起一个圆圆的花盘。那花盘微微下垂或是微微上扬，竟如人的笑脸。夜幕降临，月色朦胧，一地的葵花静穆地站立着，你会以为站了一地的人——一地的武士。

这片葵花田，原是由一片芦荡开垦出来的，土地十分肥沃，那葵花一株株，长得皆很健壮。爸爸从未见过如此高又如此粗的秆儿，也从未见过如此大又如此富有韧性的花盘。

它们一只只竟有脸盆大小。

这是葵花的森林。

这森林经一夜的清露，在阳光还未普照大地之前，一株株都显得湿漉漉的。心形的叶子与低垂的花盘，垂挂着晶莹而多芒的露珠，使这一株株葵花显得都十分地贵重。

太阳在不停地升起。

天底下，葵花算得上最具神性的植物，它居然让人觉得它是有敏锐感觉的，是有生命与意志的。它将它的面孔，永远地朝着神圣的太阳。它们是太阳的孩子。整整一天时间里，它们都会将面孔毫不分心地朝着太阳，然后跟着太阳的移动，而令人觉察不出地移动。在一片大寂静中，它们将对太阳的热爱与忠贞，发挥到了极致。

爸爸一直在凝神观察着。他看到，随着太阳的升起，它们低垂的脑袋，正在苏醒，并一点儿一点儿地抬起来。是全体。

太阳飘上了天空。

葵花扬起了面孔。那些花瓣，刚才还软塌塌的，得了阳光的精气，一会儿工夫，一瓣一瓣地舒展开来，颜色似乎还艳丽了一些。

爸爸看着这一张张面孔，心里忽起了一种感动。

太阳像一只金色的轮子。阳光哗啦啦泻向了葵花田。那葵花顿时变得金光灿烂。天上有轮大太阳，地上有无数的小太阳——一圈飘动着花瓣的小太阳。这大太阳与小太阳一俯一仰，虽是无声，但却是情深意长。那葵花，一副天真，一副稚气，又是一副固执、坚贞不二的样子。

爸爸真是由衷地喜欢葵花。

他想起了城市，想起了他的青铜葵花。他觉得，这天底下，只有他最懂得葵花的性情、品质。而眼前这片葵花，更使他激动。他似乎看到了更多不可言说的东西。他要用心去感悟它们，有朝一日，他重回城市时，他一定会让人们看到更加风采迷人的青铜葵花。

阳光变得越来越热烈，葵花也变得越来越热烈。太阳在燃烧，葵花的花瓣，则开始像火苗一样在跳动。

爸爸在画布上涂抹着。他会不时地被眼前的情景所吸引，而一时忘记涂抹。

这是一片富有魔力的葵花田。

中午时，太阳金光万道。葵花进入一天里的鼎盛状态，只见一只只花盘，迎着阳光，在向上挣扎，那一根根长茎似乎变得更长。一团团的火，烧在蓝天之下。四周是白色的芦花，那一团团火就被衬得越发地生机勃勃。

葵花田的上空，飘散着淡紫色的热气，风一吹，虚幻不定。几只鸟飞过时，竟然像飞在梦中那般不定形状。

爸爸不停地在纸上涂抹着，一张又一张。他不想仔细地去描摹它们，随心所欲的涂抹，倒更能将在他心中涌动的一切落实下来。

他忘记了女儿，忘记了已是吃午饭的时候，忘记了一切，眼前、心中，就只有这一片浩瀚的葵花田。

后来，他累了，将不断远游与横扫的目光收住。这时，他的目光只停留在了一株葵花上。

他仔细地看着它——它居然是那样地经看：花盘优雅而丰厚，背大致看上去为绿色，但认真一看，中心地方，竟是嫩白，像是人的肌肤，凝脂一般的肌肤。每一瓣花瓣，都有一片小小的叶托，那叶托为柔和的三角形，略比花瓣矮一些，一片连一片，便成了齿形，像花边儿。真是讲究得很。花盘并不是平平的一块，而是向中心逐步凹下去，颜色也是从淡到浓，最中心的为茸茸的褐色。就那么一株，却似乎读不尽它似的。

爸爸感叹着："造化啊！"

他一辈子与这样的植物联结在一起，也真是幸运。他想想，觉得自己很是幸福，很是富有。他仿佛看到自己的城市，正在青铜葵花的映照下而生趣盎然。

在准备离开这片葵花田时，爸爸忽然起了一个念头。他放下画夹，跳进了葵花田，并一直往前走去。那些葵花，一株株都比他高，他只能仰头去观望花盘。他在葵花田里走呀走呀，不一会儿就被葵花淹没了。

过了很久，他才从葵花田里走出，那时，他从头到脚，都是金黄色的花粉，眉毛竟成了金色。

几只蜜蜂，围绕着他的脑袋在飞翔，嗡嗡地鸣叫，使他有点儿发晕。

5

爸爸走过大麦地村时，脚步放慢了。

已是下午，人们都下地劳作去了，村巷里几乎空无一人，只有几条狗，在懒散地溜达着。

爸爸的感觉很奇怪，双脚好像被大麦地村的泥土粘住了，仿佛有一股神秘的力量要他停下来，好好看一看这个村庄。

这是一个很大的村庄，好像有十多条竖巷，又有无数条横巷。所有的房屋都门朝南。这显然又是一个贫穷的村庄。这么大一个村庄，除了少数几户人家是瓦房，其余的却都是草房子。夏天的阳光下，这些草房子在冒着淡蓝色的热气。不少新房，是用麦秸盖的顶，此时，那麦秸一根根皆如金丝，在阳光下闪动着令人眩晕的光芒。巷子不宽，但一条条都很深，地面一律是用青砖铺就的。那些青砖似乎已经很古老了，既凹凸不平，又光溜溜的。

这是一个朴素而平和的村庄。

它既使爸爸感到陌生，又感到亲切。他心里好像有什么话要对这个村庄说，好像有件事情——很大的事情，要向这个村庄交代。但一切又是模模糊糊的。他走着，一条狗抬起头来看着他，目光很温和，全然不像狗的目光。他朝它点点头，它居然好像也朝他点了点头。他在心里笑了笑。有鸽群从村庄的上空飞过，一片片的黑影掠过一座座房子的房顶。它们在他的头顶上盘旋了几圈，不知落到谁家的房顶上去了。

他似乎走了很长时间，才走出这个村庄。回头一看，还是隐隐约约地觉得，好像要对这个村庄有一个嘱托。但，他又确实说不清要嘱托什么。他觉得自己心中的那番感觉，真是很蹊跷。

走完一片芦苇，他心中的那份奇异的感觉才似乎飘逝。

他来到大河边。他原以为会看到女儿坐在对岸的老榆树下，但却不见女儿的踪影。也许，她被那个叫青铜的男孩带到什么地方玩去了。他心里感到了一阵空落。不知为什么，他是那么急切地想看到女儿。他在心里责备着自己：一天里头，你与女儿待在一起的时间太少了；等有了点儿时间，你心里又总在想青铜葵花。他觉得自己有点儿对不住女儿。他心疼起来，同时有一股温馨的感觉像溪水一般，在他的心田里淙淙流淌。在等船过河时，他坐在岸边，从那一刻起，他心里就一直在回忆女儿。她三岁时，妈妈去世，此后，就是他独自一人拉扯着她。他的生命里似乎只有两样东西：青铜葵花与女儿。这是一个多么乖巧、多么美丽、多么让人疼爱的女儿啊！他一想起她来，心就软成一汪春天的水。一幕一幕的情景，浮现在他的眼前，与这夏天的景色重叠在一起：

天已很晚，他还在做青铜葵花。女儿困了。他将她抱到床上，给她盖上被子，然后一边用手轻轻拍打着，一边哄着她："葵花乖呀，葵花睡觉啦，葵花乖呀，葵花睡觉啦……"他心里却在惦记着还未做完的一件青铜葵花。女儿不睡，睁着眼睛，骨碌骨碌地看着。他一时无法将她哄入梦乡，只好放弃了，说："爸爸还要干活呢，葵花自己睡啦。"说完，便到工作间去了。葵花没有哭闹。他又干了一阵，想起女儿来，便轻手轻脚走到房间。走到房门口，他听到了女儿的声音："葵花乖呀，葵花睡觉啦，爸爸还要干活呢，葵花睡觉啦……"他探头望去，女儿一边自己在哄自己睡觉，一边用小手轻轻拍打着自己。拍打着拍打着，声音越来越小，越来越含糊不清了。她的小手放在胸前，像一只困倦极了的小鸟落在枝头，再也没有起来。她睡着了，是自己将自己哄着的。回到工作间，他继续干他的活，其间想到了女儿的那副样子，情不自禁地笑了。

她有时会随便在一个什么地方，玩着玩着就睡着了。他抱她的时候，就觉得她软胳膊软腿的，像一只小羊羔。他将她放到床上时，常常会看到她的嘴角绽放出一个甜甜的笑，那笑就像水波一般荡漾开来。那时，他觉得女儿的脸，是一朵花，一朵安静的花。

外面响雷了，咔吧一声。女儿钻到他怀里，并蜷起身子。他便用面颊贴着她的头，用大手拍着她颤抖不已的背说："葵花别怕，那是打雷，春天来啦。春天来了，小草就绿了，花就开了，蜜蜂和蝴蝶就回来了……"女儿就会慢慢安静下来。她就在他的胳膊上，将头慢慢转过来，看着窗外，那时，一道蓝色的闪电，正划破天空。她看到了窗外的树在大风中摇晃着，又一次将脸贴到他的胸膛上。他就再次安抚她，直到她不怕雷不怕闪，扭过脸去，战战兢兢地看着窗外雷电交加、漫天风雨的情景。

女儿就这样一天一天地长大了。

他比熟悉自己还要熟悉女儿。熟悉她的脸、胳膊与腿，熟悉她的脾气，熟悉她的气味。直到今天，她的身上还散发着淡淡的奶香味，尤其是在她熟睡的时候，那气味会像一株植物在夜露的浸润下散发气味一般，从她的身上散发出来。他会用鼻子，在她裸露在被子外面的脸上、胳膊上，轻轻地嗅着。他小心翼翼地将她的胳膊放进被窝里。他觉得女儿的肌肤，嫩滑嫩滑的，像温暖的丝绸。躺在枕头上，他本是在想青铜葵花的，但会突然地被一股疼爱之情猛地扑打心房，他不禁将怀中的女儿紧紧搂抱了一把，将鼻尖贴到女儿的面颊上，轻轻摩擦着。她的面颊像瓷一般光滑，使他感到无比地惬意。

他在给女儿洗澡，看到女儿没有一丝瘢痕的身体时，心里会泛起一股说不出的感动。女儿像一块洁白无瑕的玉。他不能让这块玉有一丝划痕。然而女儿却并不爱惜自己，她不听话，甚至还很淘气，时不时地，胳膊划破了，手指头拉了一道口子，膝盖碰破了。有一回，她不好好走路，跌倒在路上，脸被砖头磕破，流出殷红的血来。他一边很生气，一边心疼得不行。他生怕她的脸上会落下疤痕——她是绝对不可以有疤痕的。那些天，他小心翼翼地护理着女儿的伤口，天天担心着，直到女儿的伤口长好，伤痕淡去，脸光滑如初，他才将心放下。

…………

不知为什么，他此刻非常希望看到女儿。那种心情到了急切的程度，好像再看不到女儿，就永远也看不到了似的。似乎，他有话要对女儿说。

可葵花一直没有出现。

葵花真的与青铜去另外的地方玩耍了。

他似乎很喜欢青铜这个男孩。他希望这个男孩能常常带着他的女儿去玩耍。见到他们在一起，他心中有一种说不明白的踏实与放心。但此刻，他就是想见到女儿。

他看到河边上有条小船——他一到河边时，就已经看到这条小船了，但他没有打算用这条小船渡过河去。小船太小，他不太放心。他要等一条大船。然而，迟迟的，就是没有大船路过这里。看看太阳已经偏西，他决定就用这条小船渡河。

一切都很顺利，小船并没有使他感到太担忧，它载着他，载着他的画夹与其他用物，很平稳地行驶在水面上。这是他第一次驾船，感觉很不错。小船在水面上的滑行，几乎毫无阻力。他虽然不会撑船，但也能勉强使用竹篙。

他看到了高高的岸。

天空飞过一群乌鸦，在他的头顶上，忽然哇地叫了一声，声音凄厉，使他大吃一惊。他抬头去望它们时，正有一只乌鸦的粪便坠落下来。还未等他反应过来，那白色的粪便已经落到了他扬起的面孔上。

他放下竹篙，小心翼翼地蹲下，掬起一捧捧清水，将脸洗干净。就在他准备用衣袖去拭擦脸上的水珠时，他忽然看到了一番可怕的情景：

一股旋风，正从大河的那头，向这里旋转而来！

旋风为一个巨大的锥形。它大约是从田野上旋转到大河上的，因为在那个几乎封闭的却很透明的锥形中，有着许多枯枝败叶与沙尘。这些东西，在锥形的中央急速地旋转着。这个锥形的家伙好像有无比强大的吸力。一只正巧飞过的大鸟，一忽闪被卷了进去，然后失去平衡，与那些枯枝败叶旋转在了一起。

这个锥形的怪兽正从空中逐渐下移，当它的顶端一接触到水面时，河面顿时被旋开一个口子，河水哗哗溅起，形成一丈多高的水帘，那水帘也是锥形。锥形的中间，一股河水喷发一般，升向高空，竟有好几丈高。

锥形怪兽一边旋转，一边向前，将河面豁开一条狭窄的峡谷。

恐惧使他瑟瑟发抖。

一忽儿的工夫，锥形怪兽就已经旋转到了小船停留的地方。还好，它没有拦腰袭击小船，只是波及船头，将放在船头上的画夹猛地卷到了高空。因为画夹并不在锥形的中央，它被一股强大的气流猛地推开了。当锥形怪兽继续向前旋转时，空中的画夹像大鸟的翅膀一样张开了。随即，十多张画稿从夹子里脱落出来，飞满了天空。

他看到空中飘满了葵花。

这些画稿在空中忽悠着，最后一张张飘落在水面上。说来也真是不可思议，那些画稿飘落在水面上时，竟然没有一张是背面朝上的。一朵朵葵花在碧波荡漾的水波上，令人心醉神迷地开放着。

当时的天空，一轮太阳，光芒万丈。

他忘记了自己是在一只小船上，忘记了自己是一个不习水性的人，蹲了下去，伸出手向前竭力地倾着身体，企图去够一张离小船最近的葵花，小船一下倾覆了。

他从水中挣扎出来。他看到了岸。他多么想最后看一眼女儿，然而，岸上却只有那棵老榆树……

6

阳光下的大河上，漂着葵花。

一条过路的船，在远处目睹了一切。船上的人扯足大帆，将船向出事地点奋力驶来。然而，这段水面上，除了那条船底朝上的小船半沉半浮于水面，就是画夹、葵花以及其他用物在随波逐流，再也没有其他动静。船上人企图还想发现什么，用眼睛在水面上四处搜索着。

大河向东流动着，几只水鸟在低空盘旋着。

这条船上的人，就朝岸上奋力呼喊："有人落水啦——有人落水啦——"

干校那边与大麦地那边，都有人听到了。于是呼喊声一传十、十传百地传向人群集中的地方，不一会儿，大河两岸便呼喊声大作，无数的人分别从不同的方向朝出事地点跑来。

"谁落水了？"

"谁落水了？"

谁也不知道谁落水了。

干校的人发现了画夹与画有葵花的画稿，一下确定了落水者。

那时，葵花正在干校的鱼塘边看青铜在水中摸河蚌。看到大人们往大河边跑，他们也跟着往大河边跑。葵花跑不快，青铜不时停下来等她，看她赶上来了，接着又往前跑。等他们跑到大河边，大河边上早站满了人，并有许多人跳进河里，正在扎猛子往水底下搜寻落水者。

葵花一眼就看到了在水面上漂动的画稿，这孩子立即大声叫道："爸爸！"她在人群里钻来钻去，不时地仰起脸来打量着那些大人的面孔，"爸爸！……"

干校的人发现了她，立即有人过来，将她抱住。她在那人的怀里拼命挣扎，两只胳膊在空中胡乱地挥舞不停："爸爸！爸爸！……"

她再也不可能听到爸爸的应答了。

干校的几个中年妇女簇拥着那个紧紧抱着葵花的男人，匆匆离开了大河边，往干校跑去。他们不愿让这个孩子目睹一切。他们一路上不住地哄着葵花，但却无济于事。她哭闹着，眼泪哗哗地流淌。

青铜远远地跟着。

不一会儿，葵花的嗓子便哭哑了，直到完全发不出声来。冰凉的泪珠，顺着她的鼻梁，无声地流向嘴角，流到脖子里。她向大河边伸着手，不住地抽噎着。

青铜就一直站在干校的院墙下，一动也不动。

河上，有十几条大船小船，更有无数的人。人们动用了各种各样的搜寻办法，一直到天黑也未能搜寻到葵花的爸爸。

后来，搜寻工作持续了一个星期，但最终也未能找到。

此后，也没有见到他的尸体。大河两岸的人都感到非常非常地奇怪。

在那些日子里，干校的几个中年妇女，轮番照应着葵花。

葵花不再哭泣了，苍白的小脸上，目光呆呆的、哀哀的。每当于深夜听到葵花在睡梦中呼喊着爸爸时，看护她的人，就会情不自禁地流泪。

爸爸落水后的一周，葵花突然不见了。

干校的人全部行动起来，找遍了干校的每一个角落，也没有找到她。他们又把寻找的范围扩大到干校周围两里地，但也未能找到。有人说："是不是去了大麦地？"于是就有人去了大麦地。大麦地的人听说小女孩不见了，也都纷纷行动起来，帮着寻找。但找遍了村里村外，也还是没有能够找到她。

就在人们感到绝望的时候，青铜仿佛忽然得到了某种召唤，纵身一跃，骑上了牛背，随即，冲开人群，沿着村前的大路，向前一路飞奔而去。

穿过一片芦苇，骑在牛背上的青铜看到了那片葵花田。

正午的太阳，十分明亮。阳光下的葵花田静悄悄地泛着金光。无数的蜂蝶，在葵花田里飞翔着。

青铜跳下牛背，扔掉缰绳，跑进了葵花田。稠密的葵花，使他只能看到很近的地方。他就不停地跑动着，直跑得呼哧呼哧的，满头大汗。

他在葵花田的深处，终于看到了葵花。

那时，她侧卧在几株葵花之间的一小块空地上，好像睡着了。

青铜跑出葵花地，爬到一个高处，向大麦地方向不住地挥着手。有人看到了，说："是不是找到她了？"于是，人们纷纷朝葵花田跑来。

青铜将人们带到了小女孩的身边。

暂时，人们谁也没有惊动她，只是围着她，静静地看着。

谁也不知道葵花是怎么渡过了大河，又是怎么来到葵花田的。

葵花认定爸爸哪儿也没有去，就在葵花田里。

有人将她从地上抱起。她微微睁开眼睛，喃喃自语着："我看见爸爸了。爸爸就在葵花田里……"

她两腮通红。

抱她的那个人用手一摸她的额头，惊叫了一声："这孩子的额头，滚烫！"

许多人护送着，哧通哧通的脚步声，响彻通往医院的土路上。

那天下午，太阳被厚厚实实的乌云所遮蔽，不一会儿，狂风大作，接着便是暴雨。傍晚风停雨歇时，只见一地的葵花，一株株皆落尽金黄的花瓣，一只只失去光彩的花盘，低垂着，面朝满是花瓣的土地……

青铜葵花

第 **3** 章

老槐树

1

干校的人，千里迢迢来到这片大芦苇荡，是要劳动，并且要从事繁重的体力劳动。

祖祖辈辈都从事劳动的大麦地人，怎么也搞不明白这些城里人的心思：为什么不好好地、舒舒服服地待在城里，却跑到这荒凉地界上来找苦吃？劳动有什么好呢？大麦地人，祖祖辈辈都劳动，可还祖祖辈辈做梦都不想劳动，只是无奈，才把一生缚在这土地上的。这些城里人倒好，专门劳动来了，实在是奇怪得很。许多时候，大麦地人看到，大麦地的庄稼人都收工了，干校那边的人却还在劳作。不止一次，大麦地人都已在梦乡里了，却被干校那边干夜活的人的歌声与号子声惊醒。"这些人疯了呢！"醒来的人，在嘴里叽咕着，又翻身睡去。这些疯了的人，越是刮风下雨，就越干得起劲。大麦地人常常干干净净的，而干校那边的人倒常常泥迹斑斑的，像从泥坑里爬上来的一般。

干校那边的人必须劳动。

那么，总是要往那片葵花田跑的葵花怎么办？总不能抽出一两个人来专门照料她吧？她父母又都是孤儿，这天底下竟没有一个亲戚可以托付的。就这样过了半个多月，干校方面就来与地方上联系，看看大麦地有哪位老乡家愿意领养这个女孩。地方上觉得，人家干校对大麦地实在不错，人家的拖拉机无偿地帮助大麦地耕过地，人家还出钱给大麦地搭了一座桥，还派人到大麦地人家的墙上画画儿，现在人家有了难处，应该帮人家分忧，便说：可以试试看。

干校方面怕大麦地人觉得责任太重大，说：也可以说是寄养。

干校有人曾建议将葵花送进城里，然后交由谁家抚养。他爸爸生前的几个朋友不赞成："还不如交由大麦地人抚养，一河之隔，那边万一有个什么事情，我们也好照应这孩子。"

在干校方面将葵花送过来的头天晚上，大麦地方面的高音喇叭在黑暗中响了，村长很郑重地向大麦地人宣布了这件事情。后来，他一连重复了三遍：明天上午八点半，人家将小闺女送来，地点在村前的老槐树下。村长恳切地希望，大麦地人家，都来看一看。最后一句话是：

那小闺女，长得俊着呢！

2

　　哑巴青铜，耳朵却很灵。虽然是在屋里，外面高音喇叭里所说的，却一字一句，都真真切切地听到了。晚饭吃了一半，他不吃了，出了门，牵了牛，朝外走去。

　　爸爸问："晚上牵牛出去干什么？"

　　青铜没有回头。

　　哑巴青铜在大麦地人眼里，是一个聪明绝顶的哑巴，也是一个行为十分古怪的哑巴。他与所有孩子一样，都有喜怒哀乐，但他的表达方式却是另样。早几年，他遇到伤心的事，常常独自一人钻到芦荡深处，无论怎么呼唤他，他也不会走出来。最长的一次，他居然在芦荡里一连待了三天才走出来——那时他已瘦得跟猴一般。奶奶的眼泪都快流尽了。遇到高兴的事，他会爬到风车顶上，朝着天空，独自大笑。放在十岁之前，假如这件事情，特别让他兴奋，他会脱光了衣服，赤条条地，满世界奔跑。大麦地的人至今还记得他九岁那年的冬天，不知是一件什么事情让他兴奋了（一般来说，大麦地人很难知道究竟是什么事情会使他兴奋），将自己脱得只剩下一条小裤衩，跑出了家门。当时，地上的积雪足有一尺厚，而天空还正在飘着大雪。几乎全体大麦地人都跑了出来观望。见有那么多人观望，他跑动得更欢。爸爸、

58

妈妈和奶奶，一边叫着，一边跟在他屁股后头追他。他根本不听。跑了一阵，他居然将小裤衩也脱掉了，扔在雪上，朝远处跑去。雪花飘飘，他的跑动像一匹小马驹。几个大汉猛追上去，好不容易才将他捉住。妈妈在给他穿衣服时，一边穿一边哭，而他却还一个劲儿地要挣出去。那些使青铜感到高兴、兴奋的事，也许在大麦地人看来微不足道。比如，他放牛时，在一棵桑树上，发现了一窝绿莹莹的鸟蛋，他就天天藏在芦苇丛后面去看两只羽毛好看的鸟轮流着孵蛋。这一天，他再去看时，发现两只鸟都不在了，心里一阵担忧，就去看鸟窝，只见那一窝蛋，已经变成了一窝一丝不挂的小鸟，他这就高兴了，兴奋了。再比如，河边上有棵柳树死了——死了好几年了，而这一天，他在河边割草，抬头一看，见那棵柳树的一根枝条上居然长出了两片小小的绿叶，那绿叶在寒风中怯生生地飘动着，他这就高兴了，兴奋了。所以，大麦地人永远也不能知道他究竟因什么事而高兴，而兴奋。

每天，他都有自己的事情要做，他的世界，与大麦地孩子们的世界似乎不属于同一个世界。

他会用半天的时间看着清澈的水底：那里，一只河蚌在用令人觉察不出的速度向前爬行着。他会一下子折叠出数十只芦叶小船，然后将它们一一放入大河，看它们在风中争先恐后地飘向前方。其中，若有几只被风浪打翻，他会在心里为它们好一阵难过。他甚至有点儿神秘，使人不可想象。有人看见他在一口别人看来根本不可能有鱼的水塘中摸鱼，但却硬是捉住了好几条大鱼。有人看见他常常钻进芦苇荡，在一汪水泊边拍手，拍着拍着，就会有十几只鸟从芦苇丛里飞起，在他头上盘旋了一阵之后，落在水泊中。那些鸟，是大麦地人从未看到过的鸟，一只只都十分地好看。他似乎不太喜欢与大麦地的孩子们玩耍，也不特别在意大麦地的孩子们愿不愿与他玩耍。他有河流，有芦苇，有牛，有数也数不清的、不知道名字的花草与虫鸟。大麦地的一个孩子说，他曾经看见过青铜张开手，掌心朝下，来来回回地在一片蔫头蔫脑的草上抚摸了几下，那些草一根根地直立了起来。大人们不相信，孩子们也不相信，那个孩子说："我可以发誓！"然后，他真的发了誓。发了誓，人们也不相信。那孩子说："不相信拉倒！"但当大麦地的人总看见青铜独自一人在田野上走来走去——走来走去的，手上就会有一串用柳条穿起的鱼时，也觉得这个哑巴有点儿不同寻常。

现在是晚上，青铜骑着牛出现在了长长的村巷里。

"这哑巴心里有什么事了。"看见他的人说。

牛蹄叩击着青砖，发出踢笃踢笃的声音。

青铜的心思被什么牵引着，骑在牛背上居然没有觉得骑在牛背上，更没有注意到那一张张从门里探出来向他好奇地张望着的脸。牛慢条斯理地走着，他的身体随着牛的晃动而晃动，像船在水波上。他的目光，省略了大麦地村，看到的是夏末秋初的夜空：那是一片深蓝的天空，浩瀚的星河里，成千上万颗星星在沉浮，在闪烁。

这孩子显得有点儿迷迷瞪瞪的。

踢笃、踢笃……

牛蹄声在空洞的村巷里响着。没有人知道哑巴青铜要骑着他的牛到什么地方去。

青铜自己也不知道。他听牛的。牛愿意将他驮到什么地方，就驮到什么地方。他只想在夜空下游走，不想待在家里。

牛走过村庄，走过田野。青铜看到了大河。夜晚的大河，显得比白天的大河要大，既宽，又十分地遥远。他看到了大河那边的干校，一片灯光在芦荡中闪烁。

大河那边有个女孩，明天早上，她要从那边过来，到老槐树下。

月光似水，泻满一河一地。草丛里，秋虫在鸣叫。芦苇丛里，有鸟受了什么惊动，突然飞起来，在天空里叫了几声，不知飞向了哪里。天空离大地远了许多。天气已经凉爽。一切，都是秋天的景象。

青铜从牛背上跳下来，赤脚站在被秋露打湿的草丛中。

牛昂着头，在看月亮。它的目光黑晶晶的，像两块黑宝石。

青铜也去看月亮，今晚的月亮是个白月亮，特别地柔和。

牛低下头去吃草时，青铜双膝跪在了草丛里，望着它，用手比画着。他相信牛一定能听懂他的话。他总是与牛说话，用眼神与手势。他问道："你喜欢葵花吗?"

牛嚼着草。

但青铜却听到了牛的回答："喜欢。"

"我们把她接到家，好吗？"

牛抬起头来。

青铜又听到了牛的回答："好。"

他用手拍了拍它的脑袋，他很想抱住它的头。它不是一头牛，青铜从来不将它看作是一头牛。在青铜家，所有的人都将它看成是家里的一员。不光是青铜常跟它说话，奶奶、爸爸与妈妈也常跟它说话。他们有时会责怪它，或者是骂它，但就像是责怪或是骂一个孩子。

牛总是用温顺的目光，看着这一家子人。

"我们就这样说好了。"青铜又拍了拍它的脑袋，然后再次爬到它的背上。

它驮着他，走进村子。在村头的老槐树下，它停住了。老槐树下，是石碾。明天上午，葵花将坐在这石碾上等大麦地的一户人家将她领走。青铜好像看见了她——她坐在石碾上，身边放了一个包袱。她低着头，一直低着头。

月亮移到老槐树的上空，一切变得朦胧起来。

3

第二天上午八点半钟，葵花准时被干校的人领到了老槐树下。

干校的几个阿姨很精心地打扮了这个小姑娘。一个干干净净、体体面面的小姑娘。这小姑娘的头被梳得一丝不苟，小辫上扎着鲜艳的红头绳。脸很清瘦，眼睛显得有点儿大，细细的但却又很深的双眼皮下，是一双黑得没有一丝杂色的眼睛。目光怯生生的。她一动不动地坐在石碾上，身旁是一个包袱。

干校的叔叔阿姨们，这些日子一直在做她的工作，一切都已经向她说清楚了。

她没有哭。她对自己说："葵花不哭。"

几个阿姨就一直守候在她身旁。她们或是用手轻轻掸去她衣服上刚沾的灰尘，或是用手抚摸着她的头。有个阿姨发现她的耳根旁有道淡淡的泪痕，就去河边，用手帕蘸了点儿清水回来，细心地将那道泪痕擦掉了。

面对着大麦地人，几个阿姨用目光诉说着："多么好的一个女孩啊！"

老槐树下，早聚集了很多人。

"在哪儿呢？在哪儿呢？……"很多人还在往这边走。他

63

们一边走，一边嚷嚷着。但他们一旦走到老槐树下，看到葵花这小小人儿时，像被什么东西镇住了一般，立即鸦雀无声。

人越聚越多，男女老少，站了满满一场地，仿佛赶集似的。与赶集不一样的是，这里没有喧哗，最多只有小声的嘀咕。

望着这么多人，望着这么多厚道而善良的面孔，葵花会一时忘记自己的处境，觉得今天很热闹。她抬起头来，羞涩地看着这些人。一时间倒变成她看别人了。但，不一会儿，她就会突然地记起她今天坐在这石碾上，是干什么来了。那时，她就会将头低下去，用眼睛看着自己的脚——脚上穿着新鞋新袜，是阿姨们买的。

老槐树的叶子，已被秋风吹黄。风大些时，就会有几片落叶飘下来。有片落叶掉在了葵花的头发上，站在她身旁的阿姨，就低头用嘴去吹这片落叶。她的头发在那股小小的气流下，就形成一个小小的旋涡。葵花不知道有什么东西落在了她头上，当阿姨用嘴去吹时，她缩起了脖子。这一小小的动作，被在场的人看到了，更生了怜爱之心。

坐在石碾上，有时，她会忘记了周围有这么多人，当自己就是一个人坐着。她会想起爸爸。她又看到了葵花田。她看到爸爸就站在葵花田里。这里，她的眼睛眯缝着，仿佛是在阳光下。

人们谁也不说话。

太阳越升越高，秋天的太阳又大又亮。

谁家也没有表示希望领养葵花。

大麦地的大部分人家，都不缺孩子。新鲜的空气，明亮的阳光，新鲜的鱼虾和高质量的稻谷，使这里的女人都特别能生养孩子。一生就是一串，若按高矮走出来，看上去就像一列火车。

"朱国有结婚好几年了，还没有孩子，他家应当领养这小闺女。"

"谁说的？他老婆已怀上了，肚子都挺老高了。"

"还有谁家只有儿子没有闺女的？"

于是，他们就一户一户地分析着。其中有一户，是嘎鱼家。嘎鱼家就嘎鱼一个小子，看样子，他妈妈也不会再生了。而且嘎鱼家是大麦地最富的人家。他家祖祖辈辈都养鸭，他家具有大麦地任何一户人家都不具备的财富。然而，嘎鱼家的人并没有出现在老槐树下。

人们看到了青铜一家人。青铜家就青铜一个男孩，而且还是一个哑巴。但，谁也没有去想他家能否领养葵花。因为青铜家太穷。

青铜一家人都看到了葵花。一头银发的奶奶，一眼就喜欢上了这个女孩。人挤来挤去的，很难站得住，但奶奶拄着拐棍，却就是站在那儿不动。

葵花看到了奶奶。以前，她没有见过青铜的奶奶，现在是第一次见到，但却觉得她像在哪儿见过了。奶奶看着她，她也看着奶奶。她觉得奶奶的头发非常非常好看。她从未见过这么好看的头发，一根一根的，都像是银丝。风吹来时，这些银丝在颤动，闪着亮光。奶奶慈祥和蔼的目光，在她的脸颊上抚摸着。她仿佛听到了奶奶颤抖的声音："别怕，孩子！"奶奶的目光，无声地牵引着她。

不知是什么时候，奶奶转身走了。她要在人群里找到儿子、媳妇与孙子。她好像有话要对他们说。

已近中午，也没有一户人家出来表示愿意领养葵花。

村长有点儿急了，在人群里走来走去，一边走，一边说："多好的一个闺女！"

后来他才知道，正是因为大麦地的人觉得这闺女太好了，才忧虑起来。很想领养一个孩子的人家，看过葵花，就走到人群背后叹息："没有这个福分呢！"他们觉得，这么好的一个闺女，得对得起她。而大麦地是个穷地方，家家日子都不富裕。谁都喜欢这个闺女，太喜欢了！正因为如此，大麦地人倒没有一户人家敢领养她了，他们怕日后委屈了她。

陪着葵花的几个阿姨，一直眼巴巴地等着有人家走出来。看看太阳已到头顶，她们几个转过身去，一边流泪一边说："我们走，我们轮流养着，他大麦地谁家要，我们也不给了。"但却没有走。她们要再等一等。

葵花的头，垂得更低了。

村长看到了青铜一家人，走过来说了一句："你们一家人倒都是好人，这孩子到你们家最合适不过了，可你们家就是……"他没有将"太穷"两个字说出口，摇了摇头走了。

走过青铜身边，他用大手在青铜的头上，非常惋惜地抚摸了几下。

一直蹲在地上的爸爸，过了一会儿，站起身来说："回去吧。"

一家人都不说话。奶奶记着村长的话，没有回头再去看一眼葵花。除了青铜，一家人都想早点儿离开老槐树。爸爸见青铜站着不动，过来拉了他一把。

一旁吃草的牛哞地一声长鸣。

老槐树下，所有的人都停止了说话。他们掉过头来时，看到青铜一家正在离去。这正午阳光下的一幕，留给大麦地人一个深刻的印象：奶奶颤颤巍巍地走在前头，接下来是妈妈，再接下来是爸爸——爸爸用力抓着显然不愿离开老槐树的青铜的一只胳膊，走在最后的青铜牵着牛，那牛不肯走，常用前蹄抵着路面，将身子向后倾着。

葵花看着青铜一家渐渐远去，泪水顺鼻梁而下……

人渐渐散去时，嘎鱼一家出现在了老槐树下。

整个上午，嘎鱼父子俩都在远处放鸭。

一家人在离石碾丈把远的地方站着。晒得黑不溜秋的嘎鱼，不时地瞟一眼父母的眼神与脸色。他觉得，父母对葵花似乎挺喜欢，一副动了心的样子。他心里有一种说不清楚的兴奋，朝葵花笑嘻嘻的。

嘎鱼的爸爸抬头看了看太阳，对嘎鱼耳语了几句，嘎鱼转身跑了。不一会儿，他又跑了回来，一手抓着一只煮熟了的鸭蛋。

妈妈示意嘎鱼把这两只鸭蛋送到葵花的手上，但嘎鱼不好意思，把两只鸭蛋放到了妈妈的手上。

妈妈走过去，弯腰对葵花说："闺女，都中午了，肚子饿了吧？快把这两只鸭蛋吃了。"

葵花不肯接下，将手放到身后，并摇了摇头。

妈妈就将鸭蛋分别放到葵花衣服上的两只口袋里。

嘎鱼一家人，后来就一直站在老槐树下。偶尔走过几个人，嘎鱼的父母就会与来人嘀咕一阵。嘀咕一阵之后，就又会再度站在那里去观看葵花。不知不觉间，他们离葵花越来越近了。

原来站着的几个阿姨，也在石碾上坐了下来。她们想再等一等。

4

青铜一家人回到家，都默不作声。

妈妈将饭菜端上桌后，没有一个坐到桌前的，妈妈叹息了一声，也走开了。

转眼间，青铜不见了。妈妈就出门去找他，路上遇到一个孩子，问："看见青铜了吗？"

那孩子一指青铜家东边的一条河："那不就是青铜嘛！"

妈妈掉头一看，只见青铜坐在河中心一根水泥桩上。

几年前，这里本打算造一座桥的，刚打了一根水泥桩，因为资金的问题，就又把这计划撤销了。打下的一根，也没有拔，就孤零零地留在了水中。一些水鸟飞累了，常在上面歇脚，因此这水泥桩上都是白色的鸟粪。

青铜驾一只小船靠近水泥桩，然后就抱着它爬了上去。他故意没有将小船拴在水泥桩上，等他爬到水泥桩的顶端，小船也早就漂远了。

四周是水，高高的一根水泥桩。青铜坐在上面，就像一只大鸟。

妈妈看罢，就回去叫爸爸。爸爸上了已经漂到岸边的小船，将它撑到水泥桩下，仰起脸来叫着："下来！"

青铜动也不动。

"下来!"爸爸提高了嗓门。

青铜看都没有看爸爸一眼。他以一个固定不变的姿态坐在面积极其有限的水泥桩的顶端,目光呆呆地望着河水。

不一会儿,就聚来不少围观的人。那时正是吃午饭的时候,围观的人,不少手中还端着饭碗。

这是大麦地初秋时节的一道风景,一道奇特的风景。青铜经常给大麦地制造这样的风景。

河水晃动着,青铜投在水面上的影子,梦幻一般,一会儿大一会儿小。

爸爸火了,举起竹篙威胁着:"你再不下来,我就用竹篙揍你了!"

青铜根本就不理会爸爸。

妈妈在岸上喊着:"青铜,下来吧!"

爸爸见三番五次地呼喊他下来而他就是固执着不肯下来,便急了,用竹篙去推他的屁股,想将他掀到河里。

青铜早有准备,一边用双手死死抱住水泥桩,一边又用双腿死死夹住水泥桩,人就如同长在了水泥桩上一般。

岸上有人感叹:"你别说,这还得有一番功夫。放在一般人,能在上面坐一刻,就算不错了。"

"你就死在上面吧!"爸爸无可奈何,只好将船撑到岸边,气呼呼地爬上岸,牵着牛耕地去了。

人们看够了,也一个一个地离开了岸边。

"你就坐在上面吧!有本事一辈子别下来!"妈妈也不管

70

他，回家去了。

青铜觉得，这世界一下子变得很安静。他坐在那里，将双腿垂挂着，用双手托着下巴。河上有风，不停地掀动着他的头发与衣服。

妈妈回到屋里后，一边惦记着坐在水泥桩上的青铜，一边在屋里收拾着。收拾着收拾着，她停住了。因为她忽然觉察到自己的收拾，有点儿莫名其妙。干吗要收拾出一张小床来呢？干吗把青铜床上的蚊帐摘下来放到水盆里呢？干吗要把柜子里一条干净被子抱出来呢？干吗拿出一只枕头来呢？……她坐在那张刚收拾出来的干干净净的小床边，目光里满是犹疑。

此时，青铜的爸爸正在与牛怄气。那牛平素总是很听话的，而今天却总是找别扭。一会儿拉屎，一会儿撒尿，让它走路，它磨磨蹭蹭，还一边走，一边偷吃人家的庄稼。到了地里，爸爸刚将轭头架在它的脖子上，就被它一甩脑袋甩掉在地里。爸爸几次扬起鞭子要揍它。它却昂起头来，朝爸爸哞哞叫着，然后不住地从鼻子里喷出气来。终于将轭头拴好，爸爸正要去扶犁把，它却猛地往前跑动起来，那犁躺在地上，被它一路拖了去。爸爸好容易才将它追上。他真的火了，甩起一鞭子，狠狠地抽在了它的脑袋上。爸爸很少用鞭子抽打它。牛没有反抗，甚至都没有叫一声，而是低下头去。爸爸立即后悔了，走上前来看它。他看到，牛的眼睛里似乎有泪水。他心里酸溜溜的，对牛说："你不能怪我，是你不听话!"他没有再让牛干活,而是卸掉了它的轭头,将缰绳绕在它的犄角上,意思是说:"随你去吧。"然而牛却站在那里,一步不动。他在田埂上坐下了,一个劲儿地抽着烟。

奶奶从老槐树下回来后,就一直站在门前的篱笆下,挂着拐棍,朝老槐树方向望着。

当妈妈再度回到河边呼唤青铜从水泥桩上下来时,奶奶过来了。望着孙子,她没有立即呼唤他。在这个家里,最疼青铜的就是奶奶,最能懂得青铜心的,也是奶奶。爸爸妈妈要下地干活,他基本上是奶奶带大的。五岁之前,他还和奶奶睡一张床——睡在奶奶脚底下。奶奶的小脚碰到这暖和和的、软乎乎的肉蛋儿,心里别提有多圆满。寒风肆虐的冬夜,奶奶觉得脚底下的孙子是只火盆儿。大麦地的人总是见到,奶奶不管去什么地方,总要将青铜带在身边。人们见到,他们俩总是在没完没了地说话。青铜用的是眼神与手势,然而奶奶却总能心领神会,没有一点儿阻碍。哪怕是最复杂、最微妙的意思,奶奶也能毫不费力地"听"懂。青铜的世界,只有奶奶一个人能够进入,而且奶奶非常喜欢待在孙子的那个奇妙的世界里。

奶奶望着高高地坐在水泥桩上的青铜说:"你光坐在那里,有什么用?心里有话,要对你老子说,他是一家之主。你不说,坐在上面一辈子也白坐……你可想好了,以后你就不能再贪玩了,要挣钱……还不快下来,再不下来,就被人家领走了……要对她好,一点儿也不能欺负她,你要是欺负了她，我可不饶你……快下来去找你老子，我看得出来，他喜欢那闺女，他只是想到我们家太穷了……下来吧，下来吧……"奶奶晃晃悠悠地走到水边，用竹篙将船轻轻推向水泥桩。

青铜听奶奶的话，见小船靠拢来时，抱着柱子滑溜到船上。

不知为什么，爸爸竟牵着牛回来了。他本来是让牛耕地的，但耕着耕着，他停住了，卸了轭，牵了牛，就往回走。

妈妈问："怎么又回来了？"

爸爸不吭声。

青铜走到爸爸面前，用只有他的亲人们才能领会的眼神与手势，急切向他说着：

"她是一个好女孩，非常好非常好的女孩。"

"把她接到我们家，接到我们家！"

"我以后好好干活，一定好好干活！"

"过年时，我不穿新衣服。"

"我以后不再嚷嚷着要吃肉了，不再了。"

"我喜欢她做我妹妹，非常非常喜欢。"

他的眼睛里含着泪水。

奶奶、妈妈的眼睛里也含着泪水。

爸爸抱着头蹲在地上。

奶奶说："穷是穷点儿，可我不信养不活这闺女。一人省一口，就能养活她。我正少一个孙女呢！"

青铜牵着奶奶的手，往老槐树下走去。

爸爸要去阻止他们，但却只叹息了一声。

妈妈跟了上去，不一会儿，爸爸也跟了上去。

牛哧通哧通地跑到了最前头。

他们走过村巷时，人们问他们一家子去哪儿，他们不作答，只管往老槐树下走。

5

太阳已经偏西。

老槐树下，人群稀落，但干校的阿姨还陪着葵花坐在石碾上。

嘎鱼一家人离她们已经相当近了，嘎鱼的妈妈甚至已经坐在了石碾上，并将手放到了葵花的肩上，侧着脸，好像在与葵花说话。

事情似乎很快就要有着落了。

村长的脸上，有些焦急，又有些高兴。

嘎鱼的爸爸蹲在地上，用一根细细的树枝在地上画着，似乎在计算什么。在这段时间里，他就一直在计算着：养这样一个女孩，一年里头，究竟要让鸭子多生多少只蛋？他已算了很久，却始终不能得出一个精确的数字。

嘎鱼和妈妈早已不耐烦了。村长和所有在场的人，也都早就不耐烦了。但嘎鱼的爸爸仍然不着慌不着忙地计算着。有时，他会停住，抬起头来看看葵花。心里真是喜欢。再计算时，就笑眯眯的。

就是这时，青铜一家人到了。

村长问："你们怎么又来了？"

青铜的爸爸问："这孩子，已有人领了吗？"

坐在葵花身边的阿姨与村长都说道："还没有最后定下来呢。"

青铜的爸爸吁了一口气，说："这就好。"

蹲在地上的嘎鱼的爸爸全听到了，但却无动于衷。他不可能想到青铜家要领养葵花：他们家拿什么养活这闺女？大麦地村，谁也没有这个力量与他争。他看也不看青铜一家。

嘎鱼瞟了一眼青铜，觉得事情有点儿不妙，就用脚尖踢了踢爸爸的屁股。

嘎鱼的妈妈感到了一种危机，冲着嘎鱼的爸爸说："你快点儿说个准话啊！"

青铜的爸爸毫不含糊地说道："这闺女，我们家要了！"

嘎鱼的爸爸抬头看了一眼青铜的爸爸："你们家要了？"

"我们家要！"青铜的爸爸说。

"我们家要！"青铜的妈妈说。

青铜的奶奶用拐杖捅了捅地："我们家要！"

牛冲着天空，令人荡气回肠地吼叫一声，震下了许多落叶。

嘎鱼的爸爸站了起来："你们家要？"他在鼻子里轻蔑地哼了一声，"对不起，你们来迟了，我们家已要了。"

"村长刚才说了，还没有定下来呢。我们家不迟。我们家是在你头里说要领这闺女的。"青铜的爸爸说。

嘎鱼的爸爸说："谁也不能把这闺女领走！"又说了一句，"你们家要？你们家养得起吗？"

青铜的奶奶听见了，走上前来，说道："没错，我们家穷。我们家拆房子卖，也要养活这闺女！反正，这闺女我们家要定了！"

青铜的奶奶，是全体大麦地人尊敬的老人。村长一见老人家生气，赶忙上前扶着她："您老别上火，好商量。"然后用手指着嘎鱼爸爸的鼻子，"还算吗？算呀！看看一年下来，到底要让鸭子生多少只蛋！"

两家人争执不下。嘎鱼的爸爸本是犹豫不决的，现在却一副势在必得的样子。后来，两家人就大声争吵起来，许多人闻声，便匆匆赶过来围观。

村长也不知如何是好。

这时，有人就出主意："既然是这样，就让孩子自己选择吧。"

众人都觉得这是好主意。

村长问嘎鱼的爸爸："你看这样行不行？"

"行！"嘎鱼的爸爸觉得这个办法很有利于他。他用手指着村西头的唯一一幢瓦房说："喏，那就是我们家。"

村长问青铜家的人："这样行不行？"

奶奶说："我们不会为难孩子的。"

"那好。"村长走上前来，对葵花说："闺女，咱们大麦地村的人家，谁家都喜欢你。可他们就是怕委屈了你。咱大麦地人，一个个都是好人。你去谁家，都会对你好的。现在，你就自己选吧。"

青铜抓着牛绳站在那里，用眼睛看着葵花。

嘎鱼笑嘻嘻的。

葵花看了一眼青铜，站起身来。

这时，老槐树下一片寂静，谁都不发一声，静静地看着葵花，看她往哪一家走。

东边站着青铜一家，西边站着嘎鱼一家。

葵花拿起了包袱。

几个阿姨哭了。

葵花看了一眼青铜，在众人的目光之下，一步一步地朝西边走去。

青铜低下了头。

嘎鱼看了一眼青铜，笑得嘴角扭到耳根。

葵花一直走到了嘎鱼的妈妈身边。她用感激的目光看着嘎鱼的妈妈，然后用两只手分别从两个口袋里将两只鸭蛋掏出来，放到了嘎鱼妈妈衣服上的两只口袋里。然后，她一边望着嘎鱼一家人，一边往后退着。退了几步，她转过身来，朝青铜一家人站着的方向走过来。

众人的目光，随着她的身影的移动而移动着。

青铜的奶奶，用拐棍轻轻敲了敲青铜依然还低垂着的脑袋。

青铜抬起头来时，葵花已经离他很近了。

奶奶朝葵花张开了双臂。在奶奶的眼里，挎着小包袱向她慢慢走过来的小闺女，就是她嫡亲孙女——这孙女早几年走了别处，现在，在奶奶的万般思念里，回家了。

那天的下午，大麦地的人在一片静穆中，看到了一支小小的队伍：青铜牵着牛走在前头，牛背上骑着葵花，挎着小包袱的妈妈和奶奶、爸爸，一个接一个地走在牛的后头。

牛蹄叩击青砖的声音，清脆悦耳。

青铜葵花

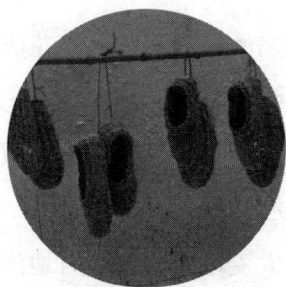

第 **4** 章

芦花鞋

1

使大麦地人感到奇怪的是，小女孩葵花一夜之间就融入了那个家庭，甚至还要更短暂一些——在她跨进青铜家门槛的那一刻，她已经是奶奶的孙女，爸爸妈妈的女儿，青铜的妹妹。

就像青铜曾是奶奶的尾巴一样，葵花成了青铜的尾巴。

青铜走到哪儿，她就跟到哪儿。几乎没有用什么时间，葵花就能与青铜交流一切，包括心中最细微的想法，而且这种交流如水过平地一般流畅。

悠闲的或忙碌的大麦地人，会不时地注目他们：

阳光明亮，空旷的田野上，青铜带着葵花在挖野菜，他们走过了一条田埂又一条田埂。有时，他们会在田埂上坐一会儿，或躺一会儿。往回走时，青铜会背上一大网兜野菜，而葵花的臂上也会挎一只小小的竹篮，那里头装的也是野菜。

下了一夜大雨，到处都是水。

青铜、葵花，一人穿着蓑衣，一人戴着一个大斗笠，一人拿着渔网，一人背着鱼篓出了家门。雨丝不断，细细地织成银帘。那么大的田野，就他们两个。天空下，是一片湿漉漉的安静。他们走走停停，停停走走。一会儿，青铜不见了——他下到水渠里用网打鱼去了，只见葵花一人抱着鱼篓蹲在那里。一会儿，青铜又出现了——他拖着网上来了。两个人弯腰在捡什么？在捡鱼，有大鱼，有小鱼。或许是收获不错，两个人都很兴奋，就会在雨地里一阵狂跑。青铜跌倒了——是故意的。葵花见青铜跌倒了，也顺势跌倒了——也是故意的。回来时，那鱼篓里尽是活蹦乱跳的鱼。

两个人常去那片葵花田。

那些葵花都已落尽了叶子落尽了花，葵花田显得疏朗起来。一只只葵花饼上，挤满了饱满的葵花子。或许是因为这葵花饼太重，或许是它们实际上已经死了，它们一株株都低垂着脑袋，无论阳光怎么强烈，它们再也不能扬起面孔，跟着太阳转动了。青铜是陪着葵花来看葵花田的。他们会长久地坐在葵花田边的高处。看着看着，葵花会站起来，因为她看到了爸爸——爸爸站在一株葵花下。青铜就会随着她站起来，顺着她的目光向前看——他只看到了一株又一株的葵花。但青铜却在心里认定，葵花确实看到了她的爸爸。大麦地村，也有人说过曾在月光下的葵花田里看到过葵花的爸爸。谁也不相信，但青铜却相信。每当他从葵花的眼中看出她想去葵花田时，他就会放下手中的一切，带着她走向葵花田。

白天、夜晚，晴天、阴天，总能见到他们。青铜一身泥水，葵花也会一身泥水。

两个小人儿在田野上的走动、嬉闹，会不时地使大麦地人的心里荡起微微的波澜。那波澜一圈一圈地荡开去，心便湿润起来，温暖起来，纯净与柔和起来。

2

深秋，天光地净。

野了一个夏天的孩子们，忽然想起，再过几天，就要开学了，就更加发疯一般地玩耍着。

大人们已开始在心里盘算着孩子开学后所需要的各种费用。虽然数目不大，但对大麦地的大多数人家来说，却是一笔非同小可的开支。大麦地的孩子，有到了上学年龄就准时上学的，也有到了上学年龄却还在校外游荡的。那是因为家里一时拿不出钱来，大人们想：就再等一年吧，反正就是为了识几个字，认识自己的名字就行了。就依然让那孩子一边空玩，一边打猪草或放羊放鸭。有些孩子耽误了一年又一年，都到了十岁、十几岁了，眼看着再不上学实在不能再上学，这才咬咬牙，让孩子上学去。因此，在大麦地小学，一个班上的孩子，年龄悬殊很大，走出来，大大小小的，高高矮矮的，若站一条队伍，特别地不整齐。还有些人家干脆就不让孩子上学了。也有一些延误了几年的孩子，大人本有心让他上学的，他自己却又不愿意了。他觉得自己都长那么高了，还与那些小不点儿混在一起读一年级，觉得实在不好意思。大人们说："长大了，可别怪家里没有让你念书。"也就由那孩子自己去决定他的前途了。上了学的，也有读不安稳的——欠学费，学校在不停地催要。若多少次点名之后，还不能将所欠的学费交齐，老师就会对那孩子说："搬了你的凳子，回家去吧。"那孩子就在无数双目光下，搬了凳子，哭哭啼啼地回家去了。也许，他因为补交了学费还会再回来读书，也许就永远不再回来了。

这些天，青铜家的大人们，每天夜里都睡不好觉。沉重的心思，压迫着他们。家里原先是准备了一笔钱的，那是让青铜进城里聋哑学校读书用的。青铜已经十一岁了，不能再不去读书了。城里有个远房亲戚，答应青铜可以吃住他家。可葵花已经七岁，也到了上学年龄了。这里人家，有些孩子，五岁就上学了。说什么，也得让葵花上学去。

爸爸妈妈将装钱的木盒端了出来。这些钱是一只只鸡蛋换来的，是一条条鱼换来的，是一篮篮蔬菜换来的，是从他们嘴里一口一口省下来的。他们将钱倒出来，数了又数，算了又算，怎么也不够供两个孩子同时上学。望着这一堆零碎的、散发着汗味的钱，爸爸妈妈一筹莫展。

妈妈说："把几只鸡卖了吧。"

爸爸说："也只有卖了。"

奶奶说："鸡正下蛋呢。卖了也不够。再说，这家里以后用钱，就靠这几只鸡下蛋了。"

妈妈说："跟人家借吧。"

爸爸说："谁家也不富裕，又正是要钱用的时候。"

奶奶说："从明日起，隔十天给孩子们吃一顿干饭。把省下的粮食卖掉换些钱吧。"

可是，所有这些办法即使都用上，还是凑不齐两个孩子的读书费用。商量来商量去，还是一个结论：今年只能供一人去上学。那么是让青铜上学还是让葵花上学呢？这使他们感到十分为难。思前想后，最终决定：今年先让葵花上学。理由是：青铜是个哑巴，念不念书，两可；再说，反正已经耽误了，索性再耽误一年两年的，等家景好些，再让他去读吧，一个哑巴，能识得几个字就行了。

大人们的心思，早被两个敏感的孩子看在眼里。

青铜早就渴望上学了。

当他独自走在村巷里或田野上时，他会被无边的孤独包裹着。他常常将牛放到离小学校不远的地方。那时，他会听到琅琅的读书声。那声音在他听来，十分地迷人。他知道，他永远不会与其他孩子一起高声朗读，但，他能坐在他们中间，听他们朗读，也好啊。他想识字。那些字充满魔力，像夜间荒野上的火光在吸引着他。有一阵时间，他见了有字的纸就往回捡。然后一个人躲到什么地方去，煞有介事地看那些纸，仿佛那上面的字，他一个一个都认识。看见那些孩子转动着小鸡鸡，用尿写出一个字来，或是看到他们用粉笔在人家的墙上乱写，他既羡慕，又羞愧——羞愧得远远待到一边去。他曾企图溜到小学校，想通过偷听学得几个字，但，不是被人赶了出来，就是变成了让那些孩子开心的对象。他们中间的一个忽然发现了他，说："哑巴！"于是，无数的脑袋转了过来。然后，他们就一起拥向他，将他团团围住，高声叫着："哑巴！哑巴！"他们喜欢看到他慌张的、尴尬的、滑稽的样子。他左冲右突，才能突出重围，在一片嬉笑声中，他连滚带爬地逃掉了。

学校，是青铜的一个梦。

然而现在事情明摆着：他和葵花妹妹，只能有一人上学。

夜晚，他躺在床上，眼睛骨碌骨碌地睡不着。但一到了白天，他好像什么也不想，依然像往日一样，带着葵花到田野上游荡去。

而葵花也显出没有任何心思的样子，一步不离地跟着青铜哥哥。他们仰脸去看南飞的大雁，撑只小船到芦苇荡捡野鸭、野鸡、鸳鸯们留下的漂亮羽毛，去枯黄的草丛中捕捉鸣叫得十分好听的虫子……

这天晚上，大人们将他们叫到了面前，将安排告诉了他们。

葵花说："让哥哥先上学，我明年再上学，我还小哩，我要在家陪奶奶。"

奶奶把葵花拉到怀里，用胳膊紧紧地将她搂抱了一下，心酸酸的。

青铜却像是早就想好了，用表情、手势准确无误地告诉奶奶、爸爸和妈妈："让妹妹上学。我不用上学。我上学也没有用。我要放牛。只有我能放牛。妹妹她小，她不会放牛。"

这两个孩子就这样不停地争辩着，把大人心里搞得很难受。妈妈竟转过身去——她落泪了。

葵花将脸埋在奶奶的胸前，一个劲儿地哭起来："我不上学，我不上学……"

爸爸只好说："再商量吧。"

第二天，当事情依然不能有一个结果时，青铜转身进了房间，不一会儿捧出一个瓦罐来。他将瓦罐放在桌上，从口袋里掏出两颗染了颜色的银杏来，一颗为红色，一颗为绿色。这里的孩子常玩一种有输赢的游戏，输了的，就给银杏。那银杏一颗颗都染了颜色，十分地好看。许多孩子的口袋里都有五颜六色的银杏。青铜说："我把一颗红银杏、一颗绿银杏放到瓦罐里，谁摸到了红银杏，谁就上学去。"

三个大人疑惑地望着他。

他朝他们悄悄地打着手势："你们放心好了。"

大人们都知道青铜的聪明，但他们不知道青铜到底要什么名堂，有点儿担心会有另样的结果。

青铜又一次悄悄向他们做出手势。那意思是说："万无一失。"

大人们交换了一下眼神，同意了。

青铜问葵花："你明白了吗?"

葵花点点头。

青铜问葵花："你同意吗?"

葵花看看爸爸、妈妈，最后看着奶奶。

奶奶说："我看呀，这是好主意呢。"

葵花便朝青铜点点头。

青铜说："说话可要算数！"

"算数！"

妈妈说："我们在旁边看着，你们两个，谁也不得耍赖！"

青铜还是不放心，伸出手去与葵花拉了拉钩。

奶奶说："拉钩上吊，一万年不变。"

葵花转过头来，朝奶奶一笑："拉钩上吊，一万年不变。"

爸爸妈妈一起说："拉钩上吊，一万年不变。"

青铜将瓦罐口朝下晃了晃，意思是："这里头空空的，什么也没有。"

然后，他将左手张开，走到每个人的面前，让他们仔细地看着：这手掌只是一红一绿两颗银杏。

所有的人，都一一地点了点头：看到了，看到了，一红一绿两颗银杏。

青铜合上手掌，将手放进瓦罐，过了一会儿，将手从瓦罐里拿了出来，捂住瓦罐口，放在耳边用力摇动起来——谁都清晰地听到了两颗银杏在瓦罐里跳动的声音。

青铜停止了对瓦罐的摇动，将它放在桌子上，示意葵花先去摸。

葵花不知道先摸好还是后摸好，转头望着奶奶。

奶奶说："田埂上，拔茅针，后拔老，先拔嫩。葵花小，当然葵花先来。"

葵花走向瓦罐，将小手伸进瓦罐里。两颗银杏躺在黑暗里，她一时竟不知道究竟抓哪一颗好了。犹豫了好一阵，才决定抓住一颗。

青铜向爸爸妈妈奶奶和葵花说："不准反悔！"

奶奶说："不准反悔！"

爸爸妈妈说："不准反悔！"

葵花也小声说了一句："不准反悔！"声音颤颤抖抖的。她抓银杏的手，像一只怕出窠的鸟，慢慢地出了瓦罐。她的手攥成拳头状，竟一时不敢张开。

奶奶说："张开啊。"

爸爸说："张开啊。"

妈妈说："张开看看吧。"

葵花闭起双眼，将手慢慢张开了……

大人们说："我们已经看到了。"

葵花睁眼一看：一颗红的银杏，正安静地躺在她汗津津的掌心里。

青铜将手伸进瓦罐，摸了一阵，将手拿出瓦罐，然后将手张开：掌心里，是一颗绿色的银杏。

他笑了。

奶奶、爸爸、妈妈都望着他。

他还在笑，但已含了眼泪。他永远也不会说出这里头的秘密的。

3

葵花是一个胆小的女孩，无论是上学，还是放学回家，总有点儿害怕。因为家离学校有很长一段路，中间还要经过一片荒地。本来是有几个同路的孩子的，但她与大麦地村的孩子们还没有熟悉，大麦地村的孩子们也还觉得，她不是大麦地村的，她与大麦地人不大一样，因此，总有那么一点儿隔膜。

小小人儿，她独自一人上学去，奶奶、爸爸、妈妈也都不太放心。

青铜早想好了，他送，他接。

大麦地有历史以来，大概就从来没有过这样的情景：一个小女孩每天都骑着牛上学，还有一个小哥哥一路护送着。每天早上，他们准时出发，放学时，青铜和牛就会准时出现在学校门口。早晨，一路上，葵花在牛背上背诵课文，到了学校，就已背得滚瓜烂熟了。放学回家的路上，葵花就在心里做那些数学题，回到家，不一会儿就能完成家庭作业。每回，青铜把葵花送到学校后，葵花都是跑进校园后，又很快再跑出来："哥哥，放学了，我等你。"她生怕青铜将她忘了。青铜怎能把她忘了呢？也有一两回，青铜因为爸爸交牛交晚了，迟了一些时候，等赶到学校时，葵花就已经坐在校门口掉眼泪了。

下雨天，路上的泥土成了油滑油滑的泥糊，许多孩子从家里走到学校时，鞋上已尽是烂泥，还有摔倒的，一身泥迹斑斑。但，葵花却浑身上下，都是干干净净的。女孩们羡慕得都有点儿嫉妒了。

青铜一定要接送葵花的另一个原因是为了防止嘎鱼欺侮葵花。

嘎鱼与青铜一样大，也没上学。不是没有钱上学，而是不肯好好念书。一连三年留级，还是倒数第一名。他爸爸见他写不出几个字来，就将他绑在树上揍他："你学的东西都哪里去了?!"他回答道："都又还给老师了!"不好好念书倒也罢了，他还爱在学校闹事、闯祸。今天跟这个打架，明天跟那个打架，今天打了教室的玻璃，明天把刚栽下去的小树苗弄断了。学校找到他爸爸："你家嘎鱼，是你们主动领回去呢，还是由学校来开除?"他爸爸想了想："我们不上了!"从此嘎鱼一年四季就游荡在了大麦地村。

葵花上学、放学的路上，嘎鱼会赶着他的鸭群随时出现。他常将他的那群鸭密密麻麻地堵在路上。那群鸭在前头慢吞吞地走着。嘎鱼不时回过头来，不怀好意地看一眼青铜和葵花。他好像一直在寻找空子——青铜不在的空子。然而，一个学期都快过去了，也没有找到这个空子。

青铜发誓，绝不给嘎鱼这个机会。

嘎鱼似乎有点儿害怕青铜。青铜在，他也就只能这样了，心里很不痛快，压抑得很。于是，他就折腾他的鸭群。他把它们赶得到处乱跑，不时地，会有一只鸭挨了泥块，就会拍着翅膀，嘎嘎地惊叫。

青铜和葵花不理他，依然走他们的路。

4

青铜的家像一辆马车，一辆破旧的马车。在过去的许多年里，它在坎坷不平的路上，风里雨里地向前滚动着。车轴缺油，轮子破损，各个环节都显得有点儿松弛，咯吱咯吱地转动着，样子很吃力。但，它还是一路向前了，倒也没有耽误路程。

自从这辆马车上多了葵花，它就显得更加沉重了。

葵花虽小，但葵花聪慧，她心里知道。

临近期末，一天，老师到班上通知大家："明天下午，油麻地镇上照相馆的刘瘸子来我们学校为老师们照相，蛮好的机会，你们有愿意照相的，就预先把钱准备好。"

各班都通知到了，校园立即沸腾成一锅粥。

对大麦地的孩子们来说，照相是一件让他们既渴望又感到有点儿奢侈的事情。知道可以从家里要到钱的，又蹦又跳，又叫又笑；想到也许能够要到钱，但这钱又绝不轻易能要到手的，那兴奋的劲头，就弱了许多，更多的是焦虑。还有一些心里特别明白这钱根本就不可能要到——不是大人不肯给，而是家里根本就拿不出一分钱，就有点儿自卑，有点儿失望与难过，垂头丧气地站在玩闹的人群外，默默无语。有几个知道不可能要到钱，却又十分希望能照一张照片的孩子，就在私下里，向那些有些钱的孩子借钱，并一口向对方许下了许多条件，比如帮他扛凳子、帮他做作业，再比如将家里养的鸽子偷出来一对送他。借到的，就很高兴，与那些心里有底的孩子一起欢闹；借不到的，就有点儿恼，朝对方："你记着，以后我再也不跟你好了！"

对照相最热心的莫过于女孩子们。她们三五成群地待在一起，叽叽喳喳地商量着明天下午照相时，都选择一个什么样好看的风景照，又都穿一件什么样的衣服照。没有好看衣服的，就跟有好看衣服的说："你明天照完了，我穿一下你的衣服，行吗？""行。"得到允诺的这个女孩就很高兴。

教室内外，谈论的都是关于照相。

在此期间，葵花一直独自坐在课桌前。满校园的兴奋，深深地感染着她。她当然希望明天她也能照一张相片。自从跟随爸爸来到大麦地后，她就再也没有照过一张相片。她知道，她是一个长得很好看的女孩。无论怎么照，那相片上的女孩都是让人喜欢的。她自己都喜欢。

望着相片上的自己，她甚至有点儿惊讶，有点儿不相信那就是自己。看看自己的相片，让人看看自己的相片，真是一件令人高兴的事情。

她想看课文，可怎么也看不下去。但，她还是摆出了一副聚精会神看课文的架势。

有时，会有几个孩子扭过头来，瞥她一眼。

葵花似乎感觉到了这些目光，便将脸更加靠近课本，直到几乎将自己的脸遮挡了起来。

青铜来接葵花时，觉得今天的孩子，一个个很有些异样，像要过年似的，而只有妹妹，显得很落寞。

走在回家的路上，骑在牛背上的葵花，看到了一轮将要沉入西边大水中的太阳。好大的太阳，有竹匾那么大。橘红色的，安静地燃烧着。本是雪白的芦花，被染红了，像无数的火炬，举在黄昏时的天空下。

葵花呆呆地看着。

青铜牵着牛，心里一直在想：葵花怎么啦？他偶尔仰头看一眼葵花，葵花看到了，却朝他一笑，然后指着西边的天空："哥，有只野鸭落下去了。"

回到家，天快黑了。爸爸妈妈也才从地里干活回来。见他们一副疲惫干渴的样子，葵花去水缸舀了一瓢水，递给妈妈。妈妈喝了几大口，又将瓢递给爸爸。妈妈觉得，葵花真是个懂事的女孩。她撩起衣角，疼爱地擦了擦葵花脸上的汗渍。

像往常的夜晚一样，一家人在没有灯光的半明半暗天光里喝着稀粥。满屋子都是喝粥的声音，很清脆。葵花一边喝，一边讲着今天一天在学校里发生的有趣的事情，大人们就笑。

青铜却端了碗，坐到了门槛上。

天上有一轮清淡的月亮。粥很稀，月亮在碗里寂寞地晃荡着。

第二天下午，油麻地镇照相馆的刘瘸子扛着他的那套家伙，一瘸一拐地出现在了大麦地小学的校门口。

"刘瘸子来了!"一个眼尖的孩子，首先发现，大声地说。

"刘瘸子来了!"看见的、没看见的，都叫了起来。

刘瘸子一来，就别再想上课了。各个教室，像打开门的羊圈，那些渴望着嫩草的羊，汹涌着，朝门外跑去，一时间，课桌被挤倒了好几张。几个男孩见门口堵塞，谁也出不去，便推开窗子，跳了出来。

"刘瘸子来了!"

刘瘸子就在他们面前，听见孩子们这般喊叫，也不生气。因为，他本就是瘸子。方圆数十里，就油麻地镇有一家照相馆。刘瘸子除了在镇上坐等顾客外，一年里头，会抽出十天半月的时间到油麻地周围的村子走动。虽是一个人，但动静却很大，就像一个戏班子或一个马戏团到了一般。他走到哪儿，仿佛将盛大的节日带到哪儿一般。到了下面，他的生意主要在学校，一些村里的姑娘们知道了，也会赶到学校。他就会在为老师学生照相的中间，穿插着给这些姑娘们照相。价格都比在他的照相馆照时便宜一些。

像往常一样，先给老师照，然后给孩子们照。一个班一个班地照，得排好队。秩序一乱，刘瘸子就会把那块本来掀上去的黑布，往下一放，挡住了镜头："我不照了。"于是，就会有老师出来维持秩序。

井然有序，刘瘸子就会很高兴，就会照得格外地认真。

笨重的支架支起笨重的照相机后，刘瘸子就会不停地忙碌，不停地喊叫："那一个女同学先照！""下一个！下一个！""身子侧过去一点儿！""头抬起来！""别梗着脖子！落枕啦？"……见那个人做不到他要求的那样，他就会一瘸一拐地走过来，扳动那人的身体，扭动那人的脖子，直至达到他的要求为止。

刘瘸子使校园充满了欢乐。

绝大部分孩子都筹到了照一张相的钱，有的孩子甚至得到照两张、三张相的钱。

刘瘸子很高兴，叫得也就更响亮，话也就说得更风趣，不时地引起一阵爆笑。

葵花一直待在教室里，外面的声浪，一阵阵扑进她的耳朵里。有个女孩跑回教室取东西，见到了葵花："你怎么不去照一张相？"

葵花支吾着。

好在那个女孩的心思在取东西上。取了东西，就又跑出去了。

葵花怕再有人看到她，便从教室的后面跑出来。她看到外面到处都是人。没有人注意到她。她沿着一排教室的墙根，一溜烟走出孩子们的视野，然后一直走到办公室后面的那片茂密的竹林里。

欢笑声远去了。

葵花在竹林里一直待到校园彻底安静下来。她走到校门口时，青铜已在那里急出一头汗来了。她见了青铜，轻声唱起奶奶教给她的歌：

南山脚下一缸油，

姑嫂两个赌梳头。

姑娘梳成盘龙髻，

嫂嫂梳成羊兰头。

她觉得这歌有趣，笑了。

青铜问她："笑什么?"

她不回答，就是笑，笑出了眼泪。

一个星期后，青铜来接葵花时，发现那些孩子一路走，一路上或独自欣赏自己的照片，或互相要了照片欣赏着，一个个都笑嘻嘻的。葵花差不多又是最后一个走出来。他问她："你的照片呢?"

葵花摇了摇头。

一路上，两人都不说话。一回到家，青铜就把这件事告诉了奶奶和爸爸、妈妈。

妈妈对葵花说："为什么不跟家里说?"

葵花说："我不喜欢照相。"

妈妈叹息了一声，鼻头酸酸的，把葵花拉到怀里，用手指梳理着葵花被风吹得散乱了的头发。

这一夜，除了葵花，青铜一家人都睡得不安心、不踏实。说不委屈这孩子的，还是委屈了她。妈妈对爸爸说："家里总得有些钱呀。"

"谁说不是呢。"

从此，青铜一家人更加辛勤地劳作。年纪已大的奶奶一边伺候菜园子，一边到处捡柴火，常常天黑了，还不回家。寻找她的青铜和葵花总见到，在朦胧的夜色中，奶奶弯着腰，背着山一样高的柴火，吃力地往家走着。他们要积攒一些钱，一分一分地积攒。他们显得耐心而有韧性。

5

青铜一边放牛，一边采集着芦花。

这里的人家，到了冬天，常常穿不起棉鞋，而穿一种芦花鞋。

那鞋的制作工序是：先将上等的芦花采回来，然后将它们均匀地搓进草绳里，再编织成鞋。那鞋很厚实，像只暖和和的鸟窝。土话称它为"毛鞋窝子"。冬天穿着，即使走在雪地里，都很暖和。

收罢秋庄稼，青铜家就已决定：今年冬闲时，全家人一起动手，编织一百双芦花鞋，然后让青铜背着，到油麻地镇上卖去。

这是家里的一笔收入，一笔很重要的收入。

想到这笔收入，全家人都很兴奋，觉得心里亮堂堂的，未来的日子亮堂堂的。

青铜拿着一只大布口袋，钻进芦苇荡的深处，挑那些毛茸茸的、蓬松的、银泽闪闪的芦花，将它们从穗上捋下来。头年的不要，只采当年的。那芦花很像鸭绒，看着，心里就觉得暖和。芦荡一望无际，芦花有的是，但青铜的挑选是十分苛刻的。手中的布袋里装着的，必须是最上等的芦花。他要用很长时间，才能采满一袋芦花。

星期天，葵花就会跟着青铜，一起走进芦苇荡。她仰起头来，不停地寻觅着，见到特别漂亮的一穗，她不采，总是喊："哥，这儿有一穗!"

青铜闻声，就会赶过来。见到葵花手指着的那一穗花真是好花，就会笑眯眯的。

采足了花，全家人就开始行动起来。

青铜用木榔头捶稻草。都是精选出来的新稻草，一根根，都为金黄色。需要用木榔头反复捶打。没有捶打之前的草叫"生草"，捶打之后的草叫"熟草"。熟草有了柔韧，好搓绳，好编织，不易断裂，结实。青铜一手挥着榔头，一手翻动着稻草，榔头落地，发出通通声，犹如鼓声，地面有点儿颤动。

奶奶搓绳。奶奶搓的绳，又匀又有劲，很光滑，很漂亮，是大麦地村有名的。但现在要搓的绳不同往日搓的绳，她要将芦花均匀地搓进绳子里面去。但，这难不倒手巧的奶奶。那带了芦花的绳子，像流水一般从她的手中流了出来。那绳子毛茸茸的，像活物。

葵花拿张小凳坐在奶奶的身旁。她的任务是将奶奶搓的绳子绕成团。绳子在她手里经过时，她觉得很舒服。

等有了足够长的绳子，爸爸妈妈就开始编织。爸爸编织男鞋，妈妈编织女鞋。他们的手艺都很好，男鞋像男鞋，女鞋像女鞋，男鞋敦实，女鞋秀气。不管敦实还是秀气，编织时都要用力，要编得密匝匝的，走在雨地里，雨要漏不进去。那鞋底更要编得结实，穿它几个月，也不能将它磨破。

当第一双男鞋和第一双女鞋分别从爸爸和妈妈的手中编织出来时，全家人欣喜若狂。两双鞋，在一家人手里传来传去地看个没够。

这两双芦花鞋，实在是太好看了。那柔软的芦花，竟像是长在上面的一般。被风一吹，那花都往一个方向倾覆而去，露出金黄的稻草来，风一停，那稻草又被芦花遮住了。它让人想到落在树上的鸟，风吹起时，细软的绒毛被吹开，露出身子来。两双鞋，像四只鸟窝，也像两对鸟。

接下来的日子里，他们就这样不停地捶草，不停地搓绳，不停地绕绳，不停地编织。生活虽然艰辛，但这家人却没有一个愁眉苦脸的。他们在一起，有说有笑。心里惦记着的是眼下的日子，向往着的是以后的日子。马车虽破，但还是一辆结结实实的马车。马车虽慢，但也有前方，也有风景。老老小小五口人，没有一人嫌弃这辆马车。要是遇上风雨，遇上泥泞，遇上坎坷，遇上陡坡，他们就会从车上下来，用肩膀，用双手，倾斜着身子，同心协力地推着它一路前行。

月光下，奶奶一边搓绳，一边唱歌。奶奶的歌是永远唱不完的。全家人都喜欢听她唱，她一唱，全家人就没有了疲倦，就会精精神神，活也做得更好了。奶奶摸摸身边葵花的头，笑着说："我是唱给我们葵花听的。"

四月蔷薇养蚕忙，
姑嫂双双去采桑。
桑篮挂在桑树上，
抹把眼泪抒把桑……

6

青铜一家，老老少少，将所有空闲都用在了芦花鞋的编织上。他们编织了一百零一双鞋。第一百零一双鞋是为青铜编的。青铜也应该有一双新的芦花鞋。葵花也要，妈妈说："女孩家穿芦花鞋不好看。"妈妈要为葵花做一双好看的布棉鞋。

接下来的日子里，青铜天天背着十几双芦花鞋到油麻地镇上去卖。

那是一个很大的镇子，有轮船码头，有商店，有食品收购站，有粮食加工厂，有医院，有各式各样的铺子，一天到晚，人来人往。

一双鞋之间，用一根细麻绳连着。青铜将麻绳搭在肩上，胸前背后都是鞋。他一路走，这些鞋就一路在他胸前背后晃动。

油麻地镇的人以及到油麻地来卖东西的各式小贩，见到青铜从镇东头的桥上正往这边走时，会说："哑巴又卖芦花鞋来了。"

青铜会不时地听到人们说他是哑巴。青铜不在乎。青铜只想将这芦花鞋一双双卖出去。再说了，他本来就是个哑巴。为了卖出那些鞋，他一点儿也不想掩饰自己，他会不停地向人们做着手势，召唤人们来看他的芦花鞋：看看吧，多漂亮的芦花鞋啊！

会有很多人来围观。

或许是他的真诚打动了人，或许是因为那些芦花鞋实在太好了，一双双地卖了出去。

家中的小木盒里，那些零零碎碎的钱已经越堆越高。一家人，会不时地将这小木盒团团围住，看着那些皱皱巴巴的钱。

看完了小木盒，爸爸总是要掀起床板，然后将它藏到床下。

全家商量好了，等将所有的鞋卖了出去，要到油麻地镇上的照相馆，请刘瘸子照一张体体面面的全家福，然后再给葵花单独补照一张，并且要上色。

为了这些具体的和长远的不具体的安排，青铜会很早就站到油麻地镇桥头一个最有利的位置上。他用一根绳，拴在两棵树上，然后将芦花鞋一双一双地挂在绳子上。阳光照过来时，那些在风中晃动的芦花鞋，便散闪着银色的光芒。这光芒十分地迷人，即使那些根本不会穿芦花鞋的人，也不能不看它们一眼。

已是冬季，天气很寒冷。尤其是在这桥头，北风从河面上吹上岸，刮在人的肌肤上，就像锋利的刀片一般。站不一会儿，脚就会被冻麻。那时，青铜就会在那里不停地蹦跳。蹦跳到空中时，他会看到一些站在地面上时看不到的景致。

越过眼前的屋脊，他看到了后面一户人家的屋脊。那屋脊上落了一群鸽子。跳在空中的他，觉得那些被风掀起羽毛的鸽子很像他的芦花鞋。这没有道理的联想，使他很感动，落在地上时，再看他的芦花鞋，就觉得它们像一只只鸽子。他有点儿心疼起来：它们也会冷吧？

中午，他从怀里掏出又冷又硬的面饼，一口一口地咬嚼着。本来，家里人让他中午时在镇上买几个热菜包子吃，但他将买包子的钱省下了，却空着肚子站了一天。家里人只好为他准备了干粮。

青铜很固执，人家要还价，他总是一分钱也不让。这么好的鞋，不还价！当那些鞋一双双地卖出去时，他会有点儿伤心，总是一直看着那个买了芦花鞋的人走远。仿佛不是一双鞋被人家拿走了，而是他们家养的一只小猫或是一只小狗被人家抱走了。

但他又希望这些芦花鞋能早一点儿卖出去。如果他看出有一个人想买，但又犹豫不决地走了时，他就会取下那双被那人喜欢上了的鞋，一路跟着。他也不说话，就这么执拗地跟着。那人忽然觉得后面有个人，回头一看，见是他，也许马上买下了，也许会说："我是不会买你的芦花鞋的。"就继续往前走。青铜会依然跟着。那人走了一阵，心里很不过意，就又停住了。这时，他会看到青铜用双手捧着芦花鞋，一双又大又黑的眼睛里，满是诚意。那人用手摸摸他的头，便将他的芦花鞋买下了，并说一句："这芦花鞋真是不错。"

还剩十一双芦花鞋。

天下了一夜大雪，积雪足有一尺厚，早晨门都很难推开。雪还在下。

奶奶对青铜说："今天就别去镇上卖鞋了。"

爸爸妈妈也都对青铜说："剩下的十一双，一双是给你的，还有十双，卖得了就卖，卖不了就留着自家人穿了。"

在送葵花上学的路上，葵花也一个劲儿地说："哥，今天就别去卖鞋了。"进了学校，她还又跑出来，大声地对走得很远了的青铜说："哥，今天别去卖鞋了！"

但青铜回到家后，却坚持着今天一定要去镇上。他对奶奶他们说："今天天冷，一定会有人买鞋的。"

大人们知道，青铜一旦想去做一件事，是很难说服他放弃的。

妈妈说："那你就选一双芦花鞋穿上，不然你就别去卖鞋。"

青铜同意了。他挑了一双适合他的脚的芦花鞋穿上后，就拿起余下的十双芦花鞋，朝大人们摇摇手，便跑进了风雪里。

到了镇上一看，街上几乎没有人，只有大雪不住地抛落在空寂的街面上。

他站到了他往日所选择的那个位置上。

偶尔走过一个人，见他无遮无掩地站在雪中，就朝他挥挥手："哑巴，赶紧回去吧，今天是不会有生意的！"

青铜不听人的劝说，依然坚守在桥头上。

不一会儿，挂在绳子上的十双芦花鞋就落满了雪。

再过几天就要过年了，有个人到镇上来办年货，不知是因为雪下得四周朦朦胧胧的呢，还是因为这个人的眼神不大对，那些垂挂着的芦花鞋，在他眼里，竟好像是一只一只杀死的白鸭。便走过来，问："鸭多少钱一斤？"

青铜不知道他在说什么，回头看了一眼。

那人用手一指说："你的鸭，多少钱一斤？"

青铜忽然明白了，从绳子上取下一双芦花鞋来，用手将上面的积雪掸掸，捧到了那人面前，那人看清了，扑哧一声笑了。

青铜也笑了。

几个过路的，觉得这件事情太有趣，一边大笑着，一边在风雪里往前赶路。走着走着，就想起青铜来，心里就生了怜悯，叹息了一声。

青铜一直在笑。想想，再掉转头去看看那十双鞋，就克制不住地笑，想停都停不住。

对面屋子里正烘火取暖的人，就站到了门口看着他。

青铜不好意思地蹲了下去，但还是在不停地笑，笑得头发上的积雪哗啦哗啦地掉进了脖子里。

看着他的人小声说："这个孩子中了笑魔了。"

终于不笑了。他就蹲在那里，任雪不住地落在他身上。蹲了很久，他也没有站起来。见到他的人有点儿不放心，小声地叫着："哑巴。"见没有动静，提高了嗓门："哑巴！"

青铜好像睡着了，听到叫声，一惊，抬起头来。这时，头上高高一堆积雪滑落到地上。

围火烤暖的人就招呼青铜："进屋里来吧。这里能看到你的鞋，丢不了。"

青铜却摇了摇手，坚持着守在芦花鞋旁。

到了中午，雪大了起来，成团成团地往下抛落。

对面屋里的人大声叫着："哑巴，快回家吧！"

青铜紧缩着身子，愣站着不动。

有两个人从屋里跑出来，也不管青铜愿不愿意，一人抓了他一只胳膊，硬是将他拉进了屋里。

烤了一会儿火，他看到有个人在芦花鞋前停住不走了，乘机又跑了出来。

那人看了一阵，又走了。

屋里人说："这个人以为挂在绳子上的是杀死了的鸡呢！"

众人大笑。

青铜这一回没笑。他多么想将这十双鞋卖出去啊！可是都快到下午了，却还没有卖出去一双！

望着漫天大雪，他在心里不住地说着：买鞋的，快来吧！买鞋的，快来吧！……

雪在他的祈求声中，渐渐停住了。

青铜将芦花鞋一双双取下，将落在上面的积雪完全地扑打干净后，重又挂到绳子上。

这时，街上走来一行人。不像是乡下人，像是城里人。不知他们是哪一家干校的，马上要过年了，他们要从这里坐轮船回城去。他们或背着包，或提着包。那包里装的大概是当地的土特产。他们一路说笑着，一路咯吱咯吱地踩着雪走过来。

青铜没有召唤他们，因为他认为，这些城里人是不会买他的芦花鞋的。他们只穿布棉鞋和皮棉鞋。

他们确实不穿芦花鞋，但他们在走过芦花鞋时，却有几个人停住了。其余的几个人见这几个人停住了，也都停住了。那十双被雪地映照着的芦花鞋，一下吸引住了他们。其中肯定有一两个是搞艺术的，看着这些鞋，嘴里啧啧啧地感叹不已。他们忘记了它们的用途，而只是觉得它们好看——不是一般地好看，而是特别地好看。分明是鞋，但他们却想象不出它们究竟是什么东西。他们一时不能确切地说出对这些芦花鞋的感受，也许永远也说不明白。他们一个个走上前来，用手抚摸着它们——这一抚摸，使他们对这些鞋更加喜欢。还有几个人将它们拿到鼻子底下闻了闻，一股稻草香，在这清新的空气里，显得十分地分明。

一个人说："买一双回去挂在墙上，倒不错。"

好几个人点头，并各自抓了一双，唯恐下手晚了，被别人都取了去。

一共九个人，都取了芦花鞋，其中有一个人取了两双，十双鞋都被他们抓在了手中。接下来就是谈价钱。青铜一直就疑惑着，直到人家一个劲儿地问他多少钱一双，他才相信他们真的要买这些鞋。他没有因为他们的眼神里闪现出来的那份大喜欢而涨价，还是报了他本来想卖的价。他们一个个都觉得便宜，二话没说，就一个个付了钱。他们各自都买了芦花鞋，一个个都非常高兴，觉得这是带回城里的最好的东西，一路走，一路端详着。

青铜抓着一大把钱，站在雪地上，一时竟有点儿反应不过来。

"哑巴，鞋也卖了，还不快回家！再不回家，你就要冻死了！"对面的屋子里，有人冲他叫着。

青铜将钱塞到衣服里边的口袋里，将拴在树上的绳子解下来，然后束在腰里。他看到对面屋子门口，正有几个人看着他，他朝他们摇了摇手，发疯一般在雪地上跳了起来。

天晴了，四野一片明亮。

青铜沿着走来的路往回走着。他想唱歌，唱奶奶搓绳时唱的歌。但他唱不出来，他只能在心里唱：

　　　　树头挂网枉求虾，
　　　　泥里无金空拨沙。
　　　　刺槐树里栽狗橘，
　　　　几时开得牡丹花？

正唱着，有一个人朝他追了过来，并在他身后大声叫

112

着："那个卖芦花鞋的孩子，你停一停！"

青铜停下了，转过身来望着向他跑过来的人。他不知道那人叫他干什么，心里满是疑惑。

那人跑到青铜跟前，说："我看到他们买的芦花鞋了，心里好喜欢，你还有卖的吗？"

青铜摇了摇头，心里很为那人感到遗憾。

那人失望地一摊手，并叹息了一声。

青铜望着那个人，心里觉得有点儿对不住他。

那人掉头朝轮船码头走去。

青铜掉头往家走去。

走着走着，青铜放慢了脚步。他的目光垂落在了自己穿在脚上的那双芦花鞋上。雪在芦花鞋下咯吱咯吱地响着。他越走越慢，后来停下了。他看看天空，看看雪地，最后又把目光落在了脚上的芦花鞋上，但心里还在颤颤抖抖地唱着歌。

他觉得双脚暖和和的。

但过了一会儿，他将右脚从芦花鞋里拔了出来，站在了雪地上。他的脚板顿时感到了一股针刺般的寒冷。他又将左脚从芦花鞋里拔了出来，站在了雪地上。又是一股刺骨的寒冷。他弯下腰，从雪地里捡起了一双芦花鞋，放在眼前看着。因为是新鞋，又因为一路上都是雪，那双鞋竟然没有一丝污迹，看上去，还是一双新鞋。他笑了笑，掉头朝那个人追了过去。

他赤足踏过积雪时，溅起了一蓬蓬雪屑。

当那人正要踏上轮船码头的台阶时，青铜绕到了他前头，向他高高地举起了芦花鞋。

那人喜出望外，伸手接过了芦花鞋。他想多付一些钱给青铜，但青铜只收了他该收的钱，朝他摆了摆手，然后朝着家的方向，头也不回地跑动着。

他的一双脚被雪擦得干干净净，但也冻得通红通红……

青铜葵花

第 **5** 章

金茅草

1

葵花发觉自己在做作业的时候，青铜总喜欢在她身旁坐着，聚精会神地看她写字、做算术题。他的眼睛里充满羡慕与渴望。这一天，她突然产生了一个念头：我要教哥哥识字！这个念头如闪电一般在她的心野上照亮，使她自己大吃一惊，也使她激动万分。她责怪自己：为什么没有早想到这一点呢？

她将妈妈给她买头绳的钱省下了，给青铜买了铅笔。她对青铜说："从今天起，我教你识字。"

青铜好像没有听明白似的望着葵花。

正在干活的奶奶、爸爸妈妈也听到了，都停住了手中的活。

葵花把削好的铅笔和一本本子放到青铜面前："从今天起，我教你识字！"

青铜有点儿惊愕，有点儿激动，又有点儿不好意思和不知所措。他看了看葵花，又掉头看了看奶奶、爸爸和妈妈，然后又看着葵花。

大人们好像于睡梦中忽然听到了一声惊雷，受了一个大的震动，觉得天地为之一亮，但却一时无语。

青铜面对葵花递过来的笔与本子，却向后退着。

葵花就拿着笔与本子，一步一步地朝他走去。

青铜掉头跑出了门外。

葵花追了出来："哥哥！"

青铜不停地奔跑。

葵花紧紧跟在他身后："哥哥！"

青铜回过头来，用手势与眼神说着："不！不！我学不会！我学不会！"

"你学得会！你学得会！"

青铜继续往前跑去。

葵花一边大叫着"哥哥"，一边紧紧追赶着。一根裸露在泥土外面的树的根须绊了她一下，她摔倒在了河坡上，并骨碌骨碌地朝下滚去。

青铜忽然听不到葵花的脚步声了，掉头一看，葵花已滚到了河滩上。

葵花在向下滚动时，将本子与笔一直搂抱在胸前。

青铜跑过来，跳了下去，连忙将葵花拉了起来。

她浑身是泥土和草屑，但那本本子却还干干净净地抓在手中。

青铜扑打着她身上的泥土与草屑。

"从今天起，我要教你识字！"

青铜哭了，泪水顺着鼻梁流了下来。他蹲下身子，背起葵花，一步一步地爬到岸上。

兄妹俩在一棵大树下坐了下来。

一轮太阳正在沉坠，河水染为橙色。

葵花指着太阳，然后用树枝一笔一画地在沙土上写下了两个大字：太阳。她大声地念着："太——阳！"然后，用树枝在那两个字上不停地重复着笔画，嘴里念念有词："一横，一撇，一捺，一点，'太阳'的'太'……"

她给青铜也找了一根树枝，让他跟着她，在沙土上写着。

青铜吃力而认真地写着，那时，他仿佛不再是哥哥，而是弟弟，而葵花不再是妹妹，而是姐姐。

太阳在落下去、落下去……

一片树叶从树上掉下，也正在慢慢地落下去……

葵花用手指着飘落的树叶，用眼睛追随着树叶："落——落下去……"

树叶像蝴蝶落在草丛里。

葵花在"太阳"后面又写了三个字：落、下、去。然后她望着太阳，念道："太阳落下去……"

青铜的记忆力奇好，虽然笔画与字的间架总是把握不好，但却以出人意料的速度记住了这几个字的笔画以及笔画的顺序。

太阳落下去了。

地上的字也慢慢地熄灭了。

"哥，我们该回家了。"

青铜学得正起劲，摇了摇头，拿着树枝，还在沙土上笨拙地写着。

月亮升上来了。

又是一种亮光，柔和而纯静地照亮了地面。

青铜用手指着月亮。

葵花摇了摇头："我们今天不学了。"

但青铜固执地用手指着月亮。

葵花又教他："月亮——月亮升上来了……"

天晚了，妈妈在呼唤他们回家。

一路上，青铜在心里念着、写着：太阳落下去了——月亮升上来了——

从此以后，青铜将跟着葵花，将她所认识的字，一个个地吃进心里，并一个个地写在地上、写在本子上。他们的学习，是随时随地、无所不在的。看到牛，写"牛"。看到羊，写"羊"。看到牛吃草，写"牛吃草"，看到羊打架，写"羊打架"。写"天"，写"地"，写"风"，写"雨"，写"鸭子"，写"鸽子"，写"大鸭子"，写"小鸭子"，写"白鸽子"，写"黑鸽子"……那个从前在青铜眼中美好无比的世界，正在变成一个一个的字，而这些字十分神秘，它们使青铜觉得太阳、月亮、天、地、风、雨，所有的一切，不完全是它们原来的样子了，它们变得更加美丽，更加真切，也更加让人喜欢。

不管刮风下雨，总在田野上狂奔的青铜，也比从前安静了许多。

绝顶聪明的葵花，用各种奇特而充满智慧的方法，将她所学的字，一个个地都教给了她的哥哥青铜。这些字，像刀子一般刻在了青铜的记忆里，一辈子也不可能忘记了。他的字，也写得有模有样了，虽然不像葵花的字那么规矩，但却有另外的味道：呆拙，有劲。

大麦地没有一个人注意到这一切。

因为这一切，都是在他们兄妹俩之间进行的。

这是一个安静的下午，一个小学校的老师正用白石灰水在大麦地人家的墙上写标语时，青铜放牛正巧路过这里。他看见人写字，就将牛拴在一棵树上，走过来出神地看着。

老师看到了这双眼睛，抓着不住地往下滴石灰水的刷子，对青铜说："来，我来教你写一个字吧。"

青铜摇了摇头。

老师说："你总得会写一两个字吧？"

正有几个人看老师写字，其中一个说："这个哑巴，不管看见谁写字，都会傻乎乎地看着，好像他也会写似的。"

另一个人对青铜说；"哑巴，就过来吧，写一个字给我们看看。"

青铜摇了摇手，向后退去。

"别看了，放你的牛去吧！一个傻哑巴！"

青铜掉转头，向他的牛走去。他在解牛绳子时，听到了背后那几个人的很放肆的笑声。他弯腰停在那里好一阵，突然起来，掉转头向那几个人走去。

那个老师正在写字，没有注意，被青铜突然从他手中拔去了刷子。

在场的几个人都怔住了。

青铜一手拎着盛白石灰水的铁桶，一手拿着刷子，在那几个人还没有反应过来时，在墙上唰唰唰地刷了一行大字：

我是大麦地的青铜！

那惊叹号像一把立着的大锤。

青铜看了看那几个人，放下铁桶，扔掉了刷子，头也不回地走掉了。

看着那一行歪八斜扭但却个个劲道的字，在场的人目瞪口呆。

当天，这个消息就传遍了整个大麦地。没有一个人不觉得事情蹊跷。人们又想起了关于青铜的许多很神秘的传说。一个个的都觉得，这个哑巴绝不是一个寻常的哑巴。

2

日子一天天地过去了，青铜一家人，朝朝暮暮，过得喜气洋洋。

葵花粗茶淡饭，在风里雨里长养着，本来有点儿苍白的脸色，现在透着红润。短短的裤子，紧束着腰的褂子，加上一双布鞋和一对小辫儿，她渐渐成了大麦地人。大麦地人都快忘记了她是怎么来到大麦地、来到青铜家的。仿佛她本来就是青铜家的。青铜家人说到葵花时，都是很自然、很温馨地说道："我们家葵花……"而且是特别爱在别人面前说葵花。

也不知道哪儿来的这么多的事情值得这一家人咯咯咯地乐。晚上熄了灯，他们都要说很长时间的话，不时地发出笑声。走夜路的人，从他家门前走过，听到这笑声，就在心里纳闷：什么事这般高兴？天天晚上，都有这样的笑声飞出这幢低矮茅屋的窗子，飞进大麦地朦胧的夜色中。

说话到了这年的三月。大麦地的春天无与伦比。五颜六色的野花，一朵，一丛，一两株，点缀在田间地头，河畔池边。到处是油汪汪的绿。喜鹊、灰喜鹊，以及各种有名的、无名的鸟，整天在田野上、村子里飞来飞去，鸣叫不息。沉寂了一个冬季的大河，行船多了起来，不时地，滑过白色的或棕色的帆。号子声、狗叫声以及采桑女孩的欢笑声，不时地响起，使三月变得十分地热闹。大地流淌着浓浓的生机。

没有任何迹象表明，三月里会发生什么。

只有青铜家的牛这些天，一直显得有点儿焦躁不安。到处是鲜嫩的青草，它却有一搭无一搭地啃几口，然后就将脑袋冲着天空——白天冲着太阳，夜晚冲着月亮，不时地会哞地长叫一声，震得树叶沙沙作响。

这天晚上，它不肯入栏，从青铜手里将缰绳挣脱出来之后，它也不远跑，却绕着房子没完没了地兜着圈子。爸爸和青铜一起，才将它拦下。

夜风轻轻，月色似水。一切预示着，这是一个温柔的、安静的春夜。

然而深夜，就在大麦地处在沉沉的熟睡之中时，天色突变，不一会儿，有狂风从天边呼啦啦滚动而来。那狂风犹如成千上万匹黑色怪兽，张着大嘴，卷着舌头，一路呼啸着。所到之处，枯枝残叶，沙尘浮土，统统卷到空中，沸沸扬扬地四处乱飘。桥板被掀到了河中，小船被掀到了岸上，芦苇在咔吧咔吧地断折，庄稼立即倾覆，电线被扯断，树上的鸟窝被吹散，枝头的鸟被打落在地上……世界立刻面目全非。

葵花突然被什么惊醒，睁眼一看，好生奇怪：怎么头顶上是一片苍黑的天空呢？似乎还有一些星星在朦胧中闪烁。再转眼一看，四周却又是墙壁。

妈妈扑了过来："葵花葵花快起来！葵花葵花快起来！"

她立即将还在懵懂中的葵花硬从床上抱了起来，着急忙慌地给她穿着衣服。

黑暗里，是爸爸的声音："青铜，你搀着奶奶快出去！"

奶奶战栗的声音："葵花呢？葵花呢？"

妈妈大声回答道："在我这儿呢！"

葵花不知道发生了什么，一边让妈妈给她穿衣服，一边仰脸向上看着：天空中飞满了枯枝败叶。

妈妈说："房顶被风掀掉了！"

房顶被大风掀掉了？葵花先是疑惑，但很快听懂了妈妈的话，哇的一声哭了起来。

妈妈紧紧地抱着她："别怕别怕……"

大风嘶鸣着掠过无顶房子的上空，不时地抛撒下许多杂物与尘埃。

牛早挣出栏，此刻，正静静地站在门外等待着主人们。

一家人互相扶持着，顶着从门口吹进来的大风，走了出去。

大风中，隐隐约约地可以听到大麦地到处是呼喊声与哭泣声。

风越来越大，并且已经开始下雨。

"往学校走！往学校走！"爸爸大声叫着。因为学校的房子，是青砖青瓦房，是大麦地村最结实的房子，又在高处。

天空划过一道闪电，青铜一家人往回看时，只见，四堵墙已经倒掉了。

青铜一家人赶到学校时，也有一些人家前前后后地来到了学校。

后来，风渐渐减弱，但雨却越来越大。最大时，就如天河穿底，奔泻而下。

人们挤在一间间教室里，无可奈何地、忧心忡忡地望着门外如倾如注的豪雨，谁也不说话。

天亮了。雨有所减弱，但还在不停地下。庄稼地已经被淹，大麦地村虽然看上去还是大麦地村，但已有不少房屋倒塌。

最早出现在田野上的是嘎鱼一家人。他们家的鸭栏被大风吹跑了，鸭子们不知游到什么地方去了。他们在找鸭子，一路呼唤着。

躲避在教室里的人家，一直发蒙，这才想起家里的鸡鸭猪羊以及家中的东西。不少人走进了雨中，朝那个已经毁灭了的家走去。

葵花说："我的书包没有拿出来。"说着就要往外走。

奶奶说："找回来又有什么用？里面的书早沤烂了。"

"不，我要去找！"

爸爸妈妈也惦记着屋里的东西，劝奶奶留在教室里看着昨夜随手抢出来的东西，一家人都走出了教室。

路已沉没在水中。

青铜让葵花骑在牛背上，然后牵着牛朝家走去。

眼前几乎是一片汪洋。成片的芦苇，只露出梢头，在水面上甩动着，仿佛水面上长了无数的尾巴。高大的树变得矮小了，如果有条小船，浮在上面，伸伸手，就能够到那些没有被风吹散的鸟窝。水面上漂着锅盖、鞋子、尿盆、席子、水桶、无家可归的鸭子……什么都有。

他们找到了自家的房子。说是房子，其实就是残墙断壁。青铜第一个进入其中，他一心想找到葵花的书包，用脚在水底下试探着。每碰到一样东西，他都会用脚趾夹住，然后将它们提出水面，或是一只碗，或是一口锅，或是一把铁锹。葵花看到青铜从水里捞出一件一件东西，觉得很有意思，也让爸爸将她从牛背上抱下来，战战兢兢地站到了水里。青铜每从水中捞上一件东西，葵花就一阵惊喜，并叫着："哥哥给我！哥哥给我！"

爸爸妈妈却站在水中，失望地看着，一动不动。

突然，葵花好像被什么猛地撞了一下，差一点儿跌在水中。她惊叫了一声，随即，就看见水下有什么在急速地游动，搅起一团团水花。

鱼！

青铜立即扑向门口，并立即关上了还勉强站立在那儿的门。

四面断墙，鱼被关在其中，不时地撞在墙上或撞在青铜与葵花的腿上，每撞一次，就猛地跃出水面。全家人都看到了：这是一条特大的鲤鱼！

葵花不停地惊叫着。

青铜就在水中不停地追捕着那条鱼。

大鱼又一次跃出水面，并激了葵花一脸的水。她用双手捂住脸，俯起脖子，咯咯地笑着。

青铜看着她，也咧嘴大笑着。

鱼猛地撞在了青铜的腿上。正在仰身大笑的青铜，注意力不集中，一下子被撞倒了。他向后踉跄了几下，跌在了水中。

"哥——"葵花大叫了一声。

青铜水淋淋地从水中爬了起来。

葵花见到被水淋湿的青铜，样子很滑稽，又禁不住咯咯咯地笑起来。

青铜便索性将身子浸泡在水中，用手在水中摸了起来……

葵花就闪在墙角上，紧张而又充满期待地看着青铜。

大鱼几次被青铜抓住，又几次逃脱。这使青铜变得很恼火。他不信自己捉不住它。他呼哧呼哧地在水中摸着……大鱼正巧钻在了他怀里，他一下将它紧紧抱住。它在他怀里拼命挣扎着，尾巴将水珠不住地泼洒在他的脸上。

葵花不住地叫着："哥哥！哥哥！……"

大鱼在青铜怀里渐渐没了力气。青铜不敢有丝毫的放松。他依然紧紧地抱着它，从水中站了起来。

大鱼不住地张嘴，闭嘴，嘴角上的两根红须，不住地颤动着。

青铜示意葵花走过去用手摸摸它。

葵花便走了过去。她伸起手去，轻轻抚摸了它一下：凉丝丝的，滑溜溜的。

接下来，他们高兴得在水中又蹦又跳，激起一团团水花。

望着两个无忧无虑的孩子，望着一无所有的家，妈妈却转过身去哭了。爸爸的一双粗糙的大手，在同样粗糙的脸上，不停地摩擦着……

3

大水退去之后，青铜家在原来的房基上搭了一个窝棚。

从现在起，他们一家人必须更加省吃俭用——他们要盖房子。说什么也得有幢房子。他们总不能一辈子住在这个小窝棚里。如果就是几个大人，这房子盖不盖，早一天盖晚一天盖，也就无所谓了，可是现在有两个孩子。他们不能让两个孩子没有房屋住。总让他们住在这窝棚里，会让人瞧不起的。可是家里没有积攒下几个钱——盖房子，可要花一大笔钱！没有几天的工夫，爸爸的头发就变得灰白，妈妈脸上的皱纹又增添了许多，而本来就很瘦弱的奶奶，变得更加瘦弱了，站在风中，会让两个孩子担心她要被风刮倒。

葵花说："我不上学了。"

"尽胡说！"妈妈说道。

奶奶将葵花揽到怀里，什么也没有说，只是不停地用手在她的头上抚摸着。但葵花却清清楚楚地听到了来自奶奶内心深处的声音："不准说这样的傻话！"

葵花再也不敢说她不想上学了。

她比以往更加用功地学习，所有的功课都是全班第一。学校的老师没有一个不喜欢葵花。他们常感叹："大麦地小学的学生，如果都是葵花这样的学生，那就了不得了！"

但葵花却没有一丝懈怠。

晚上，她还要做很多很多作业。但又怕费家中的灯油。每天晚上，她都说去翠环家或秋妮家玩，实际上，是去人家里借人家的灯光做作业。无论是到翠环家还是到秋妮家，她都很乖巧，很自觉，从不妨碍翠环或秋妮学习。她绝不占最明亮的地方，而是挑一个勉强可以看得见字的地方坐下来。做作业就是做作业，从不发一点儿声，更不乱说话。翠环是一个爱使唤人的女孩，总是支使葵花干这干那的："给我把橡皮拿过来。""我的作业本上还没有画格子呢，你帮我画一下吧。"葵花总是非常顺从地满足着翠环，生怕她不高兴。而秋妮又是一个小心眼的女孩。她看不过葵花的作业做得又快又好，时不时地就生气。葵花总是小心翼翼的。作业做好了，她一旁坐着，绝不说："我做好了。"要是有道题，秋妮不会，葵花绝对不会说："我会。"除非秋妮问她。问她后，她也绝不会显得她多聪明似的，而是显得没有多大把握一般，慢慢地给秋妮讲，用的是疑惑的口气、共同商量的口气。有时，也许会有一道题，秋妮先做出来了。这时秋妮就会很得意，问葵花："你做出来了吗?"葵花若是做出来了，或是虽然没有做出来但她会，却总是说："我还没有做出来呢。"秋妮就会过来，扬扬得意地做给葵花看："你真笨。"葵花听着，绝不显出不屑的神情。

有些时候，葵花在翠环与秋妮面前，甚至显出有点儿巴结的样子。

这天，老师在课堂上狠狠地批评翠环与秋妮的作业，并当着那么多同学的面，撕了她们的作业本。如果到此也就罢了，接下来，老师拿着葵花干干净净的作业本，打开来，从讲台上走下去，递给所有的孩子看："瞧瞧人家葵花的作业！这才叫作业呢！"

葵花一直低着头。

吃完晚饭，葵花就在想："我还去不去翠环或秋妮家做作业呢？"

天黑了，家里没有点灯。自从房屋倒塌之后，青铜家晚上就几乎再也没有点过灯。在黑暗里吃饭，在黑暗里上床睡觉。

可是今天晚上还真有不少作业要做呢！

葵花想了想，只是对家里人说："我到翠环家玩一会儿。"说罢，出了小窝棚。

到了翠环家，翠环家门关着。

葵花敲了敲门。

翠环说："我们睡觉了。"

可是葵花从门缝里看得清清楚楚，翠环正坐在灯下做作业呢。她没有再敲门，低着头走在村巷里。她不想再去秋妮家了，就往家走。但走了一阵，又回过来往秋妮家走：今晚上的作业要做完哩！

秋妮家的门倒没有关。

葵花在门口站了一阵，走进屋里。她说："秋妮，我来了。"

秋妮好像没有听见，依然在做她的作业。

葵花看到桌子那边有张空凳子，就准备坐上去。

秋妮说："过一会儿，我妈妈要坐在上面纳鞋底。"

葵花一时手足无措地站在那儿。

"你们家没有灯吗?"秋妮头也不抬地说。

"你们家永远就不点灯了吗?"秋妮依然头也不抬地说。

葵花夹着作业本，赶紧离开了秋妮家。沿着长长的村巷，她向家一个劲儿地奔跑着，眼泪禁不住奔涌出来，一路的泪珠。

她没有立即回家，而是坐在村前大槐树下的石碾上。几年前，她就是坐在这个石碾上，骑着牛，跟着青铜哥哥回家的。她抬头看看大槐树，正是夏天，大槐树枝繁叶茂。不知为什么，她特别想抱住大槐树大哭。但她没有。她用泪眼望着槐树上空的青天与月亮，傻傻的。

青铜找她来了。他先去了翠环家，隔着门就听翠环的妈妈在数落翠环："你为啥不给人家葵花开门?"翠环说："我就不让她用我们家灯!"翠环的妈妈好像打了翠环一巴掌，因为翠环哭了："我就是不让她用我们家的灯!"翠环的妈妈说："这天底下，就再也找不出第二个像葵花这般懂事的孩子了!你连人家一角都不如!"

青铜心想：葵花可能去秋妮家了。便来到秋妮家，远远地，也听见秋妮在哭："穷就别念书呀!干吗要到我们家来占我们家灯光呀?"

秋妮大概也挨大人说了，或挨大人打了。

青铜就在村巷里奔跑起来。他跑了一条村巷又一条村巷，才在村头的大槐树下找到了葵花。

那时，葵花正趴在石碾上，借着月光，非常吃力地在做着作业。

青铜一声不吭地站在她的身后。

葵花终于看到了哥哥。她一手抓着作业，将另一只手交给了哥哥。

兄妹俩手拉着手，谁也不说话，沿着村前的河边，在乳汁一般的月光下，走向他们的窝棚。

第二天傍晚，青铜驾船独自去了芦苇荡。去芦苇荡之前，他从菜园里摘了十几枝欲开未开的南瓜花。奶奶问他摘南瓜花干什么，他笑笑，不作回答。当小船穿过一片密密匝匝的芦苇来到一片水泊时，出现在他眼前的是一番让人激动的情景：成千上万只萤火虫，在水边草丛中飞舞，将水面照亮了，将天空也照亮了。几年前，爸爸带着青铜去了一趟城。晚上，爸爸带他爬上城市中的一座塔，望下一看，就见万家灯火，闪闪烁烁，让人感到十分激动。面对眼前的情景，青铜竟又想起那次在塔上看城里的灯火来。他一时被眼前的情景震住了，站在那儿半天不动。

萤火虫的飞舞，毫无方向，十分地自由，随意在空中高高低低地画下了无数的直线与曲线。那亮光，像是摩擦之后发出的，虽然只有一星一点，但却亮得出奇。更何况是这么多只聚集在一起呢？那水，那水边的草丛，都被照得十分清晰。亮光之下，青铜甚至将一只停落在草梢上的蜻蜓的眼睛、爪子、翅膀上的纹路，都看了个一清二楚。

青铜开始了捕捉。他专门挑那些形体美丽、亮点又大又亮的捕捉。捉住了，就将它们放到南瓜花里。于是，南瓜花就成了灯，亮了起来。青铜要给每一朵南瓜花里捉上十只萤火虫。随着萤火虫的增多，这花灯也就越来越亮。完成一朵，他就将它放在船上，再去完成另一朵。他要做十盏南瓜花灯。他要让这十盏南瓜花灯照亮窝棚，照亮葵花课本上的每一个字。

青铜在草丛中，在浅水中不停地追捕着。

他看到了一只最大最亮的萤火虫，但它总在水泊的中心的上空飞着，不肯落到水边的草丛中。他很想捉住它，就开始一下子一下子地拍手。大麦地村的孩子们都知道，萤火虫喜欢巴掌声。青铜的巴掌声响起后，无数的萤火虫都朝他飞了过来，绕着他飞舞着。他不停地拍，它们就不停地朝他这儿飞。不一会儿，他的身体就像上上下下地套了无数的光环。萤火虫最多时，他就像沦陷在亮光的旋涡里。他挑大的、亮的，又捉了十几只，但心里惦记着的，却还是在水面中央飞翔着的那一只萤火虫。然而，无论他怎么拍巴掌，它却就是不肯飞过来。这使青铜有点儿失望，又有点儿生气。

已经有了十盏灯。它们散乱地堆放在小船上，看上去，像一盏硕大的枝形灯。

青铜准备回家了，但心里却放不下那只最大、最耀眼的萤火虫。

已经够了，他不再拍巴掌了。巴掌声一停，那些萤火虫便一只一只散去，亮光便像水漫地一般又延伸开去。

青铜撑着小船，本是朝着家的方向的，但竹篙放在船尾猛一摆动，却朝向了水泊的中央。他一心要捉住那只萤火虫，因为它实在太迷人了。

萤火虫见小船过来了，便朝远处飞去。

青铜就撑着船，拼命地追赶。

萤火虫见自己快不过小船，便朝高空飞去。

青铜只能仰起头来，无可奈何看着它。

不过，一会儿，它又盘旋着，慢慢地往下降落了。

青铜没有撑船，而是像一根木桩般站在船上，很有耐心地等着它。

萤火虫对船上那些花灯产生了兴趣，几次俯冲下来观望，又几次急速升空。经过几次反复，它的胆子越来越大，竟然在青铜的眼前飞来飞去。青铜看到了它的翅膀——棕色的、很有光泽的翅膀。但他却够不着它。他坚持着，心想：小东西，你总会飞到我能够着你的地方的！

萤火虫飞到了青铜的头顶上。它似乎将青铜的一头乱发误以为一丛杂草了。

青铜很高兴。他宁愿自己的头发是杂草。

萤火虫的亮光，将青铜的面孔，一下子一下子地照亮在夜空下。

青铜又等待了一会儿，终于等到了一个机会，萤火虫在他的斜上方飞着。他在心里算计了一下，只要突然一下跳起来，就可将它捉住，他屏住气，在萤火虫又向他靠近了一些时，纵身一跃，双手在空中一合，将它捉住了。但，他脚下的小船被蹬开了，他跌落在了水中。他呛了两口水，却依然没有松手。从水中挣扎出来后，他合着的手掌内，那萤火虫的亮光，依然没有熄灭，像在空中飞翔时一样地亮着，亮光透过手掌，将手掌照成半透明的。

青铜爬上小船，将它放进南瓜花里。

回到家，青铜进门之前，将十盏南瓜花灯一盏一盏地悬挂在一根绳子上。然后，他抓着绳子的两头，走进了家门。

黑暗的窝棚，顿时大放光明。

奶奶、爸爸、妈妈与葵花的面孔，在黑暗里一一显示出来。

他们一下子反应不过来，站在那里发愣。

青铜将绳子的两头分别系在窝棚里的两根柱子上，然后朝他们笑着：灯！这是灯！

晚上，葵花不用再去翠环家或秋妮家了。

这是大麦地最亮、最美丽的灯。

4

冬天到来之前，青铜家必须盖上房子。爸爸、妈妈与奶奶商量了许多日子，想法是一致的：要盖就盖一幢像样点儿的房子。一个夏天，他们就在筹划着。门前的几棵大树锯倒了，卖了。一头肥猪，卖了。还有一池塘藕、一亩地茨菰、半亩地萝卜，过些日子，都可以卖了。能卖的，都卖。但算下来，还缺不少钱。他们也就不顾脸皮了，向亲戚借，向东家西家借，并向人家保证，在多长的时间内连本带息一起还清。为了两个孩子在冬天到来之前，能住进新屋，他们不在乎人家的冷淡。奶奶也要出动，却被爸爸、妈妈坚决地阻拦了：奶奶老了，可不能让她去看人家的冷脸。奶奶看着正在外面玩耍的青铜与葵花说："唉，我这张老脸能值几个钱？"她瞒着爸爸、妈妈，拄着拐棍，还是出门向人家借钱去。大部分人家，看到她这么大年纪，跑上门来借钱，不仅满口答应，还觉得有点儿不好意思："您说一声，就给您送去了。"

奶奶有个侄儿，家境不错，她想，从他那儿，多少总能借一些钱。但没有想到，那侄儿是个无情无义的侄儿，一口咬定：没钱。不仅不肯借钱，还说了些不中听的话。按理说奶奶可以骂他几句，但奶奶一声不吭，拄着拐棍离

137

开了侄儿家。

就缺一笔钱了：去海滩租茅草地割茅草的钱。

这里的人家都知道，最好的屋顶，并不是瓦盖的，而是茅草盖的。

这茅草长在离这里二百多里地的海滩上。

爸爸和妈妈说："要么，还是用稻草盖吧。"

奶奶听到了，说："不是说好了，用茅草盖吗?"

妈妈对奶奶说："妈，就算了吧。"

奶奶摇了摇头："用茅草盖!"

第二天一早，奶奶就出门去了。谁也不知道她要去哪儿。到了吃中午饭的时间，也没有见她回来，直到傍晚，才见她一摇一晃地出现在村前的大路上。

葵花看见奶奶回来了，一边叫着"奶奶"，一边追了上去。

奶奶一脸倦容，但眼睛里流露出来的却是一番高兴。

奶奶是大麦地村最有风采的老人。高个、银发，很爱干净，一年四季，总是用清水洗濯自己，衣服总是仔细折过的，穿出来带着明显的折印，没有一处有皱褶，虽然很少有一件不打补丁的，但那补丁缝补得十分地讲究，针脚细密，颜色搭配得当，使那块补丁显得很服帖，与衣服很和谐，让人觉得，那衣服上要是没有了补丁，倒不好看了。大麦地的人，任何时候看到的奶奶，都是一个面容清洁、衣服整洁、满脸和蔼的老人。

奶奶又是一个性格十分坚韧的奶奶。

葵花听妈妈说过，奶奶早先出身在一个大户人家，一直到年轻的时候，过的都是好日子。

奶奶的两只耳朵上都有耳环，耳环上还有淡绿色的玉坠。奶奶的手指上，有一枚金戒指，奶奶的手腕上还有一只玉镯。

奶奶曾经想将它们卖掉，或卖掉其中一种，但都被爸爸妈妈劝阻了。有一回，她将一对耳环当给了城里的当铺，爸爸妈妈知道了，卖了家中的粮食，第二天就去城里，将那对耳环又赎了回来。

葵花在与奶奶一道往家走时，总觉得今天的奶奶好像哪儿有点儿不一样。可是，她看来看去，也看不出到底有哪儿不一样。她就又去打量奶奶。

奶奶笑着："看什么呢？"

葵花终于发现，奶奶的两只耳环已不在奶奶的耳朵上了。她用手指来来回回地指着奶奶的两只耳朵。

奶奶不说话，只是笑。

葵花突然丢下奶奶，一个劲儿地往家跑，见了爸爸妈妈，大声说："奶奶耳朵上的耳环都不见了！"

爸爸妈妈顿时明白奶奶今天一天去了哪儿了。

晚上，爸爸妈妈一直在追问奶奶把那对耳环当到哪家当铺，奶奶就是不回答，只重复着一句话："要盖茅草屋！"

妈妈望着桌上的钱，哭了，对奶奶说："这对耳环在您耳朵上戴了一辈子，哪能卖呢？"

奶奶只是那句话："要盖茅草屋！"

妈妈抹着眼泪："我们对不起您，真的对不起您……"

奶奶生气地说："尽说胡话！"她将青铜与葵花都揽到她的臂弯里，抬头望着天空的月亮，笑着说："青铜、葵花要住大房子啦！"

5

爸爸借了一条大船，带着青铜，于一天早晨，离开了大麦地。

那天早晨，奶奶、妈妈和葵花都到河边送行。

"爸爸，再见！哥哥，再见！"葵花站在岸边不住地朝爸爸和哥哥摇手，直到大船消失在了河湾的尽头，才一步一回头地跟着奶奶回去。

从此，奶奶、妈妈与葵花就开始了等待。

爸爸和青铜驾着大船，扯足风帆，日夜兼程，出河入海，于第三天早晨来到海边。他们很快就租下了一片很不错的草滩，一切看上去都很顺利。

已是秋天，那茅草经了霜，色为金红，根根直立，犹如铜丝，风吹草动，互为摩擦，发出的是金属之声。一望无际，那边是海，浪是白的，这边也是海，草海，浪是金红的。海里的浪涛声是轰隆轰隆的，草海的浪涛声是呼啦呼啦的。

草丛里有野兽，大麦地没有的野兽。爸爸说，这是"獐"。它朝青铜父子俩看了看，又一低身子，消失在了草丛中。

父子俩搭好小窝棚，已是明月在天。

他们坐在小窝棚门口，吃着从家里带来的干粮。只有轻风，四周不见人影，也不闻人声。海浪声也不及白天的大，草海就只剩下沙沙的声音。远远地，似乎有盏马灯在亮。爸爸说："那边，可能也有人在租滩打草。"

海滩太大，这盏在远处闪烁的小马灯，便给了青铜一丝宽慰，使他觉得这茫茫的海滩上，有了同伴——尽管那盏马灯实际上离他们很远。

一路劳顿，非常困乏，父子俩进入小窝棚，听着海浪的喘息声，想着大麦地，不一会儿就睡着了。

第二天，太阳还没升起来，他们就开始刈草。

爸爸手持一把大刀，那大刀又弯又长，装一把很长的柄。爸爸将柄的一端抵在腰间，双手握住长柄，然后有节奏地摆动着身体。那大刀就挥舞起来，刀下便哗啦啦倒下去一片茅草。

青铜的任务就是将爸爸刈倒的茅草收拢起来，扎成捆，然后堆成堆。

爸爸不停地挥舞着大刀，不一会儿，衣服就被汗淋湿了，额头上的汗珠，扑嗒扑嗒地落在草茬上。

青铜也忙得汗淋淋的。

青铜叫爸爸歇一会儿，爸爸叫青铜歇一会儿，但，谁也没有歇一会儿。

望着茫茫的草海，无论是爸爸还是青铜，他们都会不时地想到大房子。尽管他们还正在刈草，但那幢大房子却总是不时地出现在他们眼前：又高又大，有一个金红色的屋顶。

这个大房子，矗立在天空下，鼓舞着父子俩。

海滩上的日子非常简单：吃饭、刈草、睡觉。

偶尔，父子俩也会放下手中的活，走到海边上去，走到海水中去。虽然已是秋天，但海水似乎还是温暖的，他们会在海水中浸泡一阵。使他们感到奇怪的是，在海里游泳不像在河里游泳，在海里游泳，人又轻又飘。

那么大的海，就只有他们父子俩。

爸爸在看青铜于海水中戏耍时，不知为什么，心会突然有点儿酸痛。青铜自从来到这个世界上后，他总觉得有点儿对不住这个孩子。特别是在青铜失语之后，他和青铜的妈妈，心里就从没有舒坦、平静过。日子是那么地清苦，他们又是那么地忙碌，很少有时间顾及儿子。他就这么一天一天地长大了。他们感到很无奈。然而，儿子却从来没抱怨什么。别人家孩子有的，他没有。没有就没有——没有时，儿子却倒显得自己过意不去似的，想方设法地安慰他们。"孩子心里很苦。"奶奶常常对他们说。现在，他又将青铜带出家门，带到这片荒无人烟的海滩上。他心里一阵发酸。他将青铜拉过来，让青铜坐在他面前，然后用手用力地给青铜搓擦着身上的污垢。他觉得儿子的身体很瘦，鼻头一酸，眼泪差点儿涌出眼眶。他用微微有点儿发哑的声音，向儿子说道："再刈一些日子草，盖房子的草就够了。我们要盖一幢大房子，要给你一个房间，给葵花一个房间。"

青铜用手势说着："还要给奶奶一个房间。"

爸爸用清水冲下青铜身上的污垢："那当然。"

阳光温暖地照在大海上。几只海鸥，优雅地在海面上飞翔着。

日子一天一天地过去了，青铜开始思念妈妈、奶奶，还有大麦地，当然最思念的是妹妹葵花。他越来越觉得，大海太大了，草滩也太大了，大得让人有点儿受不了了。有时，他抱着草站在那里，心思如鸟，飞向了大麦地，手中的草便哗啦啦地落在了地上。

爸爸总是说："快了，快了。"

他们的身后，已是一大片被刈的空地。两座巨大的草垛，已经像金山一般矗立在海边上。

每天，青铜还要做一件事，那就是提着一只铁桶，翻过高高的海堤，去堤那边提一桶淡水。这条路似乎很长，当爸爸消失在他的视野里时，他会觉得特别地孤独——孤独像海水一般要将他淹没掉。

这一天，他却感到无比地惊喜：他在提着一桶淡水翻越海堤时，看到一个与他年龄差不多的男孩也提着一只铁桶正向大堤顶上爬来。

那个男孩也看到了他，也是一副惊喜的样子。

青铜将水桶放在堤上，等着他。

他愣了一阵，快速地爬到了大堤上。

他们面对面地站着，像两只来自不同地方的小兽那样，互相打量着。

那个男孩先说话了："你是哪儿的？"

青铜的脸微微一红，用手势告诉那个男孩，他不会说话。

那男孩用手一指："你是个哑巴？"

青铜不好意思地点了点头。

他们在大堤上坐下，开始吃力地交流起来。

青铜用树枝在泥土上写了两个字：青铜。然后拍了拍胸脯，又用手指着那男孩的胸脯。

"你是问我叫什么名字？"

青铜点了点头。

那孩子拿过青铜手中的树枝，在泥土上也写了两个字：青狗。

青铜用手指在"青铜"的"青"字下画了一道，又用手指在"青狗"的"青"字下画了一道，笑了起来。

那男孩也觉得两个人的名字里都有一个"青"字很有趣，也笑了起来。

青狗告诉青铜，他也是和爸爸一起来这里租滩刈草回去盖房的。他用手指着远处的两座草垛说："那就是我们的草垛。"

两座与青铜家的草垛差不多大的草垛。

青铜也想与青狗多待一会儿，但青狗说："不了，我要赶快提水回去了。回去迟了，我爸就会发火的。"他好像很惧怕他的爸爸。

青铜心里想：自己的爸爸有什么好怕呢？

青狗说："明天，还是在这个时间，我们在这里见面，好吗？"

青铜点了点头。

两人便依依不舍地分手了。

回去的路上，青铜心里很高兴。见到了爸爸，他说："我在大堤上遇到了一个男孩。"

爸爸听了很高兴："是吗？那可太好了！"他想不到在这样的地方，儿子还能遇到别的孩子。

从这一天起，青铜与青狗便天天在海堤上见面。在交谈中，青铜得知，青狗没有妈妈，只有爸爸。而爸爸是一个脾气非常恶劣的人。他想告诉青狗，他的爸爸却是一个特别温和的爸爸，但他没有告诉青狗。他也很难让青狗听明白。直到他们最后告别时，青铜才知道，青狗的妈妈在十一年前，丢下了还不满一岁的青狗，跟一个唱戏的男人走了。原因是在他爸爸娶她时曾答应过她盖三间茅草屋的，而这茅草屋却一直未能盖成。爸爸告诉他，妈妈长得很漂亮。妈妈要走时，爸爸抱着他，跪在地上求她，并发誓三年后一定盖成茅草屋。但妈妈笑笑，还是跟那个唱戏的走了。

青狗并不恨他妈妈。

在坐着装满茅草的大船回大麦地的路上，青铜心里一直为青狗难过。

青狗的出现，使青铜觉得，他原来有一个多么温暖的家啊! 他会在收草捆草时, 情不自禁地看一眼爸爸。他觉得爸爸是那么地宽厚与温暖。感觉到这一点后, 他就更加卖劲地干活。

他们终于有了第三座草垛。

这一天, 当夕阳的余晖从大海上又反射到天空时, 爸爸拎着刈草大刀的长柄, 抹了一把额头上的汗珠, 向天长叹了一声, 然后对青铜说: "儿子, 我们的草够啦!"

青铜看着那三座被夕阳的余晖笼罩着的草垛, 真想跪在地上朝它们磕几个响头。

"明天, 你去向那个孩子告个别, 我们就回家了。"爸爸在心里似乎很感激那个叫青狗的孩子。

青铜点了点头。

这是海滩上的最后一个夜晚。明月当空, 风平浪静。秋意更重了一些, 处处虫鸣, 因为这已是它们的尾声了, 所以不免有点儿凄清。

青铜父子, 疲倦深重, 不一会儿, 就入梦了。

五更天, 爸爸出窝棚解小便, 揉着眼睛朝远处一看, 不禁大惊失色: 有三堆大火, 山一般, 正在燃烧! 疑是梦境, 再仔细一看, 果然是三堆大火。他连忙跑进窝棚, 叫醒青铜: "起来起来! 外面着大火了!"

青铜被爸爸拉出窝棚外, 三座火山, 已是烈焰冲天。

青铜似乎听见了青狗父子的号叫。

那三堆火山, 确实是青狗家的三垛茅草在燃烧。

其实在此之前，已有一座小一点儿的火口，已经熄灭了，那就是青狗父子俩睡觉的窝棚。

火光是从窝棚里着起的。青狗的爸爸这天晚上喝了酒，睡着了，未熄灭的烟蒂从他手中滑落在了地上的草里。好在青狗被火烘醒了，急忙将爸爸唤醒，父子俩才得以从火中逃脱。

一眨眼，草棚便在火中消失了。随即，火像无数条蛇一般，吱吱吱地叫着，朝那三垛草游去……

青铜和爸爸赶过去时，那三座火山，已基本熄灭，朦胧曙色中，青狗父子俩正朝海边走去……

那天傍晚，青铜家的草船扯起了风帆，开始了航行，他站在船头望岸上，见到了在海风中站立着的青狗。那一刻，他忽然明白了，原来他是这个世界上最幸福的一个孩子，一个运气很好的孩子。他朝青狗摇手时，早已泪眼蒙眬。他在心里一遍又一遍为青狗祝福，为青狗的爸爸祝福。他想对青狗说："一切都会好起来的！"

6

自从青铜和爸爸驾船入海后，葵花就一天一天地盼望着他们回家的日子。

每天早晨，她起来做的第一件事就是用粉笔在柱子上画上一道。爸爸走时说过，他们一个月以后回来。她要一天一天地计算着。

放学后，她并不立即回家，而是站到桥上去，朝大河那边眺望。她多么希望，爸爸和哥哥驾着草船，忽然出现在霞光里！

总是奶奶过来劝她："回去吧，还没到日子呢。"

最近几天夜里，葵花几次在梦中大叫："哥哥！"

把奶奶和妈妈都叫醒了。奶奶觉得有趣，问："哥哥在哪儿呢？"

葵花居然在梦中作答："在船上。"

奶奶问："船在哪儿呢？"

"船在河上。"

奶奶再问下去，她就含含糊糊地支吾着，过不一会儿，咂吧咂吧小嘴，就不作声了。

妈妈就笑："这死丫头，梦里还跟人答话呢。"

这天，葵花像往常一样，坐在桥上，向西边的河湾眺望着。

太阳在一寸一寸地沉入河水。西边的天空是一片玫瑰红色。觅食归来的鸟，正在霞光里飞翔，优美的影子，仿佛是用剪子剪出的剪纸。

葵花突然发现河湾处出现了一座草山。初时，她还看不明白这草山是怎么回事，当看到大帆时，她这才想到：爸爸和哥哥回来了！她禁不住一阵激动，站了起来，心扑通扑通地跳。

大船正朝这边昂首行进，不一会儿，草山便遮住了夕阳。

葵花朝家中跑去，一边跑，一边大声叫着："大船回来了！爸爸和哥哥回来了！……"

奶奶和妈妈都听到了。妈妈搀扶着奶奶，一起来到河边。

草船越来越近。

青铜坐在高高的草山上。虽然是行驶在河里，但他觉得他现在的高度，几乎与岸上的房子一般高。

草船缓缓驶过大麦地村前的大河时，草山高出了河岸。一船茅草，简直就像一船金子。

华贵的亮光，映得岸上观望的人，脸也成了金色。

青铜脱掉了衣服，抓在手中，向大麦地村挥舞着，向奶奶、妈妈与葵花挥舞着……

青铜葵花

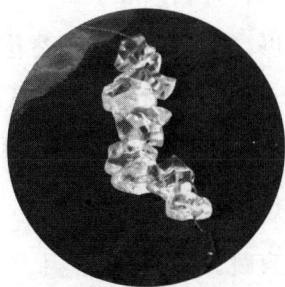

第 **6** 章

冰项链

1

大雁飞尽时，青铜家的大屋盖成了。

这幢大屋牵动了大麦地许多目光。在大麦地，有这样房子的人家并不多。他们或近或远地看着这幢"金屋"，觉得大麦地最穷的这户人家，开始兴旺了。

爸爸爬上屋顶，做了一件让青铜和葵花差点儿没有吓破胆的事：他划了一根火柴，让站在下面的人看了看，然后竟然扔到了房顶上。随即，屋顶上就烧起薄薄的小火，并迅速蔓延开去，从这半边烧到了那半边。

青铜急得在地上直跳。

葵花大叫着："爸爸！爸爸！"

爸爸却站在屋顶上，若无其事地朝他们笑笑。

站在地面上的大人们，也都一个个笑着。这使青铜和葵花感到很纳闷：这些大人们难道疯了吗？

但屋顶上的火，不一会儿就自动熄灭了。

青铜吓得直拍胸脯，葵花吓得用两排白牙咬着一排手指。

奶奶说："这房顶上的茅草够人家盖两个房顶，那茅草是一根一根地压着的，没一丝空隙，茅草又不像麦秸见火就着，烧掉的是乱草、草渣、草毛。一烧，反而好看了。"

两个孩子再朝屋顶看时，爸爸正用一把大扫帚在屋顶上刷着，把刚才的草灰都刷到了地上，只见那屋顶被火烧得光溜溜的，越发地金光闪闪。

爸爸在屋顶上坐下了。

青铜仰望着爸爸，心里很羡慕爸爸能高高地坐在屋顶上。

爸爸朝他招招手："你也上来吧。"

青铜连忙从梯子上爬到了屋顶上。

葵花见了，在下面摇着手："哥哥，我也要上去！"

青铜望着爸爸："也让她上来吧？"

爸爸点点头。

下面的大人，就扶着葵花爬上了梯子，爸爸在上面伸出大手，将她也拉到了屋顶上。葵花先是有点儿害怕，可是由爸爸用胳膊抱着她，过了一会儿，就一点儿也不害怕了。

三个人坐在屋顶上，吸引了许多人，站在那里朝他们观望。

妈妈说："这爷儿仨！"

青铜、葵花坐在屋顶上，可以看出去很远。他们看到了整个大麦地村，看到了村后的风车，看到了大河那边的干校，还有一眼望不到头的芦苇荡……

葵花朝下面的奶奶嚷道："奶奶，你也上来吧！"

妈妈说："尽胡说呢！"

爷儿仨，不论奶奶与妈妈怎么呼唤他们，也不肯下来。他们一个挨一个地坐着，也不说话，静静地看着冬季到来之前的村庄与乡野……

2

等将一切收拾停当,青铜一家人,都累得不行了。那天下雨,他们一家人关起门来,饭也不吃,竟然早晨不起床,接着睡,一直又睡到晚上。奶奶上了年纪,先醒来,然后烧好饭,再将一家子人唤醒。吃饭时,青铜与葵花还东倒西歪、哈欠连天的。

爸爸对妈妈说:"这段时间,两个孩子尽帮着干活了,都瘦了一圈,等歇够了,该让他们好好玩玩。"

后来,一连好几天,兄妹俩都无精打采的。

这天,一个过路人给大麦地村带来一个消息:稻香渡来了一个马戏团,今晚上要表演。

先是葵花听到消息的,一路跑回来。她找到了哥哥,把这个消息告诉他。青铜听了,也很兴奋,对葵花说:"我带你去看!"

大人们知道了,都支持:"去看吧。"奶奶还特地炒了葵花子,在青铜与葵花的口袋里都装了不少。"一边看一边嗑。"奶奶说,"青铜要带好葵花。"

青铜点点头。

这天,早早吃了晚饭,青铜带着葵花,与许多大麦地孩子一道,走向七里地外的稻香渡。一路上,欢声笑语。"看马戏去啊!""看马戏去啊!"田野上,不时地响起孩子们的叫声。

青铜和葵花赶到稻香渡时,天已黑了。演出是在打谷场上,此时早已人山人海。台子远远的,四盏汽油灯悬挂在台子前方的横杠上,亮得有点儿刺眼。他们绕场地转了一圈,除了看见无数不停地错动着的屁股,什么也看不到。青铜紧紧抓住葵花的手,企图挤进人群,往台子那里靠近一些,哪知,那些人密密实实地挤着,早已铸成铜墙铁壁,一点儿可钻的空隙也没留下。青铜和葵花被挤出一身汗后,只好退到边上呼哧呼哧喘息着。

四面八方的人,还在一边吵嚷着,一边哧通哧通地朝这里跑着。黑暗里,有哥哥呼唤妹妹的声音,有妹妹呼唤哥哥的声音……有个小女孩大概是与带她来的哥哥走散了,站在不远处的田埂上大声哭,并尖叫着:"哥哥!……"

葵花不禁将哥哥的手抓得更紧了。

青铜用衣袖给葵花擦了擦额头上的汗水,然后又牵着她的手,去寻找一个能看见台子的地方。

打谷场四周的树上,也都已爬满了孩子,夜色中,就像落了一树大鸟。

青铜和葵花正走着,一根树枝经不住两个孩子坐,咔吧一声折断了,那两个孩子便从树上跌落在地上,一个哎哟哎哟地呻吟着,一个尖厉地哭叫起来。

许多人掉过头来看看,但却没有一个人过来——谁都怕丢了好不容易才占到的一个位置。

青铜和葵花绕场地又是两圈，还是找不到一个可看见台子的位置，只好朝远处走去，看看能否找到一个可以让他们站在上面的东西——站高了，就看见了。在黑暗里，他们发现了一个石磙。当时，它正躺着离打谷场不远的草丛中。这么好的一个东西，居然没有被人发现、推走，这让青铜着实一阵激动，他拉着葵花，一屁股坐在了上面，生怕别人抢去似的。他们就这样坐着，东张西望了一阵，知道这石磙现在就属于他们的了，心里真是高兴。

接下来，他们就是将石磙推向打谷场。

石磙是牛拉着碾稻子、麦子的，很沉重。兄妹俩需要用全身力气，才能将它推动。他们倾斜着身子，将它一寸一寸地朝前推着。虽然慢一点儿，但它毕竟是朝前滚动的。

有几个孩子看到他们推着一个石磙，很羡慕。

兄妹俩立即显出警惕的样子，生怕人家将石磙抢了去。

他们终于将石磙推到了打谷场上。这时，汗水将他们的眼睛淹疼了，一时竟不能看清眼前的东西。他们先在石磙上坐了下来。

台上似乎已经有了动静，演出大概马上就要开始了。

青铜先站到石磙上，然后再将葵花拉到石磙上：哇！清清楚楚地看到了台子！两个人心里好一阵高兴。葵花掉过头去，看到不少孩子还在人墙外面游荡，心里有点儿为他们感到难过，青铜碰了碰她，让她朝台上看，因为后台口已经有一个汉子牵着一只猴准备出场了。

葵花紧紧挨着哥哥站着，睁大了眼睛，看着灯火明亮的台子。

锣鼓家伙忽然响起来了。人群一片哗然，随即转向安静。

那个牵着猴子的汉子，向台下的人挥着手，欢快地走了出来。那猴，见了这么多人，初时有点儿害怕，但想到这是经常有的演出，立即转向顽皮，又蹦又跳，十分活泼，一会儿蹦到地上，一会儿又蹦到主人的肩膀上。一双眼睛，鼓溜溜的，又大又亮，并不停地眨巴。

在主人的指挥下，这只身材细长、动作极其灵巧的猴，开始了一连串滑稽可笑的表演，逗引得台下人哈哈大笑。

树枝上又跌落下去一个孩子——这回不是树枝折断，而是他笑得得意忘形，自己摔下去的。

树上发出一片笑声，也不知是笑猴，还是笑这个在地上龇牙咧嘴揉屁股的孩子。

这时，青铜觉得有人拿着一个什么东西在敲他的腿，扭头一看，一个比他高出一头、又壮又结实的男孩，手里拿着一根棍子，正用一对很凶的眼睛瞪着他。这男孩的身后，还站了好几个男孩，样子都很凶。

葵花有点儿害怕，抓住了青铜的手。

那男孩问道："你知道这石磙是谁家的吗？"

青铜摇了摇头。

"你不知道是谁家的，怎么站在上面？"

青铜用手势告诉他："这是我和我妹妹，从那边草丛里好不容易推来的。"

那群孩子根本不明白他的手势。那男孩讥讽地一撇嘴："嗬，还是个哑巴！"他又用棍子敲了敲青铜的腿："下来下来！"

葵花说："这是我们推来的！"

那男孩朝葵花一阵摇头晃脑的打量后说："你们推来的也不行！"

后面有个男孩问："你们是哪儿的?"

葵花回答道："我们是大麦地的。"

"那你们就到你们大麦地去推个石磙来，这石磙是我们稻香渡的！"

青铜决定不再理会他们了，将葵花的肩膀一扳，面朝着台子。猴还在台上表演。这时，它已戴了一顶小草帽，扛着一把小锄头，好像一个正在去地里干活的小老头儿。台下不禁一阵哄笑。青铜和葵花也都笑了起来，一时竟忘记了身后还站着七八个不怀好意的男孩。

正看着，棍子用力地敲打在了青铜的脚踝处。青铜顿感一股钻心的疼痛，掉过头来望着那个拿着棍子的男孩。

男孩一副无赖样："怎么? 想打架呀?"

青铜只想占住石磙，让葵花好好看一场马戏，虽然疼得满头冷汗，但还是咬牙坚持住，没有从石磙上扑下来与那个男孩打架。

葵花问："哥哥，你怎么啦？"

青铜摇了摇头，让葵花将脸转过去好好看马戏。

那群孩子没有离去，一个个都露出要占领石磙的脸相来。

青铜在人群中寻找着大麦地的孩子们。他想：大麦地的孩子们会过来帮他的。但，大麦地的孩子们不知跑到什么地方去了，他只看到了嘎鱼。他没有叫嘎鱼，他不想求嘎鱼来帮他和葵花，再说，嘎鱼也不一定肯帮他和葵花。

青铜让葵花转过脸去看马戏，自己却面对着那群孩子。

人群中又爆发出欢笑声，很显然，台上的马戏表演很好看。这笑声撩逗得那群看不到马戏的男孩心里痒痒的。他们不想再拖延一分钟，要立即占领石磙。

抓着棍子的男孩朝青铜高声叫着："你下不下来？！"他朝青铜扬起棍子。

青铜毫不示弱地瞪着抓棍子的男孩。

抓棍子的男孩用棍子朝青铜一指，对身后的孩子说："把他们拉下来！"

那些孩子蜂拥而上，将青铜和葵花从石磙上很容易地就拉了下来。那时葵花的注意力正在台上，冷不防被拉倒在地上，愣了一下，就哇的一声哭了。青铜拍了拍手上的灰尘，将葵花从地上拉起来，然后领着她，走到一处安静的地方，让她站在那儿别动，转身朝那群孩子走去。

葵花大声叫着："哥哥！"

青铜没有回头。他走回来时，那几个男孩已经团团挤在石磙上，有滋有味地看马戏了。

青铜开始发动双腿，然后就像他家的牛一样，头往胸前一勾，双臂展开朝着那几个孩子的后背猛烈地撞了过去……

那几个孩子哗啦啦都跌落在了地上。

青铜站到了石磙上，显出一副要与他们拼命的样子。那几个孩子怔了一下，看着地上那个还没有爬起来的抓棍子的男孩。

抓棍子的男孩，没有立即从地上爬起来，他要等那几个孩子过来将他扶起来。那几个男孩突然明白了他的意思，便立即过来，将他从地上扯了起来。他觉得那几个孩子的动作有点儿慢了，很不满意，起来后，一甩胳膊，将他们推开了，弄得那几个孩子很尴尬。然后，他用棍子一下子一下子地敲着自己的手掌。绕着石磙转了一圈，突然扬起棍子，朝青铜劈杀了过来。

青铜一侧身体，又用胳膊挡了一下，躲过了棍子，当棍子再度要向他劈杀过来时，他纵身一跃，将抓棍子的男孩扑倒在地上，与他扭打在了一起。他们在场地上滚动着，就像那个一时无人问津的石磙在滚动。

青铜终究不是那男孩的对手，不一会儿，就被那男孩压在了身下。那男孩气喘吁吁地示意其他男孩将他掉在地上的棍子拿过来。拿到棍子后，他用棍子轻轻敲打着青铜的脑门："臭哑巴，你给我放老实点儿！如果不听老子的话，老子要把你和那个小孩一起扔到大河里去！"

青铜徒劳地挣扎了几下。

葵花站在那里哭着，心里十分担忧哥哥。一边哭，一边大声说着："我们回家吧，我们回家吧……"又等了一阵，还不见哥哥回来，就不顾哥哥的命令，撒腿往石磙子跑过来。那时，青铜正被几个男孩抓住胳膊向场外拖去。葵花冲上去，一边大声叫着"哥哥"，一边用拳头打击着那几个男孩。他们掉过头来，见是个女孩，也不好意思还手，就一边躲着她毫无力量的拳头，一边继续将青铜朝场外拖去。

他们将青铜拖到场外的草丛里后，就扔下他朝石磙子跑去了。

葵花蹲下来，用手拉着青铜。

青铜擦了擦鼻子里流出来的血，摇摇晃晃地从地上站了起来。

"哥，我们回家吧，我们不看了。哥，我们回家吧，我们不看了……"葵花扶着一瘸一拐的青铜往外走。

青铜还想回去抢回他们的石磙，但怕葵花跟着他一起吃亏，只好咽了咽唾沫，朝来路走去……

打谷场上的哄笑声，一阵阵地响起。

葵花情不自禁地回头看了一眼。

穷乡僻壤来个马戏团，这样的机会并不多。乡村又太寂寞了。人们常常跑出去十里、二十里地，为的就是看一场电影或一场戏。每当听说附近有哪个村子放电影或演戏，大人们还沉得住气，孩子们却比过大年还要兴奋。从听到消息的那一刻起，心里就只想着这件事。

又走了几步，青铜停住了脚步，拉着葵花的手，就又往打谷场上走。

"哥，我们回家吧，我们不看了……"葵花怕青铜回去还要与那群孩子抢石磙。

月光下，青铜向葵花做着手势："我不跟他们打架，我绝不跟他们打架。"拉着葵花的手，一个劲儿地往打谷场上走。

到了打谷场，选了个人不太挤的地方，青铜蹲下了。

葵花站着不动。

青铜用手拍着自己的肩，示意葵花骑到他的脖子上。

葵花依然站着不动，小声说着："哥，我们回家吧，我们不看了……"

青铜固执地蹲在地上，葵花不骑到他的脖子上，他就坚决不起来。他有点儿生气地不停地拍打着自己的肩。

葵花走了过来："哥……"她将双手交给青铜，分别抬左腿与右腿，骑到了青铜的脖子上。

青铜还是一个有把力气的男孩。他用双手轻轻扶着前面一个大人的后背，慢慢地站了起来。那个大人很和善，回头看了看青铜，用目光告诉有点儿不好意思的青铜："没关系的。"他将背还微微向前倾了一点儿，好让青铜使上力。

青铜正一点儿一点儿地站起来，葵花在一点儿一点儿地升高。她先是看到前面人的后背，接着就是看到前面人的后脑勺，再接着，就看到了明亮的台子。那时，台子上，正有一只一副憨态的狗熊在表演。葵花从未见过这种动物，不禁有点儿害怕，用双手抱住了哥哥的脑袋。

骑在青铜的脖子上，葵花比谁都看得清楚。风凉丝丝地从无数人的脑袋上吹过来，使葵花觉得很舒服。

那狗熊是个贪吃的家伙，不给它吃，它就赖在地上不肯表演，逗得孩子们咯咯地乐。

葵花的注意力，一下子就全在了台子上。她坐在青铜的肩上，用手搂着他的脑袋，又舒坦，又稳当。

看完狗熊看小狗，看完小狗看大狗，看完大狗看小猫，看完小猫看大猫，看完大猫看狗跟猫一起耍，看完狗和猫一起耍，看女孩骑马……一出一出都很吸引人。

狗钻火圈，猫骑狗背，人在马背上头顶一大摞碗……葵花一会儿紧张，一会儿乐。兴奋时，还会用手拍拍青铜的脑袋，痴痴迷迷的，早忘了是骑在哥哥的脖子上。

青铜用手抱着葵花的腿，起初是一动不动地站立着，但过了一会儿，就有点儿站不住了，身体开始晃悠起来。他咬牙坚持着。后面又站了些人，他被围在其中，空气不流通，他感到很气闷。他想驮着葵花钻出去，但却钻不出去，汗不住地往下流。他的眼前，是一片黑暗。黑暗里，他一时忘了自己是在稻香渡的打谷场上，忘了葵花正坐在他肩上看马戏。他觉得自己好像站在一条小船上，那时是拂晓时分，天还朦朦胧胧的，河上有风，有风就有浪，浪晃动着，小船也晃动着，小船晃动着，河两岸也晃动着，河两岸的村庄与树木也晃动着。他想到了一只鸟，一只黑鸟，那是他放牛时在一片别人走不到的芦苇丛里发现的。他看着鸟，鸟也看着他。鸟像一个黑色的精灵，一会儿出现了，一会儿又没有了。他没有对任何人说起过这只鸟。他想到了一只蜘蛛，一只结了一张大网的蜘蛛。大网结在他们家屋后的桑树与楝树之间。那只蜘蛛很好看，是深红色的，停在网上时，就像一朵小红花。早晨的蛛网上挂着一颗颗细小的露珠，太阳升上来时，露珠与蛛丝一起亮，一根根地亮，一点儿一点儿地亮……

有一阵，他的脑子里是空空的，他的身体没有重量了，在黑暗里飘动着，却又不倒下来。

这是葵花最高兴的一个夜晚。虽然那个马戏团的马戏，其实是很拙劣的，但，这对葵花来说，已经足够迷人的了。她抱着哥哥的脑袋，就像春天在小河旁看河上的水鸟时抱着岸边的一棵树，心里是那么地惬意。

昏头昏脑的青铜忽然觉得有凉风吹在了脑门上。他模模糊糊地看到，打谷场上的人，正在向四处流淌，耳边是闹哄哄的人语声。就听见轰隆隆的响，像大海里的浪涛声。有人在前面走路，好像是大麦地的孩子，好像有嘎鱼。他就糊里糊涂地跟着他们往前走……

葵花却还沉浸在观看马戏的快乐里。她似乎有点儿累了，将下巴放在哥哥的头发里。她闻到了哥哥的头发味：很重很重的汗味。

她问哥哥："你喜欢那只狗熊，还是那只狗——那只黑狗？"

"……"

"我喜欢那只黑狗，那只黑狗可聪明了，比人还聪明，它还认识字呢！"

"……"

"你看见狗钻火圈，害怕吗？"

"……"

"我害怕。我怕狗钻不过去，我怕狗钻火圈时，它的毛会烧着了。"

青铜摇摇晃晃地走着。

田野上，夜色中，到处是马灯和手电的亮光，很像在梦中。

"哥哥，你喜欢那只狗熊，还是那只狗——那只黑狗？……"葵花又追问着。她要得到哥哥的回答。她一个劲儿地问着，但问着问着，她停住了。她突然想起来，不久前，是哥哥让她坐到他肩上看马戏的。不是不久前，而是很久很久前——葵花这么觉得，好像已经很多年了，她就一直坐在哥哥的肩上。她只顾看马戏，竟把哥哥完全忘了。而哥哥就这么一直让她骑在肩上，在打谷场上站着。哥哥什么也没有看见。

葵花看了看眼前一片茫茫的田野，用力抱住哥哥的脖子，眼泪一滴接着一滴，落在了哥哥汗津津的头发里。

她哭着说："我们以后再也不看马戏了……"

3

盖房欠人家的债，是要还的，并且当初都说好了期限的。青铜的父亲是一个讲信用的人。一池塘藕已刨，卖了个好价钱。半亩地萝卜已收，卖得的钱与预先估计的也没有多大出入。现在还有一亩地茨菰。这些日子，爸爸会时不时地去田边转转。他不想现在就刨，他要留到快过年时再刨。这里人家过年，有些东西是必吃的食物，比如芋头，比如水芹菜，再比如这茨菰。快到年根时，刨起来到油麻地镇上去卖，肯定能多卖不少钱。这笔钱，除了还债，就是给两个孩子扯上几尺布，做身新衣服过年。青铜家的日子，是奶奶、爸爸和妈妈日日夜夜地在心里计算着过的。

爸爸曾用手伸进烂泥里，摸过那些藏在泥底下的茨菰。那些小家伙，都大大的、圆溜溜的，手碰着，心里都舒服。他没有舍得从泥底下取出一两颗。他要让每一粒茨菰暂时都先在泥里待着、养着，等时候到了，他再将地里的水放了，将它们一颗颗从泥中取出来，放在筐里，然后再将它们洗净。

爸爸似乎看见了自己：挑着一担上等的茨菰，在从大麦地往油麻地走。"那是挑的钱呢。"他甚至听到了人们的赞叹："这茨菰才是茨菰呢！"

青铜家的人很看重这一亩茨菰。

这天，爸爸看完茨菰田往家走时，看见了河里游着一群鸭，心里一惊：怎么没有想到鸭子进茨菰田呢？那鸭子最喜欢吃茨菰了，鸭子吃茨菰的本领好大，它将又长又扁的嘴插进烂泥里，将屁股朝天空撅着，一个劲儿地往泥里钻，能直钻到再也钻不动的板泥。一群鸭，不大一会儿工夫，就能把一田的茨菰掏个干干净净！想到此，爸爸不禁出了一身冷汗：幸亏我们家的茨菰田还没有遭这些扁嘴小畜生掏吃。

回到家，爸爸先扎了几个稻草人，插在茨菰田里。又用绳子在茨菰田周围的树上拉了一圈，在上面挂了几十个草把。风一吹，那些草把都摇摆起来。爸爸心里还是不踏实，就决定从今天开始，全家人轮流着看守茨菰田，直到将茨菰从泥里刨起来的那一天为止。

这一天是星期天，下午，轮到葵花看守茨菰田。

爸爸妈妈与村里人一道，到远处挖河去了，奶奶在家看家，烧饭，伺候一头猪和几只羊，青铜到芦苇荡一边放牛，一边采集芦花。他们家今年还要编织一百双芦花鞋，这些收入，是早已算进账里的。

青铜家的人，从老到小，没有一个是闲着的。日子像根鞭子，悬在这家老小的头上。但他们一个个显得平心静气、不慌不忙。

葵花把作业带到了茨菰田的田头。她的身边放了一根长长的竹竿，竹竿上拴了一根绳子，绳子上拴了一个草把。这是赶鸭子用的，是青铜给葵花准备的。

虽已在冬季，但却是一个温暖的午后。

葵花看守的是一片蓄了水的茨菰田。在茨菰田的周围，也都是蓄了水的田。阳光下，水田朝天空反射着耀眼的亮光。有几只高脚水鸟，正在水田里觅食。它们的样子很优雅。逮住一条小鱼之后，它们会用长长的嘴巴夹住，来回甩动好几下之后，才仰起脖子，将它慢慢地吞了下去。

起风时，水田会荡起水波，很细密的水波，没有河里的水波那么粗大。

水田里漂着青苔，水虽然是寒冷的，但青苔却依然是鲜亮的绿色，像一块块的绿绸飘落在水中，已浸泡了数日。

田埂上，长着一些青皮萝卜，一半露在泥土外面，让人想拔一棵去水边洗洗，然后大口地啃咬。

葵花觉得，在这样明亮的阳光下，看守着这样一片水田，心里很是惬意。

水田旁边是条河。

葵花隐隐约约地听到了鸭叫声。她掉头去望时，只见一大群鸭子，正从河口处向这边游来。它们的身后，是条放鸭的小船，撑这只小船的是嘎鱼。

一看到嘎鱼，葵花先有了几分警惕。

嘎鱼也看到了葵花。他先将身子转过去，朝河里撒了一泡尿。他发现，他的尿的颜色与河水的颜色很不一样，他发现尿落在水中时，发出的叮咚叮咚声，很好听。最后一滴尿滴落在水中半天后，他才系裤子，因为他心里在想一件事。

小船往前漂去。鸭群离小船已经有了一段距离。

嘎鱼掉头看了一眼坐在田埂上的葵花，朝鸭群发出口令，让它们停下。鸭子们已经很熟悉他的口令了，不再继续前进，而是向岸边芦苇丛游去。

嘎鱼将小船靠到岸边，拴在树上，然后爬上岸来，抱着赶鸭的长柄铁铲，也在水田边坐下了。

嘎鱼上身穿一件肥大的黑棉袄，下身穿了一件同样肥大的黑棉裤。他坐在那里时，葵花看了他一眼，忽然想到了马戏团的黑狗熊。她想笑，但没有敢笑。她总有点儿怕嘎鱼。

葵花在田头看着书，但心里总有点儿不踏实。这时，她希望哥哥能够出现在这里。

嘎鱼见葵花一点儿也不注意他，就站起来，用他的铁铲，挖起一块泥，向远处的水中抛去。寂寞的水田里，便激起一团水花。几只本来很悠闲地觅食的长脚水鸟，一惊，飞到空中，转了几圈，见嘎鱼没有走的意思，就飞到远处的水田里去了。

现在，除了水田，这里就只有嘎鱼与葵花了。

冬天的水田边，是焦干的、蓬松的枯草。

嘎鱼觉得，应该在这样的草上躺一会儿。心里想着，身子就倒下了。很舒服，像躺在软垫子上一样。阳光有点儿刺眼，他把眼睛闭上了。

河里的鸭子看不见主人，就嘎嘎嘎地叫起来。

嘎鱼不理会。

鸭子们心想：主人哪里去了？它们心里有点儿发虚，就叫着，拍着翅膀，朝岸上爬去。岸有点儿陡，它们不住地跌落到河中。它们似乎已经习惯了这种跌落，抖抖羽毛上的水珠，拍着翅膀继续往上爬。前赴后继、不屈不挠，终于一只一只地爬到了岸上。它们看见了似乎睡着了的主人，放下心来，在他周围的草丛中开始觅食。

葵花看见鸭群上了岸，放下课本，手持竹竿站了起来。

鸭们似乎闻到了什么气味，都纷纷停止了觅食，抬起脑袋，一只挤一只地站在茨菰田边，也不叫唤，好像在那里仔细分辨什么。

一只花公鸭低下了头。它看到了自己倒映在茨菰田里的影子。

葵花紧张地抓着竹竿，哪儿也不敢看，只盯着这支庞大的鸭群。

花公鸭第一个跳进田里，随即，那些鸭便纷纷跳进水里。

葵花拿着竹竿跑了过来，并在嘴中发出轰赶的声音："嘘——嘘——"

本来有不少鸭还在犹豫，她这么竹竿一挥动，它们反而下定了决心，一只只拍着翅膀，全部飞到了茨菰田里。一时间，茨菰田里尽是鸭子，像要把整个茨菰田覆盖了似的。

葵花不停地挥舞着竹竿，不停地嘘着。

鸭们起先还是有点儿害怕，但见其中几只嘴快的，已经从泥里掏出几颗白嫩的茨菰正伸长脖子往下吞咽，就再也顾

170

不上害怕了。它们躲避着葵花的竹竿，瞅个机会，就把又长又扁的嘴扎进泥里掏着。

这群鸭子都是一些好吃不要脸的东西。

葵花在田埂上来回奔跑着，嘘嘘不停。但已吃到甜头的鸭子，即便挨了一竹竿，也不肯离去。还有一点，也是很重要的：它们看到它们的主人正心安理得地躺在田边，根本不予理睬。这就等于是对它们的默许。

冬天的阳光下，满世界一片平和。嘎鱼家的鸭，正对青铜家的茨菰田进行一场声势浩大的洗劫。

嘎鱼却撒手不管，躺在松软的草上，接受着阳光的温暖，微眯着眼睛，看着葵花跑来跑去一副焦急的样子。他希望看到的，就是葵花的焦急，甚至是恐慌。这会使他心里感到痛快。葵花跟着青铜一家人离开大槐树下，也是在一天的午后。当时的情景，又在阳光下出现了。耳边响着葵花的嘘嘘声，他闭紧双眼，但阳光依然透过眼帘照到他的眼里。天是红色的。

葵花撵开了这一拨鸭，那一拨又在别处将嘴插进泥里。水面上，有无数冲天的鸭屁股，又有无数因咽茨菰而伸长了的鸭脖子。刚才还是一田清水，不一会儿，就变成了一田浑水。一些小鱼被呛得脑袋往田埂上栽。

"不要脸！"葵花没有力气奔跑了，朝鸭子们骂了起来，眼睛里早有了泪水。

无数的鸭嘴，像无数张小型的犁，将茨菰田翻弄着。

鸭们有恃无恐地寻找着烂泥下的茨菰，一个个脸上都是烂泥，只露出黑豆大一粒眼睛。真是一副十足的不要脸的样子。

葵花完全无可奈何。她只能眼睁睁地看着它们大吃她家的茨菰。那茨菰在爸爸的眼中，一颗颗都如金子一般珍贵。她想跑回去喊家里的人。但这块茨菰田离家很远，等把人喊来了。这茨菰早被它们吃完了。她朝四野望去，然而除了看见有几只鸟在田野上飞着，就再也见不到其他什么身影了。

她朝嘎鱼大声叫着："你们家鸭吃我们家茨菰啦！你们家鸭吃我们家茨菰啦！……"

嘎鱼却如死狗一般，动也不动。

葵花脱掉鞋袜，卷起裤管，不顾冬天田水的寒冷，下到了茨菰田里。

鸭们这回确实受到了一点儿震动，拍着翅膀，嘎嘎地叫着，逃到了旁边的水田里。那水田是空水田，鸭们在泥里钻了几下，知道没有什么好吃，就一只一只地浮在水面上，用眼睛看着葵花。有风，它们不动弹，任由风将它们吹到一边。

葵花就这样手持竹竿，站在茨菰田里。她觉得自己的腿脚像被无数的针刺着。这水田若是在夜里，本来是结着薄冰的。不一会儿，她就开始浑身哆嗦，牙咯咯地敲打着。但葵花却坚持着，她要一直坚持到哥哥到来。

鸭们随风漂向远处。或许是累了，或许是饱了，一只一只显出心满意足的样子，不少鸭居然将脑袋插进翅膀里睡着了。

葵花看到这幅情景，以为它们不会再侵犯茨菰田了，便赶紧爬上田埂。她用水洗去腿上脚上的烂泥时，只见腿与脚已冻得红通通的。她缩着身体，在阳光下蹦跳着，并不时地看一眼青铜采芦花的方向。

就在葵花以为鸭们已经收兵时，它们却逆风游来，并很快如潮水一般又再度进入茨菰田。

葵花再度下了茨菰田，然而这一回鸭们不怕她了。竹竿打来时，它们就跑。鸭们很快发现，葵花的双脚在烂泥里，其实是很难抬动的，它们根本不用那么着急逃跑。它们轻而易举地就躲开了葵花的追击，在她周围如漩流一般迂回着。

葵花站在烂泥里，大哭起来。

鸭们吃着茨菰，水面上一片有滋有味的呷吧声。

葵花爬上田埂，朝嘎鱼冲去："你们家鸭吃我们家茨菰啦！"

水动，草动，树上的叶子动，嘎鱼不动。

葵花用竹竿朝他捅了捅："你听见没有？"

毫无反应。

葵花过来，用手使劲推动他："你们家鸭吃我们家茨菰啦！"

嘎鱼依然不动弹。

葵花抓住他的胳膊，想将他从地上拖起来。但嘎鱼死沉如猪。葵花只好松掉他的胳膊。他的胳膊好像不是他的胳膊，葵花一松手时，它就扑通掉在了地上。这使葵花大吃一惊，不由得往后退了一步。

嘎鱼不动，双眼紧闭，一头的乱发与乱草一起在风里起伏着。

葵花远远地蹲下，伸出手去推了一下他的脑袋。那脑袋像一只西瓜，往一侧滚动了一下，就再也不动了。

葵花轻轻叫了一声："嘎鱼！"又大叫了一声："嘎鱼！"随即站起来，扭头就往村里跑。一边跑，一边叫："嘎鱼死了！嘎鱼死了！"

快到村子时，遇上了青铜。

葵花结结巴巴地将她看到的一切，告诉了青铜。

青铜疑惑着，拉了葵花往茨菰田方向跑。快到茨菰田时，他们听见了嘎鱼怪腔调的歌声。两人循着歌声看去，只见嘎鱼撑着小船，赶着他的鸭群，正行进在河里。那些鸭很安静，一副没有心思的样子。风大一些时，河上有波浪，清水就不住地荡到它们的身上，一滑溜，又从它们的尾部重新流进河里。

那时，太阳已经偏西了。

4

青铜让葵花一口咬定：到了下午，他将葵花替换下，让她学习去了，茨菰田是由他来看守的，而他却因为追一只野兔而离开了茨菰田，就在这一阵，嘎鱼家的鸭子进入了茨菰田。

爸爸蹲在遭受浩劫的茨菰田边，用双手抱着头，很长一阵时间，默不作声。后来，他下到田里，用脚在泥里摸索着。以往，一脚下去，都会踩到好几颗茨菰，而现在摸索了很长时间，也没有碰到一颗茨菰。他抓起一把烂泥，愤恨地朝远处砸去。

青铜与葵花低着头，一动不动地站在田边。

爸爸手里抓着一把泥，转过身来，看着青铜。突然，他将手中的烂泥砸在了青铜的身上。

青铜没有躲避。

葵花紧张地看着爸爸。

爸爸又抓起一把泥来，一边在嘴里骂骂咧咧，一边又将烂泥朝青铜砸来。爸爸有点儿管不住自己了，接二连三地向青铜没头没脑地砸着烂泥。有一团泥巴砸在了青铜的脸上。他没有用手去擦，当爸爸的烂泥再次向他飞来时，他甚至都没有用手去挡一挡。

葵花哭叫着："爸爸！爸爸！……"

奶奶正往这边走，听到葵花的哭声，便拄着拐棍，跟跟

175

跄跄地往这边跑。见青铜满身是烂泥，她扔掉了拐棍，护在青铜的面前，对田中的爸爸说："你就朝我砸吧！你就朝我砸吧！砸啊！你怎么不砸啊！"

爸爸垂着头站在田里，手一松，烂泥扑通落进了水中。

奶奶一手拉了青铜，一手拉了葵花："我们回去！"

晚上，爸爸不让青铜吃饭，也不让他回家，让他就站在门外凛冽的寒风中。

葵花没有吃饭，却与青铜一起站在了门外。

爸爸大声吼叫着："葵花回来吃饭！"

葵花却向青铜靠过去，坚决地站着。

爸爸十分生气，跑出门外，用强有力的大手一把抓住她的胳膊，就往屋里拉。

葵花用力一挣，居然从爸爸手中挣了出来。当爸爸冲过来要继续揪她回屋里去时，她望着爸爸，突然跪在了地上："爸爸！爸爸！茨菰田是我看的，茨菰田是我看的，哥哥下午一直在采芦花……"她眼泪直流。

妈妈跑出门外，要将她拉起。她却跪在地上，死活不肯起来。她用手指着前面的草垛："哥哥采了一大布口袋芦花，藏在草垛背后呢……"

妈妈走过去，从草垛后找到了一大布口袋芦花，将它抱过来，放在了爸爸的面前。随即，她也哭了。

跪在地上的葵花，将头低垂着，一个劲儿地在喉咙里呜咽着……

5

爸爸曾有过向嘎鱼家索赔的念头，但放弃了。嘎鱼的父亲，是大麦地有名的视钱如命的人，也是最蛮不讲理的人。跟他去啰唆，也只能是找气生。

但在青铜的心里，却没有忘记这笔账。

他常常将眼珠转到眼角上，瞟着嘎鱼和嘎鱼家的那群鸭。

嘎鱼从青铜的目光里感受到了什么，赶紧放他的鸭。嘎鱼总有点儿害怕青铜。全村的孩子都有点儿害怕。他们不能知道，万一惹怒了这个哑巴，他究竟会干出一些什么事情来。青铜总使他们感到神秘。当他们于一个阴雨连绵的天气里，看到放牛的青铜独自坐在荒野上的一座土坟顶上后，他们再看到青铜时，总是闪在一边，或是赶紧走开。

青铜时时刻刻地盯着嘎鱼。

这一天，嘎鱼将鸭群临时扔在河滩上，人不知去了哪里。

青铜早与他的牛藏在附近的芦苇丛中。那牛仿佛知道主人要干什么，特别地乖巧，站在芦苇丛里，竟不发出一点儿响声。当青铜看到嘎鱼的身影消失后，纵身一跃，骑上了牛背，随即一拍牛的屁股，牛便奔腾起来，将芦苇踩得咔吧咔吧响。

刚刚被嘎鱼喂了食的鸭群，正在河滩下歇脚。

青铜骑着牛，沿着河滩朝鸭群猛地冲去。那些鸭有一半闭着眼睛养神，等被牛的隆隆足音震醒，牛已经到了它们的跟前。它们被惊得嘎嘎狂叫，四下里乱窜。有几只鸭，差点儿就被踩在牛蹄之下。

牛走之后，一群鸭子早已四分五散。

青铜未作片刻停留，骑着他的牛远去了。

惊魂未定的鸭们，还在水上、草丛中、河滩上嘎嘎地叫着。

嘎鱼一直找到傍晚，才将他家的鸭子全部拢到一起。

第二天一早，嘎鱼的父亲照例拿了柳篮去鸭栏里捡鸭蛋。每天的这一刻，是嘎鱼的父亲最幸福的时刻。看见一地白色的、青绿色的鸭蛋，他觉得日子过得真的不错，很不错。他小心翼翼地将它们捡起，又小心翼翼地将它们放入篮子里。很快就要过年了。这蛋是越来越值钱了。然而这天早上的事情让他觉得十分奇怪：鸭栏里，东一只西一只，加在一起才十几只蛋。他摇了摇头，找不着答案：鸭子们总不会商量好了，一起将屁眼闭上不肯下蛋吧？他朝天空看着，天还是原来的天，一切都很正常。他提着篮子走出鸭栏，心里百思不解。

他不会想到，那些鸭受了惊吓，将本来夜间要在鸭栏里下的蛋，于入栏之前不由自主地下到了河里。

你被青铜盯上了，就永远地被盯上了。

在后来的日子里，青铜瞅准机会，就会骑着他的牛，风暴一般地冲击鸭群。鸭子的下蛋习惯完全被搞乱了，有些鸭子，大中午的就在河滩上的草丛里下蛋。这倒让大麦地的几个总能在草丛里捡到鸭蛋的孩子着实高兴了一阵。

这天，青铜决定不再偷袭嘎鱼家的鸭群了。他要光明正大地干一回。他要让整个大麦地的人都看到，青铜家是不可欺负的。他从家里找出一条破烂被面，将它绑在一根竹竿上。那被面是红色的底子，上面开满大花。他往空中一举，一舞，就像一面旗帜。他挑了一个大麦地小学的学生们放学回家的时间，骑着他的牛，挺直腰杆高高举起破烂的被面，上路了。

嘎鱼家的鸭子正在一块收割的稻田里觅食。

青铜骑着牛在田埂上出现了。

嘎鱼不知道他要干什么，警惕地抓着放鸭的长柄铁铲。

这时，很多放学的孩子正往这边走。

青铜突然发动他的牛，向鸭群猛冲过去。那面破烂被面强劲地展开，在风中猎猎作响。

鸭群炸窝一般，逃向四面八方。

青铜骑着牛，表演一般地在空稻田里奔突与旋转。

大麦地的孩子站满了一条田埂，激动不已地看着。

嘎鱼瘫坐在地上。

葵花大声叫着："哥哥！哥哥！"

青铜用手一拉缰绳，牛便向葵花跑来。他跳下来，将葵花送上牛背，然后牵着牛，大摇大摆地回家了。

葵花很骄傲地骑在牛背上。

嘎鱼躺在地里哭起来。

晚上，嘎鱼被他爸爸绑在了门前的大树上，狠揍了一顿。他爸爸本来是要拉着嘎鱼到青铜家算账的，路上遇到人，得知嘎鱼前些日子让鸭子吃了青铜家茨菰田里的茨菰这事后，当众踢了嘎鱼一屁股，随即拉着嘎鱼，掉转头回家了。一回到家，就将他绑在了大树上。

天上有轮月亮。

嘎鱼哭着看月亮。有几个孩子过来围观，他冲着他们，徒劳地踢着脚："滚！滚！……"

6

要过年了。

热闹的气氛一天浓似一天。大麦地的孩子们在一天一天地数着日子。他们在大人们兴高采烈地忙年的时候，也会不时地被大人们所支使："今天不许出去玩了，要帮着家里掸尘。""去你三妈家看看，磨子还有没有人在使？要磨面做饼呢。""今天鱼塘要出鱼，你要给你爸提鱼篓。"……他们似乎很乐意被大人支使。

已经有人家在杀猪了，猪的叫喊声响遍了整个大麦地。

不知是谁家的孩子沉不住气，将准备在大年三十晚上和大年初一早上放的鞭炮先偷出来放了，噼里啪啦一阵响。

村前的路上，人来人往的，都是去油麻地镇办年货或办了年货从油麻地镇回来的。田野上，总有人说着话："鱼多少钱一斤呀？""有平时两倍贵。""吃不起。""过年了，没办法。吃不起也得吃。""镇上人多吗？""多，没有一个下脚的地方，也不知从哪儿冒出这么多人来。"……

青铜一家，虽然清贫，但也在热热闹闹地忙年。

屋子是新的，不用打扫。其余的一切，妈妈恨不能都用清水清洗一遍。她整天走动在水码头与家之间。被子，洗；衣服，洗；枕头，洗；桌子，洗；椅子，洗；……能洗的都洗。门前的一根长绳子上，总是水滴滴地晾着一些东西。

过路的人说："把你家的灶也搬到水里洗洗吧。"

青铜家的干净，首先是因为有一个干净的奶奶。妈妈在进入这个家门之前，是奶奶在爸爸前头先相中的。理由很简单："这闺女干净。"奶奶一年四季，每一天，都离不开清水。大麦地的人总能见到奶奶在水码头上，将水面上的浮草用手轻轻荡开，然后用清水清洗她的双手与面孔。衣服再破，被子再破，却是干净的。青铜一家，老老少少，走出来，身上散发出来的都是干净的气息。奶奶都这么大年纪了，不管是什么时候，都闻不到她身上有什么老年人的气味。大麦地的人说："这个老人干净了一辈子。"

这个家，今年过年，无论是老，还是小，都不能添置新衣。他们家人，现在都穿着光棉袄，套在外面的衣服，都脱下来洗了。过年时，他们没有新衣服，只有干净的衣服。青铜与葵花特殊一些：青铜的旧衣早在几天前就脱下来洗了，然后送到镇上染坊里又染了一遍。而葵花过年时，将会有一件花衣服，那是妈妈出嫁时的一件花衣服改的。这件衣服，妈妈没有穿过几次。那天，妈妈见实在挤不出钱来给葵花扯布做件新衣，叹了一口气，忽然想到了这件一直压在箱底的衣服。她拿出来，对奶奶说："过年了，我想把这件衣服改出来，给葵花穿。"奶奶说："还是你自己留着穿吧。"妈妈说："我胖了，嫌小了。再说，岁数也大了。穿不了这样的花衣服了。"奶奶把衣服拿了过去。

奶奶的针线活是大麦地最好的。这一辈子，她帮人家裁剪了多少件衣服，又帮人家做了多少件衣服，记也记不清了。

她用了两天的时间，为葵花精心改制了一件花衣服。那衣服上的大盘扣，是大麦地没有一个人能够做得出来的。葵花穿上它之后，全家都说好看。葵花竟一时不肯脱下来。

妈妈说："大年初一再穿吧。"

葵花说："我就穿半天。"

奶奶说："就让她穿半天吧。可不准弄脏了。"

那天，葵花要到学校排练文艺节目，就穿上这件衣服去了。

老师与同学们见到葵花走过来，一个个都被她身上的花衣服惊呆了。

葵花是大麦地小学文艺宣传队的骨干，除表演节目，还承担报幕。老师一直在发愁她没有一件新衣服。都已想好了，到了过年演出时，向其他女孩借一件新衣给葵花临时穿一下。现在看到这么一件漂亮的衣服，把老师高兴坏了。

很长一段时间，老师和同学就围着葵花，看着她的花衣服。看得葵花都有点儿不好意思了。

这是一件高领掐腰的衣服。

负责文艺宣传队的刘老师说："要是脖子上有条银项链，那就更好看了。"

说完了，刘老师的眼前就站了一个戴银项链的葵花。

其他老师和孩子的眼前，也都站了一个戴银项链的葵花。

这样一个女孩，实在太迷人了。

刘老师竟一时回不过神来，痴痴地想着有那么一个戴银项链的女孩，她的名字叫葵花。

大家就看着刘老师。

刘老师终于发觉自己的心思飘远了，用力拍了拍巴掌："好啦好啦，各就各位，排练啦。"

排练结束后，刘老师还是情不自禁地想着那个戴银项链的葵花。

排练结束后，葵花高高兴兴地回到家中。

妈妈问："他们说你衣服好看吗?"

"都说好看。"

吃中午饭时，葵花得意地说："刘老师说，要是戴条银项链，我就更好看了。"

妈妈用筷子轻轻敲打了一下葵花的头："美死你啦!"

葵花就咯咯咯地乐。

一家人吃着饭，吃着吃着，一个个眼前也都站了一个戴银项链的葵花——那个穿着花衣服，戴着银项链的小女孩，也实在是好看!

对于穿了这件花衣服的葵花，为什么一个个都想到她应该戴上一条银项链，谁也说不清缘由。

与往年一样，大年初一的下午，大麦地村的人拜完年之后，都会到村头的广场上看村里的文艺宣传队与小学校的文艺宣传队表演节目。

自从那天见到葵花穿那件花衣服后，刘老师总想着大年初一演出时，报幕的葵花，脖子上能戴一条银项链。这一带人喜欢银首饰。大麦地，就有好几个女孩有银项链。文艺宣传队的玲子就有一条。大年初一上午排练时，刘老师就对玲子说："晚上演出时，你能不能把你的银项链借给葵花戴一戴？"玲子点了点头，就把戴在脖子上的那条银项链取下来，放在了刘老师的手上。刘老师叫过葵花，将银项链戴到了葵花的脖子上。这一形象比她想象的还要好看。她往后走几步，看一看，笑了。她觉得今天下午的演出，就这一条银项链就能大放光彩！

　　然而，到了排练结束时，玲子却又反悔了，对刘老师说："我妈知道了，会骂我的。我妈叮嘱过，我的项链，是不能让别人戴的。"

　　葵花赶紧将项链从脖子上取下来，将它还给了玲子。葵花很不好意思，脸上一阵发烧。

　　回到家后，葵花心里就一直在想那条项链的事。她很羞愧。

　　妈妈问她："大过年的，你怎么啦？"

　　葵花笑着："妈妈，没有什么呀。"

　　妈妈就疑惑着。就在这时，跟葵花一起在文艺宣传队的兰子来了，妈妈就问兰子："兰子，我们家葵花从学校回来后，不太爱说话，是怎么了？"

　　兰子就把项链的事悄悄地对葵花的妈妈说了。

妈妈听了，只能叹息一声。

兰子的话被一旁的青铜一字一句地都听在了心里。他坐到了门口，一副很有心事的样子。在青铜看来，大麦地最好看的女孩，就是他的妹妹葵花。他的妹妹也应该是大麦地最快乐的、最幸福的女孩。他平时最喜欢的一件事，就是站在一旁，傻呆呆地看奶奶或妈妈打扮葵花。看奶奶给葵花梳小辫、扎头绳；看妈妈将一朵从地里采回来的花插到葵花的小辫上；看奶奶过年过节时，用手指头蘸着红颜色，在葵花的两条眉毛间点上一个眉心；看妈妈用拌了明矾的凤仙花花泥给葵花染红指甲……

要是听到有人夸赞葵花生得体面，他会在一整天里都高兴得不得了。

大麦地的老人们说："哑巴哥哥，才是个哥哥哩！"

青铜对葵花的脖子上没有一条项链，当然无可奈何。甚至是青铜一家，都无可奈何。青铜家只有天，只有地，只有清清的河水，只有一番从心到肉的干净。

天上有鸽哨声，他抬头去看天空时，没有看到鸽子，却看到了屋檐上的一排晶莹的冰凌。接下来，他有很长时间，就目不转睛地看着这一根根长短不一的冰凌。不知道为什么，这些冰凌就那样富有魅力地吸引着他。他就这样仰头看着它们。它们像春天的竹笋倒挂在檐口。

看着看着，他的心开始扑通扑通地跳起来，像有一只青蛙在怀里。

他扛了一张桌子，爬了上去，将冰凌采下十几根来，放在一只大盘子里。然后，他将盘子端到了门前的草垛下。他去水边，割了几根芦苇，再用剪子，剪了几支很细的芦苇管。他又向妈妈要了一根结实的红线。家里人见他忙忙碌碌的，有点儿奇怪，但也不去追问。他们早已习惯了他的奇思怪想。

青铜用一根细木棍将冰凌敲碎，阳光下，盘中璀璨夺目，犹如一盘钻石在散射着多芒的亮光。

他挑其中不大不小的，最合他心意的冰凌，然后将三四寸长的一根细细的芦苇管，一头衔在嘴中，一头对着它，用口中的热气，不住地吹着。那热气便像一根柔韧的锥子，在那颗冰凌上慢慢地锥出一个小小的、圆圆的洞来。吹穿一颗冰凌，大约需要六七分钟的时间。

他将吹好洞的冰凌放在另一只小盘子里。冰凌落进盘中时，叮当有声。

葵花和兰子走过来了。葵花问："哥，你在干什么哪？"

青铜抬起头来，神秘地笑笑。

葵花没有多问，和兰子一起玩耍去了。

青铜坐在草垛下，很有耐心地做着他的事。那些被他从大盘中挑选出来的冰凌，大小、形状，都不可能完全一样，但正是不完全一样，它们堆放在一起时，才更见光芒闪烁。那光芒带了一点儿寒意，但却显得十分地宁静而华贵。

青铜吹了一颗又一颗。那些"钻石"，随着太阳的西移，也在改变着光的强度与颜色。到夕阳西下时，它们的光，竟是淡淡的橙色。

青铜觉得他的腮帮子都吹麻了，他用手轻轻地拍打着嘴巴。

在太阳落下去之前，他用妈妈给他的那根红线，将吹了洞的几十颗冰凌，细心地串在了一起，然后将红线系成一个死结。这时，他用根手指将它高高地挑起：一条冰项链，便在夕阳的余晖里出现了！

青铜没有将它放回盘中，而是久久地用手指挑着它，举在空中。

长长的一条冰项链，纹丝不动地停在空中。

它使青铜自己都有点儿吃惊。

青铜没有将它戴在自己的脖子上试一试，只是放在胸前。他觉得自己忽然成了一个女孩，不好意思地笑了。

他没有立即将冰项链展示给奶奶他们，也没有展示给葵花，而是重新放回盘子里，用稻草将它轻轻覆盖了。

晚饭后，村前的广场上，聚集了几乎全部的大麦地人。

戏台上，汽油灯已经点亮。

就在大麦地小学文艺宣传队即将登台演出时，青铜在后台出现了。

葵花立即跑向青铜："哥，你怎么跑到这里来了？"

青铜双手托着盘子。他用嘴吹去上面的草，冰项链就在后台一盏不很明亮的汽油灯下闪亮出现了。

葵花的眼睛里放射着亮光。她不知道那只青花瓷盘里放着的东西究竟是什么，但它的亮光却已使她感到非常地迷人。

青铜示意葵花从盘中将冰项链拿起来。

葵花却不敢。

青铜一手托着盘子，一手将冰项链拿起，然后侧弯着身体，将盘子放在地上。他对迷惑不解的葵花说："这是项链，冰做的项链。"他让葵花过来，他要给她戴上。

葵花说："它不会化掉吗？"

"天很冷，又是在外面，化不掉的。"

葵花乖巧地走近了青铜，并将头垂下。

青铜将冰项链戴在了葵花的脖子上。它缠着高高的衣领，然后很顺畅地悬挂在了葵花的胸前。她也不知道好看还是不好看。她用手摸了摸它，觉得凉丝丝的，心里很舒服。她低头看着，然后又转着脑袋，她想找个人问问是不是好看。

青铜告诉她："好看！"

事实上，它比青铜想象的还要好看。望着葵花，青铜不停地搓着手。

葵花又低头看着它。它太好看了，好看得让她有点儿发蒙了，有点儿不敢相信了。她有点儿承受不了似的，想将它从脖子上取下来。

青铜坚决地阻止了她。

而就在这时，刘老师喊道："葵花，葵花，你在哪儿？马上就该你上场报幕了！"

葵花赶紧走过去。

刘老师看到了葵花，她像被打了一棒子似的，愣住了。她望着葵花脖子上的冰项链，过了老半天，说出一句话来："我的天哪！"她走过来，轻轻撩起项链，在手掌上轻轻掂了掂，"这是哪来的项链啊？是什么项链啊？"

葵花以为刘老师不喜欢它，回头看了一眼青铜，想将它取下来。

刘老师说："别拿下来啊！"

时间到了，刘老师轻轻推了一把还在疑惑的葵花。

葵花上场了。

灯光下，那串冰项链所散射出来的变幻不定的亮光，比在阳光下还要迷人。谁也不清楚葵花脖子上戴着的究竟是一串什么样的项链。但它美丽的、纯净的、神秘而华贵的亮光，镇住了所有在场的人。

那一刻，时间停止了流淌。

台上台下，像一片寂静的森林。

葵花以为脖子上的项链将事情搞砸了，站在刺眼的灯光下，一时不知道该怎么办了。

但这时，有一个人在人群中朝她鼓起掌来。随即，又有几个人鼓起掌来。接下来，全都鼓起掌来。台上台下，都是掌声。明明是一个晴朗的夜晚，却又像是在一场大雨里。

葵花看到了哥哥——他站在一张凳子上。他的目光乌溜乌溜的。薄薄的泪水，一忽儿便蒙住了她的眼睛……

青铜葵花

第 **7** 章

三月蝗

1

葵花读三年级下学期时，春夏之交，大麦地以及一个广大的地区，发生了蝗灾。

在蝗虫还没有飞到大麦地的上空时，大麦地人与往常一样，在一种既繁忙又闲散的状态中生活着。大麦地的牛、羊、猪、狗，大麦地的鸡、鸭、鹅与鸽子，都与往常一样，该叫的叫，该闹的闹，该游的游，该飞的飞。大麦地的天空似乎还比往常的蓝，一天到晚，天空干净如洗，白云棉絮一般轻悠悠地飘动。

今年的庄稼比以往任何一年都要好，长势喜人。油菜花田与大片大片的麦田互为间隔，天底下，黄一片，绿一片，将一个彩色世界闹得人心里暖洋洋的。油菜花一嘟噜一嘟噜地盛开，到处是蜜蜂，到处是蝴蝶。麦子长得茂密，秆儿粗壮，麦穗儿像松鼠的尾巴一般，粗粗的，毛刺刺的。

大麦地的庄稼人，在暖和的气流中，等待着一个金色的收获季节。

大麦地的庄稼人，都是懒洋洋地走在村巷里，田埂上，像没有完全睡醒，或是像在酒醉里。

而二百里外，蝗虫正在铺天盖地飞翔着，咬啮着，吞噬着。飞过之处，寸草不留，天光地净。

这地方为芦荡地区，天气忽湿忽旱，极利于蝗虫繁殖。历史上，蝗灾频繁。说起蝗灾，大麦地的老人们，都有许多让人毛骨悚然的描绘："蝗虫飞过哪儿，哪儿就像剃了头一样光秃秃的，一根草毛都不给你剩下。""蝗虫飞过时，将人家屋里头的书和衣服都吃得干干净净。幸亏没长牙，若长了牙，连人都要吃掉的。"……

县志上有无数条关于蝗灾的记载：宋朝淳熙三年（1176），蝗灾。元朝至元十九年（1282），飞蝗蔽日，所过之处，禾稼俱尽。元朝大德六年（1302），蝗虫遍野，食尽禾。明朝成化十五年（1479），旱，蝗食尽禾，民多外逃。明朝成化十六年（1480），又大旱，蝗虫为害，庄稼颗粒无收，斗粟易男女一人……若开出一个清单，需要好几张纸。

这一次蝗灾，距离上一次蝗灾已许多年了。人们以为，蝗灾已不会再有了。蝗灾的记忆，只存在于老年人的记忆里。

青铜他们这些孩子，倒是都见过蝗虫，但奶奶与他们说起蝗灾时，他们根本不能相信，并尽说一些傻话："鸡呀鸭呀，可有得吃了。吃了蝗虫，好下蛋。""怕什么，我将它们一只只扑死，要不，点一把火，把它们烧死算了。"

奶奶跟这些小孩子说不明白，只能叹息一声，摇摇头。

大麦地的人，神色越来越紧张。河那边的干校与大麦地的高音喇叭，总在不停地广播，向众人报告蝗群的阵势多大，已经飞到了什么地方，距离大麦地还有多少公里。仿佛是在报告战火已燃烧到何处了。紧张归紧张，却无可奈何。

因为，正是青黄不接之际，那庄稼正长着，还未成熟，又不能在蝗群到达之前抢收回家。望着那一片绿油油的庄稼，大麦地的人，在心里千遍万遍地祈祷着：让蝗虫飞向别处去吧！让蝗虫飞向别处去吧！……

大麦地的孩子们，却是在一片战战兢兢的兴奋之中。

青铜骑在牛背上，不时地抬头仰望天空：蝗群怎么还没有飞来呢？他总觉得大麦地的大人们有点儿可笑，老大不小的，还怕小小的蝗虫！他青铜在草丛里，在芦苇丛里，也不知道为家里的鸡鸭扑杀过多少只蝗虫了！这天，他终于看到了西方天空飞来了什么，黑压压的一片。但，过不一会儿，他看清了：那是一大群麻雀。

葵花和她的同学们，一下课，没有别的话题，只谈蝗虫。他们似乎也有点儿害怕，但又似乎很喜欢这种害怕。他们中的一个还会在大家做一件什么事情的时候，突然地大喊道："蝗虫飞来啦！"大家一惊，都抬头望天空。那喊叫的孩子，就会前仰后合地大笑起来。

他们简直是在盼望蝗虫飞临大麦地的上空。

大人们骂道："这些小畜生！"

葵花总是缠着奶奶问："奶奶，蝗虫什么时候到?"

奶奶说："你想让蝗虫把你吃掉呀?"

"蝗虫不吃人。"

"蝗虫吃庄稼。庄稼吃掉了，你吃什么?"

葵花觉得问题确实很严重，但她还是惦记着蝗虫。

有消息说：蝗群离大麦地还有一百里地。

大麦地人越来越紧张了。河那边的干校与河这边的大麦地，都已准备好几十台农药喷雾器，一派决战的样子。还有消息传来，上面可能要派飞机来喷洒农药。这个消息，使大人们都有点儿兴奋了：他们谁也没有看见过飞机喷洒农药与蝗虫决一死战的情景呢。

听到这一消息的孩子们，更是奔走相告。

有老人说："先别紧张。虽说离这儿还有一百里，飞得快一点儿，一天一夜就到了。但也不一定就到我们大麦地，还得看看这几天的风向。"

老人们说，蝗虫喜欢逆风飞翔，风越大，越喜欢飞，顶着大风飞。

而现在刮的是顺风。所以，蝗虫来不来大麦地，还说不定呢。一些孩子就不时地跑到水边或树下，看芦苇在风中往哪边倒，看树叶儿往哪边翻卷。从早到晚，都是顺风，这使大麦地的孩子们感到有点儿失望。

这天夜里，风向突然转了，并且风渐渐大了起来。

第二天早晨，青铜和葵花还在睡梦中，就听见有人在惊慌地大叫："蝗虫来了！蝗虫来了！"

不一会儿，就有许多人喊叫起来。全村人，都醒来了，纷纷跑出门外，仰头望着天空。哪里还看得见天空，那蝗群就是天空，一个流动的、发出嗞嗞啦啦声响的天空。

太阳已经升起来了，阳光被蝗虫遮蔽了。

太阳像一只粘满黑芝麻的大饼。

蝗群在天空盘旋着，一忽儿下降，一忽儿上升，像黑色的旋风。

一些老人，手中燃着香，双腿跪在田埂上，向着东方，嘴中念念有词。他们祈求蝗虫快快离去。他们说，他们为了长出这些庄稼，实在不容易。他们说，这些粮食是他们的命根子，大麦地的老老少少，就都指望着这片庄稼呢。他们说，大麦地是个穷地方，大麦地经不起蝗虫一吃。他们的眼睛里是哀求，是一片虔诚，他们似乎很相信他们的祈求能够感动上苍，能够感动这些小小的生灵。

一些中年人看着正在慢慢下降的飞蝗，对那些祈求的人说："拉倒吧，有什么用！"

大麦地的孩子们，何时看到过这么壮观的景象？一个个全都站在那里仰望着天空，一个个目瞪口呆。

葵花牵着奶奶的衣角，显得有点儿恐惧。昨天晚上，她还在问奶奶蝗虫什么时候才能飞到大麦地呢。这会儿，她似乎有点儿明白了：这蝗虫落下来，可不得了！

振翅声越来越响，到了离地面还有几丈远的高度时，竟嗡嗡嗡嗡地响得让人耳朵受不了了。那声音，似乎还有点儿金属的味儿，像弹拨着簧片。

一会儿，它们就像稠密的雨点儿一般，落在了芦苇上，落在了树上，落在了庄稼上。而这时，空中还在源源不断地出现飞蝗。

孩子们在蝗雨中奔跑着，蝗虫不住地撞击着他们的面孔，使他们觉得面孔有点儿发麻。

这些土黄色的虫子，落在泥土上，几乎与泥土一模一样。但在飞翔时，都露出一种猩红的内翅，就像空中飘满了血点儿，又像是一朵朵细小的花。它们不喊不叫，落下来之后，不管三七二十一，就开始咬啮，见什么咬什么，不加任何选择。

四下里，是雨落在干草上的声音。

青铜拿了一把大扫帚，在空中胡乱地扑打着。但，蝗虫就像河水一般，打落下一片，迅捷地又有其他蝗虫补上了。青铜扑打了一阵，终于觉得自己的行为纯属徒劳，便扔掉了扫帚，瘫坐在地上。

各家人都回到了各家地边，共同拥有的那些地，再也没有人管了。人们企图保住自家的庄稼。全家人，不分男女老少，或挥动着扫帚，或挥动着衣服，加上大喊大叫，竭尽全力地轰赶着那些蝗虫。但，不久，他们就放弃了。那些蝗虫纷纷坠落，根本不在乎扫帚与衣服。成千上百只的蝗虫死了，但潮水一般的蝗虫又来了。

有人在蝗雨中开始哭泣。

大麦地的孩子们再也没有半点儿兴奋，有的，只是恐慌。他们现在甚至比大人们还要恐慌。他们怀疑这些一个劲儿地咬啮植物的家伙，一旦咬完了植物，就会来咬人。尽管大人们一再地告诉他们，蝗虫是不吃人的，但他们还是在暗暗地担忧着。这种担忧，来自蝗虫的疯狂。

青铜家的人坐在地头，一个个默不作声地看着。

蝗虫在大口大口咬啮着他们家的油菜与麦子。它们将麦叶先咬成锯齿形，然后还是咬成锯齿形。它们似乎有明确的分工，谁咬这一侧，谁咬那一侧，然后逐渐向中间汇拢，转眼间，好端端的一根叶子就消失了。它们的锯齿形的嘴边，泛着新鲜的绿汁，长着角的屁股不时地撅起，黑绿的屎，便像药丸子一般，一粒一粒地屙了出来。

葵花将下巴放在奶奶的胳膊上，很安静地看着。

庄稼在一点儿一点儿地矮下去，芦苇在一点儿一点儿地矮下去，青草在一点儿一点地矮下去。树上的叶子一片一片地不见了，只剩下光秃秃的枝条，大麦地就像在萧索的冬季里。

干校与大麦地的几十架农药喷雾器，显得毫无用处。

人们仰头去看天空，希望能有喷洒农药的飞机出现。然而，飞机终于没有出现，也许，一开始就是一个谣传。

蝗虫离去时，就像听到了一个统一的口令，几乎在同一时间里，展翅飞上天空。一时间，大麦地暗无天日，所有一切都笼罩在黑影里。个把钟头之后，慢慢在蝗群的边缘露出亮光，随着蝗群的西移，光亮的面积越来越大，直至整个大麦地都显现在阳光下。

阳光下的大麦地，只有一番令人悲伤的干净。

2

　　大麦地的大多数人家，都没有留下足够的余粮。他们算好了，米缸里的粮食正好可以吃到麦子成熟。然而现在，麦子却一粒也没有了。随着米缸里的粮食在一点儿一点儿地减少，这些人家的心情也在一天一天地沉重起来。

　　心在发紧，发虚。

　　已有几户人家投靠远方的亲戚去了。也有几户人家，将老人与小孩留在家中，身体强壮一些的，到二百里外的一座水库做工去了。还有一两个人，瞒了大麦地的父老乡亲，进城捡垃圾去了。大麦地的人们在寻找各种各样的出路。

　　青铜一家人，想来想去，没有别的出路，他们只能像大麦地的大多数人一样，守在几乎空空荡荡的大麦地。

　　自从蝗虫吃尽庄稼之后，青铜家的人，总是不时地揭起米缸的盖子，看一看米缸里的米。在这些日子里，米几乎是一粒一粒地数着下锅的。青铜一边放牛，一边挖着野菜。奶奶也经常出现在田埂与河边，将可吃的野菜挖起来，放进一只柳篮里。一天到晚，纠缠着爸爸妈妈心思的，就是粮食。他们去水田里采未被采尽的茨菰与荸荠，他们把头年的糠反复放在风中吹扬，从中再找得一些米粒。

　　天气越来越热，白天越来越长。太阳将人们的根根汗毛孔烘开，不住地耗散着热量，而从早到晚的这段时间，长得似乎永远走不完似的。一家子人都希望天能早点儿黑下来，黑下来可以上床睡觉，就能断了想吃东西的念头。

大河那边的干校，人在不断地换班，一些人走了，一些人又来了。当年与爸爸一起来干校的叔叔、阿姨，只有很少几个还在这里。他们没有忘记葵花，在自己的粮食也很紧张的情况下，还是给青铜家送来了一袋米。

这一袋米，太宝贵了。妈妈望着这一袋米，眼泪都下来了。她将葵花叫过来："快谢谢叔叔阿姨。"

"谢谢叔叔阿姨。"葵花牵着妈妈的衣角说。

送米来的叔叔阿姨对妈妈说："是我们要谢谢你，谢谢你们一家子。"

不久，这几个叔叔阿姨也回城了。有消息说，整个干校的人，都可能要离开这里。

有时，葵花会站到大河边上，朝干校那边眺望一阵。她觉得，干校那边的红瓦已经不像早先那么鲜亮了，也不像以前那么热闹了，显得有点儿冷清。野草正在干校的四周蔓延着。她觉得它离她越来越远了。

在青铜家几乎就要断炊时，干校的人全部撤了。从此，一大片房子，就都寂寞地遗落在苍苍茫茫的芦苇丛里。

青铜家的米缸里，最后一粒米也吃完了。

大麦地，还有几户人家，也已山穷水尽。

都说，送救济粮的粮船就要到了。可是，总不见粮船的影子。受灾面积大概太大了，一时调拨不来粮食。大麦地可能还得煎熬一阵子。但大麦地的人相信，他们总有一天会看到粮船。他们会不时地跑到河边上来张望。那是一条希望的大河，清澈的流水一如从前，在阳光下欢乐地流淌。

这一天，青铜肩上扛着铁锹，手中牵着牛，葵花挎着篮子骑在牛背上，向芦荡出发了。

他们要进入芦荡深处，挖一篮又嫩又甜的芦根。

青铜知道，越是往芦荡深处走，挖出的芦根就越嫩越甜。

被蝗虫咬去叶子的芦苇，早在雨水与阳光下，又长出了新叶。看着眼前茂密的芦苇，谁也不会想到这里曾遭过蝗灾。

葵花骑在牛背上，看到芦苇在风中起伏不平地涌动着，看到芦苇中间，这儿一处，那儿一处的水泊。水泊或大或小，在阳光下，反射着水银一般的亮光。看到了在水泊上空飞行的鸟。有野鸭，有鹤，有叫不出名字来的鸟。

葵花饿了，问："哥，还要往前走啊？"

青铜点点头。他早就饿了，饿得头重脚轻，饿得眼前老是虚幻不定。但他坚持着要往前走，他要让葵花吃上最好的芦根，是那种一嚼甜汁四溅的芦根。

葵花往四周一看，大麦地村已经远去，四周尽是芦苇。她不禁有点儿害怕起来。

青铜终于让牛停下。他将葵花从牛背上接到地上后，就开始挖芦根。这里的芦苇与外边的芦苇长得确实有些不一样，秆儿粗，叶子宽而长。青铜告诉葵花："这样的芦苇底下，才能挖出好的芦根。"他一锹下去，就听到了切断芦根时的清脆之声。几锹之后，就出现了一个小坑，白嫩白嫩的芦根就露了出来。

葵花还没有吃到芦根，嘴里就已经水津津的了。

青铜赶紧先抠出一段芦根，拿到水边洗净，给了葵花。

葵花大咬了一口，一股清凉的、甜丝丝的汁水，顿时在嘴中漫流开来。她闭起双眼。

青铜笑了。

葵花咬了两口，将芦根送到了青铜的嘴边。

青铜摇了摇头。

葵花固执地将芦根举在那里。

青铜只好咬了一口。与葵花一样，当那股清凉的液体顺着喉咙往饥饿的肚子里流淌时，他也闭上了眼睛。这时，太阳透过眼帘照到了他的眼球上，世界是橙色的，温暖的橙色。

接下来的时间里，兄妹俩就不停地嚼着不断地从土中挖出来的芦根。他们不时地对望一下，心里充盈着满足与幸福，一种干涸的池塘接受汩汩而来的清水的满足，一种身体虚飘而渐渐有了活力、发冷的四肢开始变得温暖的幸福。

他们摇头晃脑地咬嚼着，雪白的牙齿，在阳光下不时地闪动着亮光。他们故意把芦根咬得特别地清脆，特别地动人。

你一根，我一根；我一根，你一根……他们享受着这天底下最美的食品，到了后来，几乎是陶醉了。

他们要挖上满满一篮芦根。他们要让奶奶、爸爸、妈妈都吃上芦根，尽情地吃。

他们将稍微老一些的芦根都给了牛。牛一边津津有味地嚼着，一边大幅度地甩着尾巴。心满意足时，它仰起头来，朝天空哞地长叫一声，震得芦苇叶颤抖不已，沙沙作响。

葵花拿着篮子跟在青铜的身后，不住地拾起青铜从泥里挖出来的芦根，将它们放进篮中。

篮子快满时，几只野鸭从他们头顶上飞过，然后落向不远处的水泊或是芦苇丛里去了。

青铜忽然想到了什么，扔下手中的铁锹，对葵花说："如果能逮到一只野鸭，那就太好了!"他拨开芦苇朝野鸭落下去的方向走去。没有走几步，回过头来，反复叮嘱葵花："我一会儿就回来，你站在这里看着芦根，千万不要离开!"

葵花点了点头："你快点儿回来。"

青铜点点头，转身走了，不一会儿，就消失在了芦苇丛中。

"哥，你快点儿回来!"

葵花坐在青铜早先为她压倒的一片芦苇上，守着一篮芦根，等着青铜。

牛吃饱了，侧卧在地上，嘴里什么也没有，嘴巴却不住地反刍着。

葵花看着牛，觉得很有趣。

青铜在芦苇丛中，蹑手蹑脚地往前走着。他心里有一个让他激动不已的念头：要是能抓住一只野鸭就好了。他们一家，已不知有多少日子，没有吃一星点儿肉了。他和葵花早馋肉了，可他们没有对大人们说。大人们也早看出他们馋肉了，但他们没有办法。能有粮食吃，就很不错了，哪里还顾得上吃肉呢？

青铜隐隐约约地看见了一片水泊。他走动得更轻了。他轻轻拨开芦苇，一寸一寸地往前走着。他终于看到了那几只野鸭。一只公鸭，几只母鸭，漂浮在水中。它们刚才可能去远处觅食了，有点儿累，现在将嘴巴插在翅膀里，正浮在水面上休息。

青铜的注意力全部集中在这几只野鸭身上，一时竟忘记了葵花和牛。他就那样蹲在芦苇丛里，打着野鸭的主意。他想找到一块结结实实的砖头，突然砸过去，将其中一只击昏。可是，这里除了芦苇，就再也没有什么了。他又想：我手里要是有一张大网，就好了！他又想：我手里要是有一杆猎枪就好了！他又想：要是我在它们落下来之前，潜下水中就好了！……时间也不知道过去了多久，他还是很痴迷地看着这几只无忧无虑的野鸭。

"它们长得真肥！"

青铜居然想到了一锅鲜美的鸭汤，一串口水从口角上滑落在杂草里。他擦了一下嘴，自己不好意思地笑了。他还是没有想得起来，葵花与牛在那儿等着他呢。

葵花早已开始焦躁不安。她站了起来，朝哥哥走去的方向看着。

天不知从什么时候变脸了，刚才还在明晃晃地照着芦苇荡的太阳，一忽闪，被乌云遮蔽了。绿色的芦苇，变成了黑色的芦苇。风正在从远处刮过来，芦苇荡开始晃荡，并且越晃荡越厉害。

"哥哥怎么还不回来？"葵花望着牛说。

牛一副困惑的样子。

看来，天要下雨。芦苇丛里有一种黑色而诡秘的鸟，每逢天要下雨时，就会叫起来，声音犹如夜间一个孩子于北风中哭泣，听了，让人脊背发凉，仿佛有一只带毛的冷手，在脊背上由上而下地抚摸着。葵花微微哆嗦起来："哥啊，你上哪儿啦？怎么到现在还不回啊？"

那鸟似乎正在一边哀鸣着，一边朝这边飞来。

葵花终于坚持不住了，朝着哥哥走去的方向找去。她走了几步，回过头来叮嘱着牛："你在这里等我和哥哥。不准吃篮子里的芦根，那是留给奶奶、爸爸、妈妈吃的。你要听话……"

牛望着她，扇动着两只长毛大耳朵。

葵花一边叫着"哥哥"一边朝前猛跑。

风大了，芦苇沙沙作响，像是后面有什么怪物在追赶着她。她甚至听到了粗浊的喘息声。她大声叫着："哥哥！哥哥！"然而，却不见哥哥的动静——她从牛身边跑出后不久，就已经在芦荡里迷路了！

但，她还不知道。她跑向了另一个方向，却还以为在往哥哥那儿跑呢。

青铜感到身上一阵发凉，这才突然想起葵花与牛。他抬头一看天空，只见乌云翻滚，大吃一惊，转身就往回跑。

那几只野鸭受了惊动，扑着翅膀，在水面上留下一路水花后，飞上了天空。

青铜仰脸看了它们一眼，再也顾不上它们了，呼哧呼哧地跑向葵花和牛待在的地方。

他跑回来了。但，他只看到了牛和那一篮芦根。

他伸开双臂，不停地转动着身体。可是，除了芦苇还是芦苇。

他望着牛。

牛也望着他。

他想，葵花肯定是去找他了，便一下冲进芦苇丛中，沿着刚才的路线，发疯一般地跑着，碰得芦苇哗啦哗啦地响。

他又回到了那个水池边。不见葵花的踪影。

他想大声叫喊，可是却发不出一点儿声音。他掉转头，又跑了回来。

牛已经站了起来，一副不安的神态。

青铜又冲进了芦苇丛，一个劲儿地向前奔跑着，汗珠纷纷洒落在地。芦苇在咔吧咔吧地折断。在没完没了的奔跑中，他的衣服被裂开的芦苇割破了，脸上，腿上，胳膊上，被芦苇划出一道道伤痕。他奔跑着，眼前什么也没有，只有妹妹葵花：坐在大槐树下的石碾上的葵花，在南瓜花灯下看书写字的葵花，用树枝在沙土上教他识字的葵花，背着书包蹦跳在田埂上的葵花……她笑着，她哭着……

　　一根芦苇茬几乎扎穿了他的脚板，一阵尖利的疼痛差点儿使他昏厥过去。这些日子，他吃的主要是野菜，身体已经很虚弱，经过一阵奔跑，早已精疲力竭。现在脚又扎破了。剧烈的疼痛使他满身冷汗。他眼前一黑，踉跄了几下，终于跌倒在地。

　　天开始下雨。

　　雨凉丝丝地淋着他，将他淋醒了。他从水洼里挣扎起来，抬头看天空，只见一道闪电像蓝色的鞭子，猛烈地鞭打着天空。天空便留下一道伤痕，但瞬间又消失了，接下来，就是一阵天崩地裂的炸雷。

　　雨更大了。

　　青铜拖着血淋淋的脚，在大雨中挣扎着，寻找着。

　　而此时的葵花已经离他很远了。她已完全失去了方向。她不再奔跑，而是慢慢地走着，一边走，一边哭泣，一边呼唤着："哥哥、哥哥……"她像丢失了什么，在寻找着。

　　每一道闪电，每一声炸雷，都会使她打一个哆嗦。

　　头发被雨水冲到脸上，遮住了她那双黑晶晶的眼睛。这些日子，她已经瘦了许多，雨水将衣服淋湿后，紧贴在她身上，人越发显得瘦了，瘦得让人可怜。

　　她不知道，这芦苇荡到底有多大。她只知道，哥哥和牛在等待着她，奶奶、爸爸、妈妈在家中等待着她。她不能停下来，她要走，总能走出去的。她哪里会想到，她正在向芦荡的深处走去，离芦荡的边缘越来越远。

茫茫的芦荡，已在风雨中，将这个小小的人儿吞没了。

青铜又回到了挖芦根的地方。这一回，牛也不见了，只有一篮子芦根。

他再次晕倒在水洼里。

雷在天上隆隆滚动，天底下，烟雨蒙蒙。

在大麦地那边，奶奶、爸爸、妈妈都走动在风雨中，在呼唤着他们。奶奶拄着拐棍，雨水将她的一头银发洗得更加银亮。老人十分消瘦，像一棵多年的老柳树，在河堤上晃动着。她呼唤着她的孙子孙女，但苍老的声音早已被风雨声盖住了。

大河里，嘎鱼穿着蓑衣，撑着小船，正赶着鸭子回家。

奶奶问他："看见我们家青铜和葵花了吗?"

嘎鱼根本没有听见，他想将船停住细听，但那些鸭子在追撵雨点，一会儿已游出去很远了，他只好丢下青铜的奶奶，追赶他的鸭子去了。

青铜再次醒来时，雨似乎小了一些。

他挣扎着坐了起来，看着忽起忽伏的芦苇，两眼发直，一副绝望的样子。

找不到葵花，他也不会再回去了。

雨从他黑油油的头发上，不住地流到他的脸上。眼前的世界，是一个模糊不清的世界。

他低下头去，脑袋沉重得像一扇磨盘，下巴几乎勾到了胸上。他居然睡着了。梦中，是飘忽不定的葵花，是妹妹葵花，是长在田里的葵花……

他隐隐约约地听到了牛的叫声。他抬起头来时，又听到了牛的叫声，并且这叫声离这儿并不远。他摇摇晃晃地站了起来，朝牛叫声响起的地方张望着——

牛正在向这里奔跑，所过之处，芦苇如河水被船劈开，倒向两旁。

它的背上，竟坐着葵花！

青铜扑通跪在了水洼里，溅起一片水珠。……

雨过天晴时，青铜牵着牛，一瘸一拐地走出了芦苇荡。牛背上，坐着葵花。她挎着篮子，那里面的芦根，早已被雨水冲洗得干干净净，一根根，像象牙一般白……

3

粮船已在几百里外的路上了，但因长久干旱，河中缺水，水道很浅，船行驶得很慢。

大麦地人的裤带，在一天一天地勒紧。

青铜和葵花，两人的眼睛本来就不小，现在显得更大了，牙齿也特别地白，闪着饥饿的亮光。奶奶、爸爸、妈妈以及全体大麦地人，眼睛都变大了，不仅大，而且还亮，是那种一无所有的亮。一张嘴，就是两排白牙。那白牙让人想到，咬什么都很锋利，都会发出脆响。大麦地的小孩走路，不再像从前那样蹦蹦跳跳了。一是没有力气，二是大人见到了，就会叫道："别再蹦跳了，省省力气！""省省力气"，实际上就是省省粮食。

大麦地有点儿萎靡不振。

大麦地人说话，声音有点儿病后的样子。大麦地人走路，东倒西歪，飘飘忽忽，更像病人。

但天气总是特别好，每天一个大太阳。草木也很繁盛，处处苍绿。天上飞鸟成群结队，鸣啭不息。

但这一切，大麦地人都无心观赏，大麦地人也没有力气观赏。

孩子们照样上学，照样读书。但琅琅的、此起彼伏的、充满生机的读书声，已经大大减弱了。孩子们想将课文读响，但却就是读不响。瘦瘦的肚子，使不上劲儿，让人很着急，一着急，还出虚汗。饿到最厉害时，想啃石头。

但，大麦地无论是大人还是小孩，都显得很沉着。

青铜一家人，没有一个会哭丧着脸说："我饿。"即使晚上一顿饭不吃，也不会说："我饿。"

他们还把家，把自己收拾得比原先还干净。青铜与葵花走出去，永远是干干净净的面孔和干干净净的衣服。奶奶像往常一样，总往河边跑，用清水清洗着她的面孔与双手。她将一头银发梳得一丝不苟。衣服，一尘不染。

她干干净净地走在阳光下，宽大的衣服，飘飘然，像是翅膀。

青铜和葵花，自己还能找到吃的。广阔的田野，无数的河流，总会有这样那样的食物。青铜总在田野上走，在河上漂，记得这里有什么可吃的，那儿有什么可吃的。他带着葵花，总能有惊喜的发现与收获。

这天，青铜驾了一条木船，往河湾去了。船上坐着葵花。青铜记得河湾有一大片芦苇丛，芦苇丛里有一小片水泊，水泊里有野菱角。他和葵花可以美美地吃一顿野菱角了。弄得好，还可以采一些回来给奶奶、爸爸、妈妈吃。

但这一次，他们却扑了空。野菱角还在，但长在叶子底下的果实，不知早被谁采走了。

他们只好又驾着船往回走。路上，青铜没有力气了，就在船舱里躺了下来。葵花也没有力气了，在哥哥的身旁也躺了下来。

轻风吹着，船就在水面上慢慢地漂移着。

他们听到了船底与流水相碰发出的声音。那声音清脆悦耳，像是一种什么乐器弹拨出来的声音。

天空飘着白云。

葵花说："那是棉花糖。"

白云朵朵，不断地变幻着形状。

葵花说："那是馒头。"

青铜用手比画着："不是馒头，是苹果。"

"不是苹果，是梨。"

"那是一只羊。"

"那是一群羊。"

"让爸爸宰一只羊给我们吃。"

"宰那只最大最肥的。"

"给周五爷送一条羊腿。周五爷也给我们家送过一条羊腿。"

"再送一条羊腿给外婆家。"

"我要喝三碗羊汤。"

"我喝四碗。"

"我喝五碗。"

"我要放一勺辣椒。"

"我要放一把香菜。"

"喝吧喝吧，再不喝就凉了。"

"喝！"

"喝！"

于是，他们就大喝起来，并发出咕嘟咕嘟的声响。喝完了，两人都咂吧咂吧嘴，还把舌头伸出来，舔了舔嘴唇。

葵花说："我渴了。"

"渴了吃苹果。"

"不，我吃梨，梨水多。"

"我要吃一个苹果，再吃一个梨。"

"我要吃两个梨，再吃两个苹果。"

"肚子要炸了。"

"我就到田埂上走。那一回，我吃荸荠吃撑了，你就领着我在田埂上走，一直走到夜里，回到家，我又吃了一个荸荠。"

天上的云，变化万千。但在两个孩子眼里，它们却成了黄灿灿的麦地、金浪翻滚的稻田、一棵高大的柿子树、一只鸡、一只鹅、一条鱼、一大锅翻滚着的豆浆、一只大西瓜、一只大香瓜……

他们有滋有味地吃着，还互相推让着。吃着吃着，心满意足地睡着了。

长长的流水，载着小船，在金色的阳光下悠悠地漂着……

4

这天，葵花放学回来，抬腿迈门槛时，两眼一黑，双腿一软，扑通一声跌倒了。

奶奶连忙跑过来。"宝宝，你怎么啦？"妈妈将她从地上拉起。她的面颊磕在门槛上，磕破了皮，鲜血正慢慢流出来。

妈妈将她抱到床上。见她面色苍白，妈妈赶紧去厨房给她熬米汤。妈妈刚刚从别人家借了一升米。

青铜放牛回来，见到葵花躺在床上后，便开始惦记着水泊中的那几只野鸭。

第二天一早，他就拿了一张捕鱼的网，跟谁也没有说，独自一人进入了芦苇荡。

他找到了那片水泊，但水面上只有倒映着的天空，别的什么也没有。

"它们大概飞到其他的地方去了。"青铜等了一阵，想离开这片水泊。但最终却又坚持着在芦苇的背后坐了下来。他让自己耐心地等待下去。"它们大概去哪儿找食吃了，它们一定会飞回来的。"他从芦苇上打下两片叶子，将它们折成了两条小船。他抬头看看天空，见天空毫无动静，就走出芦苇丛，将芦叶小船放进水中，然后又赶紧退了回来。他拨开

214

芦苇望去时，两只芦叶小船，已借着轻风，朝前行去了。

太阳越升越高，却一直不见野鸭们的影子。

青铜便在心中祈祷着：野鸭啊，飞来吧。野鸭啊，飞来吧……

快近中午时，天空竟出现了一大群野鸭。青铜一见，十分兴奋。然而，这群野鸭却朝另外的地方飞去了。青铜失望地叹息了一声，拿起渔网，准备撒了。就在这时，又有几只野鸭出现在了水泊上方的天空。青铜的目光，紧紧地追随着它们。他似乎认出了它们：就是那天看到的那几只野鸭！

野鸭在天空盘旋了一阵，开始下降。野鸭是飞鸟中最愚笨的，翅短，体重，飞起来，没有一点儿舒展与优雅。它们落在水中时，简直像从天空抛下了十几块砖头，扑通扑通，将水溅起一团团水花。

它们只是转动着脑袋，警惕地打量四周，见无动静，才放心地在水上游动起来。它们或拍着翅膀，嘎嘎叫上几声，或用扁嘴撩水拭擦着羽毛，或用扁嘴吧唧吧唧地喝着水。

那只公鸭又大又肥。它的脑袋是紫黑色的，闪着软缎一般的光泽。那些母鸭，就在离它不远的地方，做着各自愿意做的事。其中一只身体娇小的母鸭，好像是公鸭最喜欢的，见它游远了，公鸭就会游过去。后来，它们就用嘴互相梳理羽毛，还用嘴不停地在水面上点击着，好像在诉说什么。过了一会儿，公鸭拍着翅膀，上了母鸭的背上。母鸭哪里禁得住公鸭的重压，身体顿时沉下去一大半，只露出脑袋来。说来也奇怪，那母鸭竟不反抗，自愿地让公鸭压得半沉半浮的。这让青铜很担心。过了一阵，公鸭从母鸭的背上滑落下来。两只鸭好像都很高兴，不住地拍着翅膀。拍着拍着，那只公鸭居然起飞了。这使青铜一阵紧张——他怕公鸭将野鸭们都带走。可是，水中的其他的野鸭却无动于衷地浮游于水面，该干什么还干什么。公鸭在天空快乐地飞翔了几圈之后，又落回水泊。它不住地将清水撩到脖子上。那羽毛滴水不进，水珠亮闪闪地滚动着。

青铜抓着渔网，等待着时机。他能抓住野鸭的唯一可能就是等它们潜入水中戏耍或是潜入水中寻觅鱼虾、螺蛳时，突然将网子抛撒出去，野鸭总要浮出水面，也许就有一两只恰好被网子罩住，脑袋卡在了网眼里。

可是，这些野鸭只是漂浮在水上，没有一点儿潜水的意思。

青铜的双腿已经有点儿麻木，头一阵阵发晕，两眼一阵阵发黑。他实在坚持不住了，就慢慢地躺了下来。他歇了歇，等身上有了点儿力气之后，又爬起来去盯着那些野鸭。

野鸭似乎也歇足了劲儿，有点儿不安分。它们在水面上游动起来，并且游动的速度显然加快了。不一会儿，有两只年轻的野鸭嬉闹起来。其中一只先挑衅的，被另一只追赶着，眼看就要被追住时，脑袋往水中一扎，屁股朝天，金黄的双脚连连蹬动之后，便扎进水中去。追的一只，见被追的一只一忽儿不见了，身子转了一圈，也一头扎进水中。

这种戏耍，很快扩大到全体，只见，这几只扎下去，那几只又从水里冒出来，一时水面上热闹非凡。

青铜的心提了起来，抓网的手满是汗，两腿直打哆嗦。他叫自己不要再打哆嗦，但腿哪里肯听他的，还是一个劲儿地哆嗦。腿一哆嗦，身子跟着哆嗦。身子一哆嗦，芦苇跟着哆嗦，发出沙沙声。青铜闭起双眼，竭力让自己平静下来。经过一阵努力，才渐渐止住双腿的哆嗦。

水面上，突然出现了一个大寂静：所有的野鸭，都潜到水中去了。

青铜应该立即冲出去，将网抛向空中。十拿九稳，会逮住几只野鸭。然而，青铜竟犹豫着。等再坚定起来时，那些野鸭已三三两两地钻出了水面。他懊悔不已。只好等待下一个机会了。

等又是一个机会到来，已是两个钟头以后了。

这一回，只有一只野鸭还浮在水上，其余都不见了。

青铜没有丝毫的手软，猛地冲出去，身子一个打旋，网像一朵硕大的花，在空中完全开放，然后唰地落进水中。

浮到水上的那一只，早已惊叫着飞到天上。

水中的野鸭或许听到了同伴的警报，纷纷从水中钻出。不知为什么，一只一只地都不在网中。它们出了水面，就拼命扇动翅膀升空。

青铜眼巴巴地看着它们飞走了。

网子还在水中，水上一片静悄悄的。

浮云在水中游走着。

青铜垂头丧气地走进水中去收他的网。就在这时，他看到网下在不住地冒着两行水泡。那水泡越来越大。大网好像被一股力量顶着，正往水面上浮起。他的心扑通扑通地跳，像是木榔头不住地敲打着胸膛。

水面泛起浪花，水下显然有一个有生命的东西在挣扎。

青铜简直想一头朝那浪花处扑过去。

一会儿，青铜看到了一只野鸭：它的脑袋与翅膀都已被网子缠绕，正在竭力地挣扎着。

他好像认识它：它就是那只公鸭。

公鸭的力量似乎还未消耗掉，它在见到天空时，居然猛烈地拍着翅膀，将网子带向了天空。

青铜一见，猛扑过去，将网子重又按回水中。他不敢收网，而将网压在腹部。他感觉到水中有着挣扎。他心里很难过，他想哭。但他还是死死将网子压在了水中，直到觉得水中已经彻底安静了下来。

那些野鸭并未远走，而是盘旋于天空，不住地哀鸣着。

青铜将网子从水中收上来时，那只公鸭已经死了。这是一只十分漂亮的公鸭，脖子上有一圈亮毛，眼珠如一粒油亮的黑豆，嘴巴闪动着牛角般的光泽，羽毛丰满，那只黄金脚，干净鲜亮。

青铜望着它，心酸溜溜的。

天上的野鸭终于远去。

青铜激动地背着渔网，跑出了芦苇荡。

他从河边走过时，有几个人看到了他，问："你网子里有个什么？"

青铜得意地将网张开，让人家看清了那是一只好大好肥的野鸭。他朝问他的人笑笑，然后，旋风一般跑回家中。

天已接近傍晚，家中空无一人。奶奶还在外面挖野菜，葵花还没有放学，爸爸和妈妈在田里干活还没有收工。青铜抓着那只沉甸甸的野鸭看了看，决定要给全家一个惊喜。他将鸭毛拔下，用一张荷叶包好（鸭毛可以卖钱），放在草垛底下，然后拿了刀、切板与一只瓦盆来到河边。他将野鸭开膛剖肚地收拾干净后，剁成块放入瓦盆。

他将瓦盆中的野鸭肉倒入一口锅中，放了半锅水，然后他在灶膛里点起火来。他要在全家人回家之前，煮出一锅鲜美的鸭汤来。

第一个回到家中的是葵花。

这些日子，大麦地的孩子，一个个都变得嗅觉灵敏。她还未进家门，就远远地闻到了一股让人嘴馋的气味。那气味分明是从她家的厨房里飘出来的。她抬头看了一眼烟囱——烟囱还在冒烟。她嗅了嗅鼻子，快速奔回家中。

那时，青铜还在烧火，脸被火烘得红通通的。

葵花跑进厨房："哥，你烧什么好吃的？"说完，就去揭锅盖，一股白色的热气，立即使她眼前变得一片模糊。过了好一会儿，她才看清锅。

锅里咕嘟咕嘟沸腾着，鲜气扑鼻。

青铜走过来，先盛了一碗汤给葵花："喝吧喝吧，我打到了一只野鸭，肉还没烂呢，你就先喝汤吧。"

"真的?"葵花的眼睛闪闪发亮。

"喝吧。"青铜用嘴吹了吹碗中的汤。

葵花端起碗，使劲用鼻子嗅了嗅，说："我要等奶奶他们回来一起喝。"

"喝吧，有的是汤。"青铜劝道。

"我喝了?"

"喝吧!"

葵花小口尝了一口，一吐舌头："呀呀呀，都快把我舌头鲜掉了!"她看了一眼青铜，也不顾那汤烫不烫，抱着碗，便一口接一口地喝起来。

青铜看着已经瘦了一圈的葵花，静静地站在她的面前。听着妹妹咕嘟咕嘟的喝汤声，他心里不住地说着：喝吧，喝吧，喝完了，哥哥再给你盛一碗!

不知是眼泪还是锅里的腾腾热气飘动，他有点儿看不清葵花了……

5

第二天中午，嘎鱼父子俩突然出现在了青铜家门口。嘎鱼的爸爸冷着一张脸，嘎鱼的眼中则含着蔑视与挑衅的意思。

青铜的爸爸不清楚嘎鱼父子的来意，一边让他们到屋里去坐，一边问道："有什么事吗？"

嘎鱼父子都不作答。嘎鱼抱着胳膊，扭着脖子，噘着嘴。

青铜的爸爸问嘎鱼："我们家青铜跟你打架啦？"

嘎鱼在鼻子里哼了一声。

青铜的爸爸又对嘎鱼的爸爸说："有什么事吗？"

嘎鱼的爸爸说："有什么事，你们家人还不知道？"

嘎鱼看了一眼正在写字的青铜与葵花，跟着说："有什么事，你们家人还不知道？"

青铜的爸爸搓了搓手："有什么事，就说！我们真的不知道。"

嘎鱼的爸爸眼睛一眯："真不知道？"

青铜的爸爸说："真不知道。"

嘎鱼的爸爸把身子扭向外面，冷冷地问："鸭子好吃吗？"

嘎鱼从爸爸的背后跳出来："鸭子好吃吗？"说完了，看着青铜与葵花。

青铜的爸爸笑了："噢，你们说的是那只野鸭？"

嘎鱼的爸爸讥讽地一撇嘴："野鸭?"

青铜的爸爸说："是只野鸭。"

嘎鱼的爸爸笑了,笑得很古怪。

嘎鱼见爸爸笑,也笑,笑得也很古怪。

青铜的爸爸问："你们爷儿俩,这是什么意思?"

嘎鱼的爸爸说："什么意思,你心里不清楚?"

嘎鱼一旁帮腔："不清楚?"帮完腔,又斜着眼看着青铜和葵花。

青铜的爸爸有点儿恼火："不清楚!"

嘎鱼的爸爸说："那你儿子清楚!"

嘎鱼一指青铜："你儿子清楚!"

青铜的爸爸走上前一步,用手指指着嘎鱼爸爸的鼻子:"你有什么话,就赶快给我说清楚,不然,你就……"他指着门外,"滚!"

青铜的奶奶、妈妈,也都走过来了。

嘎鱼的爸爸一面看着青铜的奶奶、妈妈,一面用手指不住地点着:"嗬,还来劲儿了!"

青铜的奶奶冷冷地问："有什么事,就明说!"

嘎鱼的爸爸说："我家丢了一只鸭!"

嘎鱼往空中一跳："我家丢了一只鸭!"

嘎鱼的爸爸说："一只公鸭!"

嘎鱼说："一只公鸭!"

青铜的妈妈说："你们家鸭丢了,碍我们家什么事?"

嘎鱼的爸爸说:"这话可说得好!没有你们家什么事,我们会来你们家吗?!"

青铜的爸爸,一把揪住了嘎鱼爸爸的衣领:"你今天要是不把话给我说清楚……"

他用手指点着嘎鱼爸爸的鼻子。

嘎鱼一见,立即跑到路上:"打架啦!打架啦!"

那时,村巷里正走着不少人,闻声,都跑了过来。

嘎鱼的爸爸见来了那么多人,一边挣扎着,一边对众人说:"我们家一只公鸭丢了!"

青铜的爸爸力气比嘎鱼的爸爸要大得多。他揪住嘎鱼爸爸的衣领,将他往外拖:"你家鸭丢了,就找去!"

嘎鱼的爸爸赖着屁股不走,大声叫着:"是你们家人偷了!吃啦!"

青铜的爸爸对嘎鱼的爸爸说:"你再说一遍!"

嘎鱼的爸爸仗着有这么多人在场,量青铜爸爸也不能把他怎样,说:"有人都看见了,是你们家青铜用网子网的!"

青铜的妈妈急了,对众人说:"我们可没有偷他们家鸭!我们可没有偷他们家鸭!"

她将青铜一把拉过来,问:"你偷他们家鸭了吗?"

青铜摇了摇头。

跟在青铜身后的葵花也摇了摇头。

青铜的妈妈说:"我们家青铜没有偷他们家鸭!"

嘎鱼突然钻了出来,将他从草垛底下搜来的那个荷叶包往地上一扔，荷叶张开了，露出一团鸭毛来。

在场人，一时鸦雀无声。

嘎鱼的爸爸叫着："你们大伙瞧瞧，这是什么？他们家养鸭了吗？养鸭了吗？"

众人都不说话。

吹来一阵风，一些绒绒的鸭毛飞了起来，飞上了天空。

青铜的奶奶，将青铜领到众人面前："当着这么多人的面，你告诉他们，这是怎么回事？"

青铜一头大汗，焦急地用手比画着。

众人没有一个能明白他的意思。

奶奶说："他说，这是一只野鸭！"

青铜继续用手比画着。

奶奶说："他说，他是在芦苇荡里捉到的。"她看着孙子的手势，"是网子网到的……他在芦苇荡里守了大半天，才网到的……"

青铜钻出人群，将他网野鸭的那张网拿过来，捧在手中，送到人们的面前，让他们一个一个地看着。

人群里有个人说："野鸭还是家鸭，那毛是分得出来的。"

于是，就有人蹲下来辨析地上的鸭毛。

众人就都不说话，等那几个辨析鸭毛的人下一个结论。

但那几个人对到底是野鸭毛还是家鸭毛，并不能区别清楚，只是说："这是一只公鸭的鸭毛。"

嘎鱼叫道："我们家丢的就是一只公鸭！"

嘎鱼的爸爸说："有人看见青铜网里的鸭，就是一只公鸭！"

有人在人群背后小声嘀咕了一句："网住一只野鸭，可不那么容易！"

嘎鱼的爸爸听见了这句话，跟着在鼻子里哼了一声："网到了一只野鸭？再网一只我看看！"他竭力想从青铜的爸爸手里挣出，"你们家人嘴馋了，就说一声。我可以送你们一只鸭，但不能……"

青铜的奶奶是一个和善的老人，一辈子很少与乡亲们红过脸。听了嘎鱼爸爸的话，她一手拉着青铜，一手拉着葵花，走到嘎鱼爸爸面前："你怎么说话呢？你也是有孩子的人了，当着孩子们的面，你说这样的话，害臊不害臊？"

嘎鱼的爸爸细脖子一梗，薄薄的胸脯一挺："我害臊什么？我又没有偷人家的鸭！"

嘎鱼的爸爸话还没有说完，青铜的爸爸一拳就打在了嘎鱼爸爸的脸上，随即，青铜的爸爸手一松，嘎鱼的爸爸便向后倒去，最后重重地跌坐在了地上。

被青铜的爸爸一拳打得晕头晕脑的嘎鱼爸爸，从地上爬起来之后，往空中一跳，大声吼道："偷人家鸭吃，还偷出理来了！"说着，就要往青铜的爸爸身上扑。

青铜的爸爸正要继续揍嘎鱼的爸爸呢，便迎着嘎鱼的爸爸冲了过去。众人一见，赶紧将他们隔开了："别打架！别打架！"

一时间，青铜家门前一片闹哄哄的。

青铜的妈妈在青铜的后脑勺上打了一下："就你嘴馋！"又拉了葵花一把，"都死到屋里去！"

青铜不肯进屋。

青铜的妈妈硬将他推进了屋，然后将门关上了。

人群分开成两拨，分别劝说两家人。

有人搀扶着颤抖着的青铜的奶奶："您这么大年纪了，可别上火！你们一家人是什么样的人，大麦地没有一个人心里不清楚。嘎鱼他老子是什么德行，我们也都知道，别与他一般计较。"

有人在劝青铜的妈妈："算了算了。"

青铜的妈妈撩起衣角擦着眼泪："不作兴这样糟蹋人。我们是穷，可我们不会去偷鸡摸狗的……"

几个妇女对青铜的妈妈说："都知道，都知道。"

有人在劝青铜的爸爸："别生气，别生气。"

嘎鱼父子俩也被人拉走了。他们在劝说着嘎鱼的爸爸："抬头不见低头见的，就别太计较了。再说了，你家有那么一大群鸭，也不在乎一只鸭。"

嘎鱼的爸爸说："我可以送他们一只鸭、十只鸭，但不能偷！"

"可别再说偷了。你看见啦？你有证据吗？"

嘎鱼的爸爸说："你们也不是没有看见那一堆鸭毛！你们说，像不像是一只公鸭的毛？"

有人见过嘎鱼家的那只公鸭，心里说："这真有点儿像。"但没有说出口。

忽然来了一阵大风，将青铜家门前的那堆鸭毛全都吹到了空中。那羽毛很轻，被一股气流托着，飘得高高的，到处飞扬着。

嘎鱼的爸爸看见这满天空飘着的羽毛，跺着脚，朝青铜家方向吼叫着："就是我们家那只公鸭身上的毛！"

人群散去之后，青铜一家人，谁也不说话。

爸爸不时将眼珠转到眼角上，恶狠狠地瞪青铜一眼。

青铜没有丝毫的过错，可在爸爸的这种目光之下，却觉得自己好像真做错了什么。他小心翼翼，生怕惹怒了爸爸。葵花也不敢看爸爸的脸色，青铜走到哪儿，她跟着走到哪儿。有时，她偷偷地看一眼爸爸，而当爸爸也看她时，她会顿时一阵哆嗦，赶紧将目光转向别处，或是赶紧藏到奶奶或妈妈的背后。

爸爸的脸，像阴沉沉的天。这天，现在没有任何响动，但却分明在憋着一场狂风暴雨。此时的安静，使青铜有点儿不知所措了。他像一只闻到风雨气息的鸟，茫然地寻觅着一棵可以躲避的大树。也许，这大树就是奶奶和妈妈。然而，那狂风暴雨要是真的来了，这大树也未必能护得住它。

葵花比青铜还要紧张。如果说哥哥有什么过错的话，一切也都是因为她。她想对青铜说："哥，你走吧，去外面躲起来吧。"

青铜呆呆的。

爸爸的眼前，总是大麦地人半信半疑的目光。这个家，无论是谁，从没偷摸过人家的东西，哪怕是顺手摘过人家一根黄瓜。在大麦地，没有哪一家再比他家那样在乎名声了。爸爸从人家的柿子树下走过，正巧有一个柿子掉下来，他低头将它捡到手中，然后将它放到这棵柿子树主人家的院墙的墙头，朝院子里喊道："你家柿子树上，有一个柿子落下来了，我给你们放在了院墙的墙头上了。"屋里有人说："哎，你就捡了去吃吧。"爸爸笑笑说："不了，改天到你们家再吃，多吃几个。"

这一切，是奶奶教给爸爸的。

而现在，嘎鱼家竟一口咬定他们家偷了他家一只鸭！还招来全村人围观，事情弄得不明不白的。

他必须要搞清楚：这只鸭到底是野鸭还是家鸭。

天将晚时，青铜走出了家门。他是发现奶奶、妈妈和葵花不在家时，才走出家门的。他以为她们在门前的菜园里收菜，而其实她们在屋后收拾一堆柴火。

爸爸不声不响地跟了出去，见地上有根棍子，顺手操起，然后将它放到身后。

青铜似乎感觉到了爸爸跟在他身后。他不知道是停下，还是快点儿往前跑。他后悔自己从家里走出来了。

爸爸抓着棍子，明显地加快了步伐。

青铜想拼命奔跑，但他却放弃了。他没有力气奔跑，也不想奔跑，他转过身来，面对着气急败坏的爸爸。

爸爸走近，挥起一根棍子，青铜扑通就被打跪在了地上。

"说，这只鸭到底是野鸭，还是嘎鱼家的家鸭?"爸爸用棍子敲打着地面，溅起一蓬蓬灰尘。

青铜没有回答父亲，不一会儿，瘦巴巴的脸上，滚下两行泪珠。

"说! 是野鸭还是家鸭?"爸爸在青铜的屁股上，又给了一棍子。

青铜往前一扑，趴在了地上。

帮着干活的葵花，心里不放心哥哥，就跑了回来。见爸爸和哥哥都不在家中，慌忙跑出家门，并大声叫着："哥哥! 哥哥——"

奶奶和妈妈闻声，全都跑了回来。

葵花看到了爸爸和趴在地上的哥哥，拼命跑了过来。她抱着哥哥的脑袋，用力将他扶起，眼泪汪汪地望着爸爸："爸爸……爸爸……"

爸爸说："你一边去! 再不，连你一起打!"

葵花却紧紧地搂着哥哥。

奶奶和妈妈赶到了。

奶奶颤颤抖抖地冲着爸爸："来! 往我身上打! 往我身上打! 你打呀! 你怎么不打呀?! 你打死我吧! 我老了，我早活腻了! ……"

葵花哇哇地哭着。

奶奶蹲下来，不住地用她那双干枯僵硬的手，擦着青铜脸上的泪水、浮灰与草屑："奶奶知道，这是只野鸭！"她望着爸爸，"这孩子长这么大，就没有撒过一次谎！你打他，你还打他……"

青铜在奶奶的怀里不住地哆嗦着……

6

第二天一早，青铜就坐到了大河边上。

一醒来，他就想朝大河边跑。他不知道自己为什么要往大河边跑，但心里就是想去大河边。心里想着，双腿就不由自主地朝大河边走去。

夏天的太阳，将硫黄一般的光芒，照在大河上。

大河两岸的庄稼还在成长、成熟，但也在煎熬着人们：它们何时才能成为饥饿的人们的粮食？

青铜似乎已经习惯饥饿了。他坐在河边上，随手掐几根嫩草，放在嘴里慢慢地嚼着。草是苦涩的，却又有点儿甘甜。

几只花喜鹊，从河的这边飞向河的那边，又从河的那边飞向河的这边，最后飞到河那边的干校去了。

青铜看到了干校的红瓦屋顶。那些房子，快要被疯狂生长着的芦苇淹没了。

河边的芦苇叶上，有一只纺纱娘在颤翅鸣叫。它的叫声显得孤独而单纯，使喧闹的夏季变得有点儿清静。

青铜就那样盘腿坐着，两眼望着河面，好像在等待什么从水面上出现一般。

有人看到了他，看两眼也就走了。大麦地人始终也不能搞清楚，这个叫青铜的哑巴究竟是一个什么样的孩子。他与大麦地其他的孩子相比，总有点儿不一样。可他们又说不清楚究竟是哪儿不一样。

大麦地人总会不时地停住看着他，但也不久看——看一阵也就走开了。走开后，心里还会想着他，但也就是想一会儿，没走几步，就将他忘了。

青铜一直坐到中午。葵花喊他回去，他也不回去。葵花只好回家报告大人。妈妈就将两个黑乎乎的菜团子放在碗里，让葵花给他端去。他吃完菜团子，转身走向芦苇<u>丛</u>，哗哗撒了一泡尿，又回到原来坐的地方。

葵花要上学，她不能陪着青铜。

当大麦地还在昏昏沉沉地午睡时，大河的东头，好像游来了一只鸭子。

青铜早就看到了一个移动的黑点。他坐在这里这么久，好像就是在等待这个黑点似的。

他没有一点儿激动，甚至没有一点儿好奇。

确实是一只鸭子。

这只鸭子一直向大麦地方向游来。一路上，它偶尔会停下来，在水中寻觅一点儿食物。但心里在惦记着赶路，吃几口，就又赶紧游动。

游近了。一只公鸭，一只漂亮的公鸭。

青铜的眼睛，一直注视着它。

它似乎看到了青铜的目光，游动变得有点儿犹疑。

青铜已经认出了，它就是嘎鱼家丢失的那只公鸭。但他不知道，这家伙究竟去了哪儿，怎么独自一个游在河上。

这是一只不要脸的公鸭。

那天傍晚，嘎鱼赶着他家的鸭群往回来时，遭遇到另一支鸭群。嘎鱼没有在意，因为，即使两支鸭群混游在一起，过不一会儿，也一定会是各归各的队伍的，根本用不着担心这支鸭群中的鸭被那一支鸭群挟裹走几只，或是那一支鸭群的鸭被这支鸭群挟裹走几只。

两支鸭群朝着不同的方向，不一会儿就混为一片，只见一些脑袋朝东，一些脑袋朝西，但不一会儿，又慢慢地合成了两支队伍。那些鸭，有一种相遇同类的兴奋，游归自己的队伍之后很长一阵时间，还处在兴奋之中。

当时天色晦暗，嘎鱼没有发现他家的那只公鸭已不在他家的鸭群里。

这只公鸭，看上了人家鸭群里的一只母鸭，随了人家那支鸭群走了。那支鸭群的主人也没有发现这只公鸭。

嘎鱼家的公鸭混在人家的鸭群中过了一夜，第二天，又在人家的鸭群里逍遥了一个白天，并且又在人家的鸭栏里住了一个夜晚。那鸭群大，主人还是没有发现。但鸭群中另外几只公鸭早就发现了。它们在多次警告嘎鱼家的公鸭立即走开，而见它依然厚皮赖脸地纠缠着它们的母鸭时，终于忍无可忍地围上来，用它们的扁嘴将它撵出了鸭群。

昏了头的嘎鱼家的公鸭，这才想起自己的鸭群，朝大麦地游来。

公鸭已经越来越近了。青铜站了起来，这时，他发现，这只公鸭身上的羽毛颜色，太像那只野公鸭身上的羽毛了。

公鸭在游过青铜所在的位置时，速度很快。

青铜在岸上跟着它。

当公鸭快游到大麦地村前时，青铜扑通跳进河里。

公鸭扑着翅膀向前逃窜，嘎嘎叫着。

青铜没有立即露出水面，而是扎了一个猛子。他露出水面时，离公鸭只有一丈远。他向公鸭直游过去，公鸭就扑着翅膀逃跑。这样的追逐，在河面上进行了很长时间。青铜没有力气，几次要沉入水中。但还是从下沉中挣扎出水面，继续朝公鸭追去。

大麦地村的一群孩子看见了，就在岸上观望着。

青铜再一次沉入水中，他睁大眼睛朝天空看着，看到的却是水中的太阳——太阳在水中似乎溶化了，水成了金水。他不由自主地下沉着，不久，双脚碰到了水草。他感觉到水草在缠绕着他的双脚，大吃一惊，奋力蹬动双腿，又向上浮起。他又看到了溶化于水中的太阳。他仰着面孔，朝着太阳，再向上浮了一会儿，他看到了一对正在划动着的金黄色的鸭蹼。他掌握好身体之后，一伸手，居然将两条鸭腿同时抓在了手中。

公鸭拼命扇动翅膀。

青铜浮出水面，抓着公鸭游到岸边。他除了勉强抓住公鸭外，就再也没有一丝力气了。他抓着公鸭，在河滩上躺下了。那只公鸭也已经没有力气，不再挣扎，只是大张着嘴在喘气。

有个放羊的孩子路过学校，见到葵花，告诉她："你哥抓住了嘎鱼家那只公鸭。"

葵花一听，忘记了还要上课，转身就往村里跑。

青铜觉得身上有了力气后，就抱了那只公鸭，走进了一条村巷，他从巷子的这一头，走到巷子的那一头，慢慢地走，也不看人。

公鸭显得很配合，乖乖地由青铜抱着。

人们已经从午睡中醒来，正往外走，许多人看到了抱着公鸭的青铜。

走了一条村巷，再走一条村巷。

天气非常炎热，狗在树荫下吐着长舌，喘着气。

青铜抱着那么重一只鸭，身体又很虚弱，不一会儿就满头大汗。

葵花来了。她明白哥哥要干什么：他要告诉大麦地的每一个人，他没有偷嘎鱼家的鸭！她像尾巴一般，跟在了青铜的身后。

青铜抱着嘎鱼家的公鸭，默默地走着。人们看到了，就都站住。村巷里，就只有青铜兄妹俩的足音。这足音，敲打着大麦地人的心。

一个老奶奶端上一瓢清凉的水，将青铜拦下了："孩

235

子，我们知道啦，你没有偷嘎鱼家的鸭。乖孩子，听奶奶的话，别再走了。"她要青铜喝口水。青铜不肯喝，抱着公鸭继续走。老奶奶就把一瓢水交给了葵花。葵花感激地望着老奶奶，接过水瓢，捧在手中，跟在青铜的身后。清水在水瓢里晃动，天空与房屋也在水中晃动。

走完了大麦地的所有的村巷之后，青铜低下头，将脸埋进葵花手中的水瓢，一口气将瓢中的水全部喝尽了。

有许多人围了过来。

青铜抱着公鸭，走到河边，将公鸭轻轻向空中一扔，公鸭扑了一阵翅膀，落进了大河……

7

有消息传来，粮船被上游的几个村庄哄抢一空。

这个消息，给翘首期盼的大麦地人一个沉重的打击。

大麦地就快要坚持不住了。已经有几个人饿倒了。

人们不再去大河边眺望粮船了。大麦地开始显得有点儿死气沉沉。

大麦地人走路，腰有点儿弯了，一个个懒得说话，即使说话，也是蚊子哼哼一般。大麦地不唱歌了，不演戏了，不再聚拢在一起听说书了，不嬉闹，甚至不打架了。许多人开始没完没了地睡觉，仿佛要一口气睡上百年、千年。

大麦地的狗都瘪着肚皮，在村巷里走动时，东摇西晃。

村长紧张了，勒紧裤带。在树巷里，大声吼叫着："起来！起来！"

他把大麦地的男女老少都哄到村前的那块空地上，让他们排好队，让小学校的一个女教师带领大家唱歌。唱的都是些雄壮有力的歌。村长的嗓音很难听，但他却带头唱，唱得比谁都响。有时，他会停下来，察看那些村民，见唱得不卖力的，他会骂一句很难听的脏话，让那个人提起神来唱歌。他叫喊着："熊样！把腰杆挺直了！挺直了！挺成一棵树！"

于是，高高矮矮的大麦地人，都挺成了一棵一棵的树。

村长看着眼前的这片森林，心里一酸，眼中就有了眼泪："再坚持一些日子，稻子就可以开镰了！"

饥饿的大麦地人，在炎炎的赤日之下，扯开喉咙吼唱着。

村长说："这才是大麦地人！"

大麦地被水淹过，被火烧过，被瘟疫入侵过，被土匪、日本鬼子血洗过，大麦地一次又一次地经历灾难和浩劫，但大麦地还是在苍茫的芦荡中存在了下来，子子孙孙，繁衍不断，大麦地竟成了一大村子。早晨，各家炊烟飘到一起，好像天上的云海。

这一天，青铜的奶奶不见了，一家人到处找，也没有找到。

傍晚，她却出现在村前的土路上。

好像行走极其缓慢，走一步，都要歇上好一阵。

她佝偻着身体，肩上扛着一小袋米。

青铜全家人都迎了上去。

她把米袋子交给了青铜的爸爸，对青铜的妈妈说："晚上，给孩子们烧顿饭吃。"

全家人都看到，奶奶手上那枚黄灿灿的金戒指没有了。

一家人什么也没有问。

青铜和葵花在奶奶一左一右，搀扶着她。

夕阳西下，慈和的阳光，照红了田野与河流……

8

一天深夜，一只很大的粮船终于停靠在了大麦地村的大
河边上……

青铜葵花

第 **8** 章

纸灯笼

1

开镰了，收割了，新稻登场了。

大麦地的空气中，飘散着稻子被收割后的清香。那种香味，是所有草木都不具备的。

青铜的爸爸赶着拖着石磙的牛，碾着稻子。他不时地哼一声号子。那号子声就在秋天的田野上回荡，让人感到世界一片明亮。稻粒不像麦粒那样容易从禾秆上碾下。碾一场稻子，常常需要七八个小时。所有的稻子，又几乎是一起成熟的，秋天又爱下雨，因此，全村的劳力，都必须发动起来，不停地收割，不停地装运，不停地碾场。

爸爸白天黑夜地赶着牛。

牛老了，加上一个夏季没有吃到一点儿粮食，只能吃一些青草，拖着那个青石磙时，显得很吃力。

爸爸看着它慢吞吞的步伐，看着它尖尖的、塌塌的屁股，很心疼它。可是爸爸没有办法，还得大声呵斥它，甚至还要偶尔举起鞭子来，在它的身体上抽打一下，催它脚步快一点儿。

爸爸在心里担忧着："这畜生怕活不过今年冬天呢。"

爸爸也疲乏至极，一边打盹，一边跟着滚动的石磙。他打号子，一半是催牛，一半是让自己醒着。

深夜，爸爸的号子声，在清凉、潮湿的空气中传播着，显得有点儿凄凉。

碾上几圈，就要将地上的稻子翻个身再碾。通知大家来翻场的，是锣声。

锣一响，大家就拿了翻场的叉子往场上跑。

夜里，疲倦沉重的人们一时醒不来，那锣声就会长久地响着，直到人们一个个哈欠连天地走来。

第一场稻子碾下来，就很快按人口分到了各户。

当天晚上，人们就吃上了新米。

那新米有一层淡绿色的皮，亮亮的，像涂了油，煮出来的，无论是粥还是干饭，都香喷喷的。

大麦地的人，在月亮下，一个个端着大碗，吃着新米煮的粥或是干饭，想着已经过去的日子，竟一时舍不得吃。他们用鼻子嗅着这醉人的香味。有几个老人，将眼泪掉在了碗里。

所有的人都端着碗走出家门，在村巷里走动着。

他们在互相感叹着新米的香味。

面黄肌瘦的大麦地人，吃了几天新米，脸上又有了红润，身上又有了力气。

这一天晚上，奶奶对全家人说："我该走了。"

奶奶指的，是她去东海边她的妹妹那儿。奶奶有这个想法，已有很长一段时间了。奶奶说，她活不了太久了，趁还能走动，她要去会一会她的妹妹。她就只有这么一个妹妹了。

爸爸妈妈倒也同意。

但他们没有想到奶奶去东海边还有其他更重要的原因。过去的这段日子里，青铜家借了人家不少粮食，等将这些粮食还了，青铜家的粮食又很紧张了。奶奶想，她去她妹妹家住上一段时间，就会省出一个人的口粮来。妹妹家那边也比较富裕。还有，妹妹家那边，是一个大棉区，每到采摘棉花的季节，就会雇用很多人采摘棉花。工钱是钱，或是棉花。奶奶过去就去海边采摘过好几回。她想弄些棉花回来，给青铜和葵花做棉袄棉裤，马上就要过冬了。这两个小的，日子虽说过得这么清贫，但却一个劲儿地蹿个儿，原先的棉袄棉裤，即使没有破破烂烂，也太短了，胳膊和腿，去年冬天就有一大截露在了外面，让人心疼得很。

然而，奶奶只说去会会她的妹妹。

这天，大麦地有只船要去东海边装胡萝卜，奶奶正好可以搭个顺船。青铜和葵花，都到河边送行。

葵花哭起来了。

奶奶说："这孩子，哭什么呀？奶奶也不是不回来了。好好在家，奶奶过些日子就回来了！"

银发飘飘。船载着奶奶走了。

奶奶走后，青铜一家人，心里总是空空落落的。

才过了几天，葵花就问："妈，奶奶什么时候回来？"

妈妈说："你奶奶才出去几天呀？就想奶奶了？还早着呢。"

可是，妈妈自己呢，干着活，干着干着，就会走神。她在心里一个劲儿地惦记着老人。

过了半个月，奶奶没有回来，也没有一点儿音讯。

妈妈开始抱怨爸爸："你不该让她走的。"

爸爸说："她一定要去，你拦得住吗？"

妈妈说："就是该拦住她。她那么大年纪了，不能出远门了。"

爸爸很心烦："再等些日子吧，再不回来，我就去带她回来。"

又过了半个月，爸爸托人捎信到海边，让奶奶早日回家。那边捎话过来，说奶奶在那边挺好的，再过半个月，就回来了。

但不出半个月，海边却用船将奶奶送回来了。船是夜里到的。陪奶奶回来的，是奶奶的侄儿、爸爸的表兄。他是背着奶奶敲响青铜家门的。

全家人都起来了。

爸爸打开门，见到这番情景，忙问表兄："这是怎么啦？"

表兄说："进屋再说。"

赶紧进屋。

全家人都觉得，奶奶变得又瘦又小。但奶奶却微笑着，竭力显出一副轻松的样子。

爸爸从表兄的背上将奶奶抱起，放到妈妈铺好的床上。爸爸抱起奶奶时，心里咯噔了一下：奶奶轻得像一张纸！

一家人开始忙碌起来。

奶奶说："天不早了，一个个赶紧睡吧，我没事的。"

爸爸的表兄说："她老人家，在那边已经病倒十多天了。我们本想早点儿告诉你们的，但她老人家不肯，说怕你们知道了着急。我们想：那就等她好些吧，好些，再通知你们。没想到，她的病非但不见好转，倒一天一天地加重了。我母亲一见这情形说，这样可不行，得赶快把她送回家。"他回头看了一眼床上的奶奶，声音有点儿颤抖，"她是累倒的。"

爸爸的表兄，就将这些日子奶奶在海边的情况，一一地告诉了青铜一家人：

"她到了我家后，也就歇了两天，就去棉花田摘棉花了。无论怎么劝她别去摘，她就是不听。一大早，就下地。地里摘棉花的，十有八九都是姑娘、年轻媳妇，就她一个老人。那棉花田，一眼望不到边。走一个来回，差不多就得一天。我们全家人都担心她吃不消，让她在家待着，她却总说自己吃得消。我妈说，你要是还去摘棉花，你就回家！她说，她挣够了棉花就回家。直到有一天中午，她晕倒在了棉花地中间。幸亏被人看到，把她送了回来。从那一天起，她就再也没能起床。天底下，没有见过这样的老人。躺倒了，还惦记着去地里摘棉花，说要给青铜、葵花做棉袄棉裤。我母亲说，青铜、葵花做棉袄棉裤的棉花，从我们家拿就是了，就别再惦记着了。她说，我们家的都是陈棉花，她要挣两大包新棉花。她摘了那么多棉花，要

246

是以棉花算工钱，差不多也够给青铜、葵花做棉袄棉裤了。可她偏说不够。她说冬天冷，她要给青铜、葵花做厚棉袄厚棉裤……我们那地方的人都认识她，都说，没有见到过这样好的老人……"

青铜和葵花一直守候在奶奶的床边。

奶奶的脸似乎缩小了一圈，头发白得像寒冷的雪。

她伸出颤颤抖抖的手，抚摸着青铜和葵花。

青铜和葵花觉得奶奶的手凉丝丝的。

与奶奶一起回来的，只有两大包棉花。第二天，阳光下打开这两包棉花时，那棉花之白，看到的人都怔住了！都说，没有见过这么好的棉花。

妈妈用手抓了一大把棉花，手一紧，它们变成了一小团，手一松，它们就又像被吹了气似的，一下子又蓬松开来。她看了一眼在床上无声无息地躺着的奶奶，转过身去，眼泪就下来了……

2

奶奶怎么也起不了床了。

她安静地躺在床上，听着外面的风声、鸟声和鸡鸭的叫唤声。

一夜狂风乱吼，冬天到了大麦地。

青铜家一直在筹钱，准备把奶奶送到城里治病。

奶奶说："我没有生病，我只是老了，到时候了，就像一头牛。"

青铜家的那头牛，被奶奶说中了。冬天的第一场雪飘落在大麦地时，青铜家的牛像奶奶一样倒下了。就这么倒下了，看上去没有任何原因。倒下去时，声音很大，因为，它毕竟是头牛。青铜家的人都听到了这如墙一般倒下去的声音。他们都跑到牛栏边。

牛倒在地上，无助地看着青铜的家人。

它没有长鸣，甚至都没有发出轻微的哼唧。它竭力抬起似乎特别沉重的脑袋，用玻璃球一般的大眼，看着它的主人们。

爸爸让妈妈赶快去磨豆子，好给它喝些豆浆。然而，一盆豆浆端到它嘴边时，它却动也没动。它不想再喝豆浆了。它好像觉得没有必要了。

奶奶听说后，叹息了一声："它是老了，可现在就倒下来，也稍微早了一些时候。"

奶奶又说："你们先不要管我了，我没事的。过了这个冬天，开了春，就好了。你们先去伺候牛吧。这畜生，跟了我们这么多年，没有过上什么好日子。"

青铜一家人，想起许多关于这头牛的往事来。历历在目。这是一头好牛，一条通人性的好牛。这么多年里，它从不偷懒，也从不犯牛脾气。它甚至比人还温顺、厚道。它默默地干活，默默地跟随着主人们。有时高兴，它会对天长鸣一声。它在一年的大部分时光里，只是吃草，春、夏、秋三季吃青草，冬天吃干草。只是在农忙活重时，才能吃些豆子、麦子呀什么的。只是在生病时，才能喝一盆豆浆或吃几只鸡蛋。它很满足，一边吃草，一边甩动尾巴。它喜欢青铜与葵花骑到它的背上，由着它东走西走。它觉得他们的小屁股蛋儿，让它感到很舒服。它与主人朝夕相处，情意绵绵。其中一个人，要是它几天没有见着，再见着时，它就会伸出长长的温暖的舌头，舔一舔他的手背。他们任由它舔去，从来也不在意它的湿漉漉的唾液。

青铜家的人，却常常忘记它是一个畜生，心里有什么话，会情不自禁地对它说。他们总是对它说话，从来也不想一想它是否能够听得懂他们的话。

人说话时，它一边咀嚼着，一边竖着两只大耳朵。

大麦地的人，一般都不敢欺侮它。在他们看来，欺侮了它，就等于欺侮了青铜家的人。

它像奶奶一样，想挣扎着起来，但终于没有能够挣扎起来。于是，就再也不挣扎了，安静地瘫痪在地上。

它也在听着风声、鸟声与鸡鸭的叫唤声。

牛栏外，雪花在飞舞。

青铜与葵花抱来了许多干稻草，堆在它周围。它只露出了一个脑袋。

爸爸对它说："我们家的人，对不住你。这些年，就光知道让你干活了。春天耕地，夏天驮水，秋天拉石磙，冬天里也常常不让你闲着。我还用鞭子打过你……"

牛的目光里，是一派慈和。

它对青铜一家人，毫无怨言。作为一头牛，它生活在青铜家，算是它幸运。它不久就要走了。它心里还能有什么？只有一番对青铜一家人的感激。它感激他们一家人不嫌弃它一身的癞疮；它感激他们夏天时在牛栏门口挂上一大块芦苇编的帘子，让它免遭蚊虫的叮咬；它感激他们在冬天里，将它牵到暖和和的太阳下晒太阳……一年四季，春夏秋冬，风晴雨雪，它享受到了一头牛难得享受到的一切。它活过了，很值得。它是这个世界上最幸福的一头牛。

它要去了。它看到了青铜一家人，唯一的遗憾，就是没有看到奶奶。它想：等明年春天来了，大麦地满地野花时，她老人家一定会起来的。奶奶平时，都喊它是"畜生"，但口气里却是一番疼爱。它发现，奶奶有时在说到她的孙子孙女时，也会说："这个小畜生。"

夜里，临睡觉时，爸爸点起纸灯笼，又走进风雪里，来到牛栏看了它一眼。

青铜和葵花，也都跟了出来。

回到家，爸爸说："这畜生，怕是活不过今夜呢。"

第二天，青铜家人发现，它已经死了——死在一大堆金黄的干稻草上。

3

奶奶被送到油麻地镇医院做了检查，没有查出什么毛病来。镇医院建议去县医院再做检查。县医院又做了一次检查，只说奶奶病得不轻，但却也说不清楚究竟得了什么病，让赶快去交钱，住院观察。

爸爸去交费窗口问了一下住院费要交多少，里面的一个大姑娘敲敲算盘，说出一个数字来，爸爸听了，连声"噢噢"，然后便不声不响地在地上蹲下了。那是一笔很大的数目，是青铜家永远承担不起的数目。爸爸觉得自己的头上有座山，很大的一座山。很久，他才从地上站起来，走向诊室门口——走廊的尽头，妈妈守候着躺在长椅上的奶奶。

爸爸、妈妈只好带着奶奶回到大麦地。

奶奶躺在床上说："不用看了。"她叹息了一声，"没想到那畜生倒在了我前头。"

爸爸和妈妈白天黑夜地犯愁着：到哪儿去筹这笔住院费？

在奶奶面前，他们就会显出从容的样子。但奶奶心里清楚这个家的家底。她望着衰老得那么快的青铜的爸爸和妈妈，宽慰他们："我的身子，我自己最清楚。等天暖和，就会好的。你们不要操心，该干什么干什么。"她叮嘱了一句，"那木盒里的几块钱，是留给葵花下学期交学费用的，

252

你们别打这个钱的主意。"

爸爸妈妈到处筹钱时，奶奶就躺在床上让青铜陪着，或是让葵花陪着，或是让兄妹俩一起陪着。奶奶觉得，这一病，倒跟孙子、孙女更亲了。她是那么喜欢两个孩子待在她身边，生怕他们走远了。葵花上学后，她就会在心里惦记着：什么时候放学呢？临近放学的时间时，她就会静静地听着外面的脚步声——每回，葵花总是跑着回来。有时，葵花因为放学迟了，不能在那一刻赶回家，奶奶就会对青铜说："去路口看看，怎么还不回来呢？"青铜就去路口眺望着。

这一天早晨，葵花家的人刚起来，嘎鱼来了。他一手抓着一只鸭，一只公鸭，一只母鸭。

青铜家的人，都很纳闷。

嘎鱼将两只捆了腿的鸭，放在了地上。两只鸭立即扑着翅膀，想跑掉。但扑起一片灰尘，终于明白自己无法跑掉之后，就老老实实地趴在了地上。

嘎鱼有点儿不好意思，结结巴巴说："我爸让……让我送……送两……两只鸭……鸭，给奶奶煨……煨汤……汤喝。我爸说……说了，奶奶喝……喝了鸭……鸭汤，就会好……好起来……来的……"

青铜一家人立即陷入感动中。

"我……我走了……"

奶奶叫了一声："孩子！"

253

嘎鱼站住了。

奶奶说："奶奶只留一只，还有一只你带回家。"

嘎鱼说："不！爸爸说……说了，两……两只……"说完，跑了。

青铜家人看着嘎鱼远去的背影，很久没有说话。

嘎鱼走后不久，青铜抱着那只还在下蛋的母鸭，去河边将它放了。

这一天，是葵花考试的日子。嘎鱼走后，妈妈对葵花说："你怎么还磨磨蹭蹭的不去学校？今天不是考试吗？"

葵花想对妈妈说什么，但妈妈已经喂猪去了。

这几天，葵花一直想对家里人说一句话："下学期，我不想再念书了。"

她已读了四年书了。

大麦地有不少人家的孩子不读书，因为没有钱。她都读了四年了，而且她家是大麦地最穷的一户人家。葵花知道，在这个家里，唯一一个吃闲饭的就是她。不仅是吃闲饭，而且也是唯一一个需要家里花钱的。她是这个家的沉重的负担。每当她看到爸爸妈妈在为钱犯愁时，她心里都会很难过。她把书读那么好，一是因为聪明，二是因为她知道要把书读好。

现在奶奶生病了，需要一大笔钱住医院。她怎么还好意思读书呢？她不想读了，但却又不敢向爸爸妈妈说。他们听了，一定会很生气的。

这几天，她心里已经有了一个好主意。这个主意让她很兴奋。它是在她走在放学的路上突然产生的。这个念头吓了她一跳，她立即环顾四周，怕会被人看到这一念头似的。这个念头像一只不安分的小鸟，在心的笼子里飞来飞去，撞来撞去，还叽叽喳喳地叫唤。她用手捂住嘴巴，好像心马上就要跳出来似的。

这只小鸟，只能让它在笼子里飞来飞去、撞来撞去，是不能让它飞出来让人看见的，更不能让家人看见。

在进家门之前，她必须让这只小鸟安静下来了，老老实实地待在笼子里。

可是，它就是要往外挣，要往外飞，要上天。

她摸了摸自己的脸，虽然是在凛冽的寒风里，却是滚烫的。

她在寒风中溜达了一圈又一圈，等小鸟待在笼子里不再折腾了，等自己的面颊冷了下来，才走进家门。

此后的几天时间里，她无时无刻不感受到小鸟在笼子中的鸣唱。

今天，再过一会儿，她就要实现这一个念头了：她要将各门功课全都考砸！

小鸟倒安静了下来，仿佛天黑之前，找到了一片无人干扰的树林。

冬天的赤裸裸的田野上，是一条条同样赤裸裸的田埂。

孩子们因为家不在一个地方，这时，都分散在不同的田埂上。

他们穿着不同颜色的衣服。他们装点了灰色的田野，使田野有了活气。

而不久之后，她将不再和他们走在一起了。

这使她感到有点儿难过。

她是一个爱读书的女孩。她甚至迷恋读书，迷恋学校。男孩、女孩，高个的、矮个的，干净的、不干净的，淘气的、不淘气的，心眼小的、心眼大的，聚集在一起，闹哄哄的。可是上课铃一响，就像一大塘鱼本在水面上戏耍的，突然受到惊动，四下散去，一会儿，就只有一个寂静的池塘在那里，倒映着天空的浮云。一下课，一个个像在牢笼里憋了几十年似的，拼命往外跑。不一会儿工夫，教室前的空地上，就尘土飞扬。

她在尘土中奔跑着。

几乎所有的女孩都喜欢她。

她们在一起踢毽子，一起跳房子，一起玩各种各样的游戏。女孩们之间经常吵架，但很少有女孩与她吵架。她也不会吵架。不管做什么事，他们都愿意带着她。她们总是不停地叫着："葵花，我们一起！""葵花，我们一起！"

女孩子之间，总有话说。那话说也说不完。路上说，课堂上说，随便哪一个角落上说，甚至在厕所里说——常常在厕所里说。那些男孩，就在那边偷听。听也听不清楚。女孩们忽然觉察到她们的话被偷听了，就都不说了，但不一会儿，就又说上了。

夏天，他们必须要到学校午睡。躺在课桌上，或躺在凳上，葵花都觉得很有趣。这么多人睡在一块儿，不能发出一点儿响声，可谁都不想睡，于是，就互相悄悄地做动作、使眼神、压低声音说话。铃声终于响了，所有的人都"嘘"的一声，立即起来了——其实，谁也没有睡。

冬天天冷，他们一个一个地挨墙站着，站成长长的一排，然后就用劲地挤，中间的那几个，就拼命地想待在队伍里，但，总有被挤出来的。葵花就常常被挤出来。挤出来的，再跑到边上去挤别人。挤、被挤，轮流着，不一会儿，身上就暖和了起来。

她已习惯了那么多孩子挤在一个狭小的教室里时所散发出的味道，那味道暖烘烘的，带着微酸的汗味，但那是孩子的汗味。

她喜欢那些字，那些数字。她觉得它们都很神奇。她喜欢那么多人一起朗读课文，更喜欢被老师叫站起来，单独朗读课文。她从一片安静中知道了，她的朗读十分地迷人。几乎没有人教过她如何朗读课文，但她的朗读却全校闻名。她的声音并不响亮，甚至显得有点儿细弱。但她的声音却像是被清水洗过一般的纯净。她知道节奏，知道轻重，知道抑扬顿挫。就像羊群知道草地，飞鸟知道天空。

她的朗读，仿佛来自遥远的地方。

她的朗读，像夜晚的月光下的虫鸣，将孩子们带入一个类似于睡意的状态。他们会托着下巴听着，但听完了，并不能记起她究竟朗读了什么。

他们有时甚至不知道她什么时候已经停止了朗读，直到老师说"我们再一起朗读一遍"，这才回过神来。

然而，不久，这一切都将离她远去。

她没有犹豫。

上午考语文，下午考数学。她将那些在她看来一点儿也没有难度的卷子，考得一塌糊涂。

她将这一切做完之后，反而显得十分轻松。晚上，她陪着奶奶时，甚至将奶奶教给她的那些有趣的歌儿，唱了一首又一首。

妈妈问爸爸："这丫头捡到欢喜团子啦?"

葵花唱着唱着，唱出了门外。

那是一个雪后的夜晚。

树上、屋上、田野上，晚饭前刚落了一场大雪。

月亮很薄，但却很大。

葵花一眼望去时，就觉得是在白天。她抬头一看，甚至看到了在树上栖息的几只乌鸦。

远处是小学校。高高的旗杆，成了一条细细的灰色的直线。

从此以后，葵花只能遥望着它了。

她哭了起来。但不是伤心。她终于可以不再增加家里的负担了。她还可以与哥哥一起帮家里干活。她要与全家人一起挣钱——挣钱给奶奶治病。

她觉得自己长大了。

两天后，学校放寒假了。孩子们拿着成绩单，扛着自家带到学校的凳子回家了。几乎所有的孩子都知道了葵花的成绩。他们一个个大惑不解。回家的路上，他们没有了往日的打闹与欢笑。

葵花与几个平时最要好的女孩一路走回村子。

分手时，那几个女孩站在那儿不动。

葵花朝她们摇摇手："有空到我们家来玩。"说完，就往家走去。一路上，她忍住自己的眼泪。

那几个女孩久久地站在那儿。

当天下午，学校的老师就来到了葵花家，将葵花的考试成绩告诉了葵花的爸爸、妈妈。

爸爸说："怪不得呢。我跟她要成绩单看，她支支吾吾的。"他很生气，想打她一顿，他还从未打过她，甚至没有碰过她一指头。

妈妈一听，吃了一惊，一屁股坐在了凳子上。

那时，葵花跟青铜到水田边去砸冰捉鱼去了。

水田里有鱼，被冰封住了，想呼吸新鲜空气，就用嘴去吹冰，想吹出一个小洞洞来。结果是非但没有吹穿冰，还将自己暴露了。人低头去冰上寻找，见到冰下一个白色的气泡，一榔头狠砸下去，就将下面的鱼震昏了。然后再进一步将冰砸破，伸手到水中一捞，就能捞起一条鱼来了。

葵花手中的篮子里，已经有好几条鱼了。

她一直想将口袋里的成绩单拿出来给青铜看，但却没有勇气。等青铜又抓住一条大鱼时，她才将成绩单从口袋里掏出来递给青铜。

青铜看着成绩单，榔头从手中掉了下来，差点儿砸在了脚面上。

田野上有风，成绩单在他手中瑟瑟颤抖。

不知是因为手被冻麻木了，还是因为心思走了，那成绩单被一阵风吹落了，飘在水田的冰上。

对折的成绩单，像一只白色的蝴蝶，在蓝色的冰面上飞着。

青铜终于意识到成绩单在他手中飘落了，就跑过去追它。他在冰上摔了一个跟头，才将它捉住。他愤怒地抖着成绩单，一路踉踉跄跄地走了回来。他将成绩单一个劲儿地在葵花面前抖着，发出唰唰唰的声音。

葵花低着头，不敢看他。

这是一个极其聪明的哑巴。他用手势直截了当地告诉葵花："你是故意的！"

葵花摇摇头。

"你是故意的！故意的！"他朝空中举着两个拳头。

葵花从未看到青铜这样愤怒过，她害怕了。她担心哥哥的拳头会落下来，下意识地用手抱住了自己的头。

青铜一脚将葵花放在田埂上的篮子踢翻了。那些鱼还活着，在田埂上的枯草里，在阳光下的冰面上蹦跳着。

他又捡起榔头，然后像旋涡一般旋转着身体，将它抛得远远的。榔头从空中跌落在冰面上时，冰面受到强烈震撼，整个冰面发出咔吱一声，随即冰面上出现了一道闪电状的白色裂纹。

他一手拿着成绩单，一手抓着她的胳膊，将她往家中拖去。

但快到家门口时，他却将手松了。

他说："不能告诉爸爸妈妈。"

他说："爸爸妈妈知道了，会打死你！"

他回头看了一眼，却拉着葵花朝与家相反的方向跑去。

他们在一片树林里停了下来。

青铜："你要念书！"

"我不喜欢念书。"

"你喜欢。"

"我不喜欢。"

"你是因为奶奶的病，才不想念书的。"

葵花低着头哭起来。

青铜将身子侧过去，望着林子外面的被积雪覆盖的田野，鼻子一阵发酸。

两人一直磨蹭到天黑，才不得不回家。

爸爸、妈妈好像在专门等着他们。

爸爸问："你的成绩单哪？"

葵花望着青铜，低着头望着自己的双脚。

"问你哪，成绩单哪?!"爸爸提高了嗓门。

"你爸问你话哪！长耳朵没有?"这一回，妈妈显然不站她一边了。

葵花又看了一眼青铜。

青铜将成绩单从口袋里掏出来，战战兢兢地送到爸爸手上。那样子，好像成绩单不是葵花的，而是他的。

爸爸看也没有看，就将成绩单撕得粉碎，然后向葵花抛撒过去。

纸屑沸沸扬扬地落下，不少落在了葵花的头发上。

"跪下!"爸爸吼叫着。

"跪下!"妈妈跟着爸爸，叫着。

葵花跪下了。

青铜想去将葵花扶起，被爸爸狠狠瞪了一眼之后，只好站在一旁。

从里屋传来了奶奶苍老的声音："让她说！这是怎么啦?"

这是奶奶第一次生葵花的气。

葵花没有想到一家人对她读不读书，会有那么强烈的反应，她吓坏了。

奶奶、爸爸和妈妈，永远记得当年老槐树下的一幕。他们自将她领回家中的那一刻起，就已经想好，他们要将她培养成人，并且要让她成为一个有出息的人。他们谁也没有向对方说起心中的念头，但谁都听到了对方的心声。

这些年来，他们总想着一点：砸锅卖铁，端瓢要饭也得供葵花上学！

他们觉得，葵花的亲生父亲，并未离去。他的灵魂就在大麦地的葵花田里、庄稼地里游荡着。

葵花一家人，说不清道不白，他们一家人与葵花父女是什么样的缘分，就像葵花的亲生父亲在见到青铜之后总是难以忘怀一样。

天底下，有些事情，永远也说不清楚。

葵花真的吓坏了，跪在地上，身体不住地颤抖着。

学校的老师已经明确地说了，葵花要么退学，要么留级。尽管他们也认为，这个成绩根本不是葵花的实际成绩。但因为这次考试不及格的还有其他几个孩子，而这几个孩子本来就是学校要将他们退回或留级的孩子，如果一旦答应葵花父母让葵花再重考一次的要求，那几个孩子的家长也就会提出同样的要求。

葵花的爸爸、妈妈想不明白，葵花这一回怎么把成绩考成这样！

学校的老师们也没有想到。但所有的人，都没有想到这是葵花故意为之。因为，这个做法太离奇了。

众人能想到的原因就是葵花这段时间大概没有好好学习，或是考试时因为什么心事而注意力不集中，或是一不小心考失手了。

当青铜说出这是因为奶奶生病、葵花不想再念书而故意考坏了成绩时，奶奶、爸爸和妈妈，一下子都怔住了。

葵花低着头，低声哭着。

妈妈过来，将葵花从地上拉起来："你个死丫头，怎么这么傻呀？"她把葵花拉到怀里，两行热泪，滚落在葵花的发丛里。

她在妈妈的怀里呜咽着："要给奶奶看病，要给奶奶看病……"

奶奶在床上呼唤着："葵花，葵花……"

妈妈扶着她，走进里屋……

这一天，外面飘着小雪，奶奶在青铜和葵花的搀扶下，居然起床了。不仅起床了，而且还走出了门外。

当奶奶在青铜和葵花的搀扶下，颤颤巍巍地走在通向小学校的路上时，大麦地有许多人站到道旁。

细雪如无数细小的白色蚊虫，在天空下飞翔着。

奶奶已多日不见阳光，脸色十分苍白。因为身体瘦小，棉裤棉袄都显得特别地肥大，空空荡荡的。

不知走了多长时间，他们三人才走到小学校。

校长、老师一见，连忙都迎了出来。

奶奶抓住校长的手，说："让我孙女再考一次。"

她告诉校长、老师，葵花是因为她生病、不想再读书而有意考坏的。

所有在场的老师听罢，都感到十分震撼。

"让我的孙女再考一次。"奶奶望着校长，要在雪地上跪下来。

　　校长一见，一边连声叫着"奶奶"，一边连忙将她扶住："我答应您，我答应您，让她重考一回，让她重考一回。"

　　这是奶奶最后一次出现在大麦地。

4

爸爸、妈妈一直背着奶奶，在艰难地为奶奶住院筹款。

奶奶越来越不行了。这几天，她几乎不能再吃东西了。倒也没有什么痛苦，只是一天比一天地瘦下去。渐渐地，她连抬眼皮的力气都没有了，整天昏睡着。她的呼吸，比一个婴儿的呼吸还要细弱。她躺在床上，很少动弹。

青铜和葵花一看到奶奶这副模样，心里就有说不出的难过。

爸爸、妈妈整天在外面奔波着，去亲戚家，去邻居家，去村里、乡里，借钱或是申请医疗补助。

奶奶还是那句话："我哪里有什么病，只是老了，你们就别跑了。"

不管刮风还是下雨，青铜每天去镇上卖芦花鞋。

葵花想：就我一个人没有一点儿用处。她很惭愧。她整天想着也要为奶奶住院挣点儿钱。她觉得自己已经不小了，该为家里分担一点儿忧愁了。可是，又去哪儿挣钱呢？

她突然想起在翠环家学习时，曾听几个大人在一旁说到一件事：

年前，这一带有不少人去油麻地镇，然后合租一条船去江南捡银杏，能卖不少钱。往年，大麦地就有人去过。江南

266

地方，喜长银杏，银杏树成片成片的。那地方上的人，自己也收获银杏，但因银杏太多，人手又太少，就有不少银杏未被采摘，被留在了树上，光从树上落在地上的，拾起来也就很可观了。大麦地一带，却很少有人家长银杏，但这一带人却又很喜欢吃银杏，拿银杏当补品。这里的孩子，还喜爱将银杏染成五颜六色，装在口袋里，或装在盒子里，或是当个装饰，或是用它来打赌。这样，每年年末，就有一些人去江南捡银杏。那边的人不计较，反正放在树上，烂也烂掉了。有时，也会跟捡银杏的做个交易：树上的，树下的，尽管采，尽管拾，但捡上个一百斤得给主人家十斤二十斤的。双方都有利可图，谈起很顺利。说是交易，还不如说是个情谊。去捡银杏的，有大人，也有十几岁的孩子，当然，孩子是被大人带着的。

一连几天的时间里，葵花都在想着这件事。

葵花不愧为青铜的妹妹。她像青铜一样，头脑里一旦有了个念头，拿鞭子赶，都赶不走，很执着，很痴迷，不管不顾，非要把事情做成了不可，哪怕做错了，也要做。

这一天，她在青铜背着芦花鞋出发后不久，也去了油麻地镇。

她直接去了河边。

河边上停了许多船。

她沿着河边，一条船一条船地问过去："有去江南捡银杏的吗？"

后来，有个人用手指着一条大船："那边那条船上，已有不少人了，听他们说，好像就是去江南捡银杏的。"

葵花就跑了过去。她看到，那条大船上，已经有不少人了。大部分都是妇女，也有一些孩子，有两三个女孩子也就和自己差不多大。他们正在叽叽喳喳地说话。听得出来，他们正要去江南捡银杏。他们来自油麻地周围的许多村子。有人正在跟船主商量租金。租金由大伙平摊，这不用说，但究竟一共要付多少租金，好像谈得不顺利。船主嫌钱少，而大伙似乎又不愿多掏钱。船主也不说这交易做不成，说："那就再等等吧，人多些，不就又可以多几个钱了吗?"

船上，就慢慢安静下来了，一个个都往岸上看，希望能再走过几个人来。船大，再来十几个人，都不在话下。

葵花要去对青铜说，她也要去捡银杏，但想到哥哥是绝对不会同意的，就放弃了这个念头。

葵花很想上船，与那些人一道走。但，她并没有准备今天就走。她身上甚至连一分钱都没有。她也没有准备捡银杏的口袋。她原打算，今天只是来看看。但现在，她心里却有一个强烈的愿望：今天就走!

听船上的人议论，最早去江南捡银杏的，是在秋末初冬，今天这一批人大概是最后一批了。

她又想到了奶奶——躺在被子里一动也不动的奶奶。

她的心扑通扑通地跳。

看样子，这条船今天一定会出发的，而且可能是说出发就出发。

葵花还没有跟家里人说呢。她原先已经想好主意：出门前，给哥哥留一张纸条，也不说清楚，究竟去了哪儿，就只说出门去了，过几天就回来，让家里人不要着急。可现在这个纸条还没有写呢。她跑到岸上，在商店跟一个售货的阿姨要了一张包盐包红糖的纸，又借了一支笔，趴在柜台上，给哥哥写道：

哥哥：

　　我出门去了。我要去做一件很大很大的事情。过些日子，我就回来。你让奶奶、爸爸和妈妈放心。不要惦记着我。我会在外面照顾好自己的。奶奶再坚持一些日子，就可以住到医院去了。我们要有钱了。你今天早点儿回家吧，不要等芦花鞋卖完了再回家。

妹妹葵花

葵花很兴奋、很得意地写完了纸条。她很可笑——那银杏才能卖几个钱呀？她把自己看成是一个可以赚大钱的人了。她也根本搞不明白，奶奶住院的那笔钱的数目，究竟有多大。她拿了纸条又急忙跑到河边上。这时，她看到，又有六七个人，正在上船。她知道，过不一会儿，船就要开了。怎样才能将信交到哥哥手上呢？她是不能自己去交的。一时竟没有办法，心里很着急。

走过来一个卖纸风车的男孩。

葵花立即跑上前去，对那个男孩说："你能帮我把这张纸条交到那个卖芦花鞋的人手上吗？他是我哥哥。他叫青铜。"

卖纸风车的男孩子有点儿困惑地望着她。

"行吗？"

卖纸风车的男孩点了点头，从葵花手中接过了纸条。

葵花再掉头一看，那条大船，已经有人将跳板撤到船上了。她大声叫着："等一等！"

葵花拼命地向大船跑去。

船已缓缓离开岸边。

葵花伸出手。

船上的人各自都不熟悉，以为葵花是其中哪一个村子里的人被落在了岸上呢，船头上的两个人，就倾着身子，向葵花伸出了手。

葵花的手终于与船上的手相握在了一起。船上的人猛劲一拉，就将她拉上了大船。

船调整了方向之后，扯起大帆，便在大河上雄赳赳、气昂昂地向前行进了……

5

那个卖风车的男孩往前走时，有个小女孩要买纸风车，便停住了。做完他的生意，他接着往前走时，就有另外一个也是卖芦花鞋的男孩出现在了他的视野里。那卖纸风车的男孩，心思只在他的纸风车的买卖上，就将这个卖芦花鞋的男孩当成了葵花所说的那个卖芦花鞋的男孩，便走上前来，将纸条交给了卖芦花鞋的男孩："你妹妹让我交给你的。"

卖芦花鞋的男孩子拿着纸条，有点儿纳闷。

卖纸风车的男孩犹疑了一下，却在这时，又过来两个女孩问纸风车多少钱一个，卖纸风车的男孩又将心思全都放到了买卖上。两个女孩或是真要买但嫌贵，或是无心买，只是问问，看了看风车便走了。卖风车的男孩一定要将生意做成，便跟了上去，将纸条的事一下子丢在了九霄云外。

这个卖芦花鞋的男孩，拿着纸条还在那儿发愣。他打开纸条看起来，越看越觉得莫名其妙，但越看也就觉得事情有趣，笑嘻嘻的，拿着纸条，到另一处地方去卖他的芦花鞋去了。

青铜很晚才回到家。刚进家门，奶奶就在里屋问："看见葵花了吗?"

青铜跑进里屋，用手势告诉奶奶，他没有看见葵花。

奶奶说："那就赶紧去找吧。你爸爸妈妈都去找了。这孩子，天这么晚了，怎么还不回家？"

青铜一听，立即转身往外跑。

爸爸、妈妈已经找了一大圈，正在往回走。

"见到葵花了吗？"妈妈老远就问。

青铜摇了摇手。

妈妈就大声喊起来："葵花——回来吃晚饭啦——"

妈妈一遍一遍地呼喊，但就是听不到葵花的回应。

天已经很黑了。

爸爸、妈妈和青铜到处找着。黑暗里，不时地响起爸爸、妈妈的声音："看见我们家葵花了吗？"

都回答："没有。"

青铜回家点上纸灯笼，往葵花田走去。

冬天的葵花田，只有一些东倒西歪的早已枯死了的葵花秆。

青铜提着纸灯笼，绕葵花田走了一圈，见没有葵花，就又返回村里。

爸爸和妈妈还在问过路的人："看见我家葵花了吗？"

"没有。"

一家人都没有心思吃饭，一直在外面找着。

奶奶独自一人躺在家中，心里十分焦急，但却又没有一丝力气动弹，只能是一番空空的焦急。

许多人过来帮着寻找。他们一会儿分开，一会儿又聚拢在一起。有各种各样的揣测："会不会去外婆家？"有人说："已有人往那边去了。""会不会去了金老师家？"这是一个家在外地的女教师，平时最喜欢葵花。有人说："没有准。要么，派个人去找找？""我去。"一个叫"大国"的人说。爸爸说："谢谢大国了。"大国说："这话说到哪里去了。"说着就哧通哧通地上路了。"再想想，她可能会去哪儿？"又想到了几处，几个人分别也哧通哧通地上路了。

大家都感到疲惫了，就都到青铜家坐着，等各路的消息。

在此期间，青铜就一直未进家门。他提着纸灯笼，在田野上，在大河边，在小学校的校园里到处寻找着。他白天已在油麻地镇站了一整天，晚上又没有吃饭，两腿已软得直打战。但他就这么不停地走着，眼睛里泪光闪闪。

等各路消息都到齐之后，天快亮了。

都说葵花没有去过。

所有的人，都极其疲倦，只好回去睡觉。

青铜一家人，怎能睡着，迷迷瞪瞪的，不时一惊，觉得周遭寒气逼人。

又是一天开始了。

慢慢地，有了一点儿线索。首先是翠环，提供了一个很重要的情况。她说，葵花前天对她说过，她要出去挣钱，挣一大笔钱回来给奶奶治病。

她这一说，奶奶、爸爸、妈妈和青铜都流泪了。

妈妈说："这死丫头，就是痴！"全家人都相信这一点：

葵花不知去哪儿挣钱了。妈妈一边哭一边说:"见鬼呢,她能挣几个钱呀!"

还有一条线索,她失踪的那一天,有人在油麻地镇上看到过她。

妈妈留在家里看护奶奶,青铜和爸爸便去了油麻地镇。

打听了许多人,有人说,确实见到过这个小姑娘,但不知她后来究竟去了哪儿。

天黑了下来。

青铜与爸爸只好又回到大麦地。

夜里,青铜突然醒来了。

外面刮着风,枯枝在风中呜呜地响着,声音有点儿凄厉。

青铜在想:要是这个时候,她往家走呢?她一个人走夜路,多害怕呀!

青铜就悄悄起了床,拿了纸灯笼,悄悄地打开门出去了。他去厨房里找到火柴,将纸灯笼点上后,就往油麻地镇走去。他觉得,葵花既然是在油麻地失踪的,就一定还会回到油麻地。

纸灯笼在寒夜的田野上游动着,像夜的魂灵。

他走得并不快,有边走边等的意思。

他一直走到后半夜,才走到油麻地镇。

他提着纸灯笼,走过油麻地镇的那条长街时,天底下,就只有他的双脚踏过青石板路的足音。

他走到了小镇的桥上,望着苍苍茫茫的大河。他看到了一只只停泊在大河两岸的船。他觉得葵花是坐船走的。既然是坐船走的，那么，她还会坐船回来。如果那只船是白天回来，那没有什么要紧，她会自己走回家去，用不着害怕。可是，万一那只船是在夜间回来呢？她一个人，怎么走回大麦地呢？她可是个胆小的女孩。

他给纸灯笼换了一支蜡烛，继续在桥上眺望着。

从这天开始，青铜天天夜里来到油麻地，提着灯笼守在桥上。

有人夜里起来上厕所，看到了桥上的纸灯笼。几回都看到了，就觉得很奇怪，先是远远地看着，后来就走到桥上，见是一个男孩提着灯笼站在那里，便问："你站在这儿等谁呀？"

青铜不说话——青铜也不会说话。

那人就更走近了一步，就认了出来：是卖芦花鞋的哑巴。

传来传去的，油麻地镇上的人，差不多都知道了一个故事：哑巴青铜有个妹妹，叫葵花，说要挣钱给奶奶治病，从油麻地这里出发，不知去了何处，哑巴青铜就天天夜里提着个灯笼在桥上等她。

这个故事，让全体油麻地人心里感到很温暖，很纯净。

那个卖纸风车的男孩不是油麻地镇上的人，这一天又来卖纸风车，听到了这个故事，就忽然想起那天有个小女孩托他将一张纸条交给她正在卖芦花鞋的哥哥，便对人说："我知道她去了哪儿。"就把事情的经过说了一遍。

275

"那张纸条呢?"有人问他。

卖纸风车的男孩说:"我怕是给错人了。那个人,也卖芦花鞋。"

人们就掉过头去街上寻找……

卖纸风车的男孩突然手一指:"他来了,他来了。"

那个卖芦花鞋的男孩走了过来。

卖纸风车的男孩说:"我给你的那张纸条呢?这纸条不是给你的。"

卖芦花鞋的男孩不知道是觉得那张纸条很重要还是觉得纸条上的那番话很令人着迷,就没有将纸条扔掉。他从口袋里将纸条掏了出来。

一个大人将纸条接过去看了看,就很快通知青铜家。

青铜拿过纸条,见是葵花的字,泪水止不住地流淌下来。

人们接着这条线索往前追,便一直追到了那条大船。事情也就清楚了:葵花随着许多人,去江南捡银杏了。

青铜家的人,就减少了几分担忧,开始了牵肠挂肚的思念与等待。

爸爸本来是要去江南寻找的,被人劝阻了:江南地大,去哪里寻找?

白天,爸爸去油麻地镇,夜晚,青铜去油麻地镇,父子俩轮流守候在油麻地镇。

那只纸灯笼,亮在路上,亮在水上,也亮在油麻地人的心上……

6

那条大船，已经在回家的路上。

葵花日日夜夜都在思念着家。

全船的人都很喜欢她。当他们知道，她只是一个人，并没有任何一个大人带着时，都大吃一惊。他们很想让船靠岸，叫她回去。她死死抱住桅杆，眼泪哗哗地不肯。问到她为什么要去捡银杏，她说是挣钱给奶奶治病，大家既感动，又笑话她："你挣的那点儿钱，也不够吃一剂中药呢。"她不相信，死活要去捡银杏。人们就问她："你家里人都知道吗?"她说，她哥哥知道。见她哭成那样，有人说："算了算了，带她去吧，带她去吧，反正她家里人已知道了。"她不哭了，松开了手。一路上，全船的人都愿意照顾她。因为，这小孩太招人怜爱了。她既没有带吃的，也没有带盖的。但大家都要将吃的拿出来给她吃。晚上睡觉，婶婶们、姐姐们都愿意让她睡在她们的被窝里。怕她夜里钻出被子着凉，她们将她紧紧地夹着中间。船在水面上晃着，水声从舱底传上来，叮咚叮咚地响。她睡得暖和和的。夜里，那些婶婶们，总要醒来，查看一下她的胳膊、腿有没有露在外面。睡着了，她一侧身，把胳膊放在了一个婶子的脖子上，并钻到了婶子的怀里。那个婶子，就对另一个婶子轻声说："这闺女，让人疼死了。"

没有口袋，他们给她口袋。他们什么都愿意给她。她能给大家的，就是奶奶教给她的那些歌。晚上，船舱里躺的都是人。风起水晃，船如一只大摇篮。葵花的歌声，使一船人在寒冷的寂寞中，有了一份温暖，一份热闹。

一船人，都庆幸出发的那一天没有硬着心肠将她赶走。

到了江南，他们从一个地方赶到一个地方，非常地紧张。他们出来得太迟了，剩在枝头和落在地面上还没有被捡走的银杏并不多了，他们必须不停地换地方。

葵花跟着大人往前跑，如果她落在了后面，总会有个婶子或姐姐站在那儿等她。

她一颗一颗地捡着银杏。每捡起一颗，心里就多了一份希望。

大人们都有意照顾她，见哪儿银杏多，就叫她："葵花，到这儿来捡。"

才开始，她的动作很慢，但捡了两天，就变得眼疾手快了。

婶子们说："葵花，都被你捡去了，也留一些给婶子捡呀。"

葵花无心机，听了婶子的话，脸一红，真的放慢了速度。

婶子就笑："你个痴丫头！快点儿捡吧，有的是，足够婶子捡的了。"

在大船返回油麻地一带之后，每遇到一座集镇，大船都会停下来，各自将银杏拿到集市上卖去。婶子们总能与买主讨价还价，帮葵花卖一个好价钱。她们会从她的装银杏的口袋里，抓出一大把银杏来："你瞧瞧，多好的银杏！"她们比卖自己的银杏还要认真，还要斤斤计较。

卖得了钱，一个婶子说："你一个小孩家，会把钱弄丢了的。"

葵花就立即把钱掏出来，放到那个婶子手上。

婶子笑着："你就这么放心婶子？"

葵花点点头。

大船日夜兼程。

这天夜里，睡得迷迷糊糊的葵花，听到船舱外面有人说："马上就要进入大河口了，再过几个小时，就能回到油麻地了。"

葵花睡不着了，黑暗里睁着眼睛，想着奶奶、爸爸、妈妈和青铜。她已经离家多少天了？她记不得了，只觉得已经很多很多天了。

她担心地想着：奶奶好些了吗？

有一刻，她想到了奶奶的死，眼泪就从眼角上滚下来。"奶奶怎么会死呢？"她叫自己不要伤心，"很快就要见到奶奶了。"她要让奶奶看看她挣了多少钱！她是多么地能干！

她希望大船快一点儿走。

不一会儿，她迷迷糊糊地又睡着了。等婶子们将她推醒，大船已在油麻地的码头上靠下了。

天还未亮。

她迷迷瞪瞪的，竟穿不好衣服，是几个婶子帮她将衣服穿好的。

婶子们将她的钱，在她衣服里边的口袋里放好，还用一根别针将口袋口别上。

她还留了一小口袋银杏，是带回家的。拿了这一小口袋银杏，她钻出了船舱。河上的冷风吹来，使她打了一个寒战，头脑一下子清醒了。

她朝前望去时，一眼就看到了桥上的纸灯笼。

她疑是自己在梦里，不住地用手揉自己的眼睛。再定睛一看，确实是纸灯笼。

灯笼的光是橙色的。

她认识，这是她家的灯笼。

她用手一指，对婶子们说："我家的灯笼！"

一个婶子过来，用手摸了摸她的额头："你没有发烧呀，怎么说胡话呢？"

葵花说："就是我家的灯笼！"她朝着灯笼，大喊一声："哥——"

清脆的声音，响彻在油麻地寂静的夜空下。

灯笼犹疑地晃动了一下。

"哥——"葵花更大声地叫了一声。

河边大树上的鸟，扑啦啦飞了起来。

这时，全船的人都看到了：灯笼在大桥上，一个劲儿地晃动着。

随即，灯笼从桥上向码头飞速而来。

青铜看到了葵花。

葵花对婶子们说："是我哥哥！是我哥哥！"

全船人都知道葵花有个哑巴哥哥，有个特别好特别好的哑巴哥哥。

葵花深情地朝全船人摇了摇手，在一个大人的帮助下，带着她的一小袋银杏跳到了码头上。

兄妹俩跑动着，在码头中间，面对面站住了。

全船的人都看着。

过了一会儿，青铜拉着葵花的手走了。

走了几步，葵花回过头来，朝船上的人又摇了摇手。青铜也回过头来，朝船上的人摇了摇手。这之后，他们就手拉着手，一直走进黑暗里。

看着灯笼在暗夜里晃动着，船上的婶婶、姐姐们无不为之落泪。

7

兄妹俩回到大麦地时，天亮了。

早起烧早饭的妈妈，偶然朝门前的路上看了一眼，看到路的尽头，隐隐约约地有两个孩子。她起初没有想到这是青铜和葵花。"谁家两个孩子，起那么早？"便往厨房走，但走了几步，又回头来往路上看。看了一会儿，妈妈的心像风中的树叶抖了起来。她颤抖着叫着："孩子他爸！"

爸爸问："什么事？"

"你快起来！快起来啊！"

爸爸立即起床走出门外。

"你朝路上看看！你朝路上看看！"

太阳正在两个孩子的背后升起来。

妈妈朝前跑去。

葵花一见是妈妈，松开了哥哥的手，直朝妈妈跑去。

妈妈看到了一个又瘦又黑、浑身脏兮兮的，但却很精神的小女孩。

"妈妈！"葵花张开了双臂。

妈妈蹲下来，一把将她抱在怀里。妈妈的眼泪一会儿打湿了葵花棉袄的后背。

葵花拍了拍鼓鼓囊囊的胸脯："妈，我挣了很多钱！"

妈妈说："知道了知道了!"

"奶奶好吗?"

妈妈说："奶奶在等你呢,奶奶在一天天地等你。"

妈妈拉着葵花的手,进了家门。

一进家门,葵花就往里屋跑。她叫了一声"奶奶",几步就跑到了奶奶的病榻下。她又叫了一声"奶奶",便在奶奶的病榻前跪了下来。

奶奶已滴水不进了。但老人却坚持着。她在等待葵花的归来。她微微睁开眼睛,用尽力气,给了葵花一个慈祥的微笑。

葵花解开衣服,取下别针,从口袋里抓出两大把面值很小的钱来,对奶奶说："我挣了很多钱很多钱!"

奶奶想伸出手去,抚摸一下葵花的脸,但终于没有力气做到这一点。

仅仅过了一天,奶奶就走了。

奶奶临走之前,示意妈妈将她胳膊上的手镯抹下。这是她还能说话时与妈妈说好了的。这是她要送给葵花的:"等她出嫁时,给她。"奶奶再三叮嘱。妈妈答应了。

黄昏时,奶奶下葬了。是一块好墓地。

天黑之后,送葬的大人们一一散去。

但,青铜和葵花却留下了。无论大人们怎么劝说,两个孩子就是不听。他们坐在奶奶坟前的干草上,互相依偎着。

青铜手里提着纸灯笼。纸灯笼的亮光,既照着奶奶坟上的新土,也照着他们脸上被风吹干了的泪痕。

青铜葵花

第 **9** 章

大草垛

1

葵花已读小学五年级了。

入秋以来，有一个消息，像一朵黑色的云彩，在大麦地飘来飘去：城里人要将葵花接回城里。

这个消息，是从哪儿传出来的，说不清楚。但大麦地人相信这个消息是真实的。在这一消息的流传过程中，加上了大麦地人的想象，使事情变得十分具体，让人越发地觉得这个消息是千真万确的。

青铜家的人，却并没有听到这个消息。

因此，大麦地的人在说这件事情的时候，都回头看一眼，看有没有青铜家的人在场。若正说着，见青铜家的人来了，或者是散去，或者是岔到另一个话题上："今天挺凉的。"要不："今天怎么这样热？"

他们不想让青铜家的人听到这个坏到底了的消息。

青铜家的人，从大麦地人的不自然的眼神中，似乎感觉到了他们在议论着一件有关他们家的事情。但他们一家人，谁也没有往这上头想。心里虽然有些疑惑，但一家子人，还是有说有笑地，过着平平常常的日子。

最觉得有什么事情在瞒着他们一家人的是葵花。她会不时地感觉到翠环她们的眼睛里隐藏着什么，而且就是关于她的。她们总在一个角落上，一边用眼睛瞟着她，一边悄悄地议论什么，见她过来了，便大声叫起来："葵花，我们跳房子吧。""葵花，我们来玩丢手绢吧。"

她们一直对她都很好，现在，她们对她比以往任何时候还要好。

葵花走路不小心，跌了一跤，膝盖碰破了一点儿，翠环她们几个女孩，就团团将她围住，一个劲儿地问："疼吗？"放学回家，几个人居然轮流着背她回去。仿佛，她们能为葵花做事的机会，做一次就少一次了。

老师对葵花也显得格外地好。

全大麦地人，见了葵花，都显得格外地亲切。

这一天，葵花终于听到了这个消息——

她和翠环她们几个女孩在村子里捉迷藏，她钻到了草垛洞里，然后用一些草，将洞门挡住了。翠环和另外两个女孩找了一大圈也没找到葵花，最后找到了草垛下。她们绕着草垛转了一圈，还是没有发现葵花，就在草垛跟前站住了，说起话来："她藏到哪儿去了呢？""是啊，她藏到哪儿去了呢？""不知道我们和葵花还能玩多少回了？""听大人们说，城里很快就要来人带她走了。""青铜家不让她走，她自己也不肯走，他们也没有办法。""大人说了，可没有那么容易。人家不找青铜家，是直接找村里，有上头的人陪着来。""到底是什么时候来呀？""我听我爸说，说来就来了。"……过了一会儿，几个女孩一边说着，一边走开了。

草垛洞里的葵花全听见了。她没有立即钻出草垛洞，估计翠环她们几个已经走得很远了，才从草垛洞里钻出来。

她没有再找翠环她们去玩，而是直接回家了。

她有点儿魂不守舍的样子。

妈妈见了，疑惑地望着她："你怎么啦？"

她朝妈妈笑笑："妈，我没有怎么。"

回到家，她就坐在门槛上发呆。

晚上吃饭的时候，她心不在焉，看上去在吃饭，但好像那饭不是她吃的，而是别人吃的一般。

一家人，不时地看着她。

平常吃完晚饭，她都要缠着青铜，让他带着她去村子前面的空地上——那是晚间村里的孩子们聚集在一起疯玩的地方，而这一回吃了晚饭，她独自一人走到院子外边，坐在树下的蒲团上，朝天空的月亮、星星，很寂寞地看着。

秋天的夜晚，天空十分地干净。星星为淡黄色，月亮为淡蓝色。天空非常地高远，仿佛比春天的、夏天的、冬天的天空轻盈了许多。

葵花双手托着下巴，仰望着星空，呆呆傻傻的。

家里人没有惊动她，一个个都很纳闷。

不久，青铜无意中也听到了这个消息。他一听到这个消息，就急忙往家跑，路上还摔了一个跟头。见了爸爸妈妈，他连忙把他听到的告诉了他们。

爸爸妈妈这时再想起这些日子大麦地人看到他们时的那

番神情，顿时明白了。他们一时都愣在了那里。

青铜："是真的吗?"

爸爸、妈妈不知道怎么回答。

青铜："葵花她不能走!"

爸爸、妈妈宽慰他："葵花不会走的。"

青铜："不能让她走!"

爸爸、妈妈说："不会让她走的。"

爸爸去了村长家，直截了当地问村长，是不是有这回事。

村长说："有这回事。"

爸爸的脑袋像黑暗中被人用榔头敲打了一下，一阵发晕。

村长说："人家城里确实想把葵花接走，但也不是说想接走就接走的。对你们家，他们总会有个说法的。"

爸爸说："我们不要什么说法，告诉他们，谁也不能把她接走!"

村长说："可不是嘛!"

爸爸感到心里头一阵阵发虚。

村长说："话也就是这么说着。你先别放在心上。"

爸爸对村长说："到时候，你可得帮着说话!"

村长说："那当然了! 噢，想接走就接走了？天下没有这样的道理!"

爸爸也说："没有这样的道理!"

村长还是说："没有这样的道理!"

既然没有这样的道理，又有什么好担忧的？爸爸就回家了，对妈妈说："我们不管他们来不来接！"

"说的是呢！"妈妈说，"我倒看看谁能把她接走！"

话是这样毫不含糊地说着，但事情却还是在心里压着，并且越来越重。夜里，爸爸、妈妈都难以入睡。好不容易睡着了，又会突然地一惊，醒来了。醒来后就再也睡不着，心像煎熬着一般。

妈妈会下床点起油灯，走到葵花的小铺跟前，在灯光下，低着头看着葵花。

葵花有时候，也是醒着的，见妈妈往这边走，就会把眼睛闭上。

妈妈有时会长长地看着她，甚至会伸出手来，在她的脸蛋上轻轻抚摸一下。

妈妈的手很粗糙，但却使葵花心里很舒服。

黑暗里，还有另一双眼睛在骨碌碌地转动着，那就是青铜的眼睛。这些天，他总是提心吊胆的，好像总有一天，葵花会在路上突然被人家劫走了。因此，葵花上学时，他就远远地跟在后边；葵花放学时，他已早早地守在了学校的门口。

葵花瞒着爸爸、妈妈和哥哥，而爸爸、妈妈和哥哥也在瞒着她。

直到有一天，一艘白色的小轮船停在大麦地的码头上，双方才将事情说开。

那艘白色的小轮船是上午十点多钟的光景停靠在码头上的。

不知是谁看到了，也不知是谁传出一句话来：接葵花走的城里人来了！

迅捷就有人往青铜家通风报信。

爸爸一听，跑到河边上一看，果真有一艘白轮船，掉头就往家跑，对青铜说："你赶快去学校，先和葵花躲到什么地方去，等我这里与他们理论清楚了，你再和她出来！"

青铜一口气跑到学校，也不管老师正在上课，闯进教室，拉了葵花就往外跑。

葵花居然也不问一声哥哥这是怎么啦，跟着哥哥就往芦苇荡跑。

到了芦苇荡深处，他们才停住。

青铜："有人要接你回城里！"

葵花点点头。

青铜："你已知道了？"

葵花又点点头。

兄妹俩紧紧地挨着，坐在芦苇深处的一个水泊边。

他们在不安地听着外面的动静。

大约是在吃中午饭的时候，他们听到了妈妈的呼唤声。其间，还伴随着翠环他们的呼唤声。那是一种警报解除之后的呼唤声。

青铜和葵花听到了，但一时还是不敢走出来。后来，是青铜先觉得可以往外走了，但葵花却拉着他的手不肯动步。那样子，生怕有人在外面等着要将她抢走似的。青铜告诉她，已没事了，肯定没有事了，拉着她的手，才将她带出了芦苇丛。

见到了妈妈，葵花飞跑过去，扑到妈妈怀里，眼泪哗哗地哭起来。

妈妈拍着她的背："没有事，没有事。"

这只是虚惊一场，那艘白轮船是县上的。县长乘坐它下乡视察，路过大麦地，见是一个很大的村庄，四周又都是芦苇，说了一声"上去看看"，船就在大麦地的码头上停下了。

2

风声渐渐地淡了下去。

但秋风却是一天凉似一天。树上的叶子干焦焦的，已纷纷坠落。最后的一列雁阵飞过大麦地冷清的天空之后，大麦地已变成一片没有光泽的褐色。风一大，四下里是一片枯枝败叶相碰后发出的沙沙声。

青铜一家人，绷紧的心弦，也慢慢松弛下来。

日子像不在风雨时的大河，阳光下、月光下，一样地向东，一样地流淌着。

大约过了一个月，秋天走完了它的全部行程，冬天到了。

在一个看上去很正常的日子里，五个城里人，突然来到了大麦地。他们是由上头人陪着来的。到了大麦地，他们没有去葵花家，而是直奔村委会。

村长在。

他们对村长说明了来意。

村长说："难呢。"

上头的人说："难也得办。"

城里人也不知道怎么啦，把他们的一个小女孩放在大麦地养了好几年，好像忘了一般，这一会儿，突然惦记起来，并且还把接葵花回去当成了一件头等大事。市长都说话了：

一定要把孩子接回来！

市长是原来的市长，下台好多年，并且去了一个偏远的地方，在那里劳动。现在又回到了这座城市，并且再次回到了自己的位置上，再度成为市长。他在视察自己的城市时，又见到了城市广场上的青铜葵花。当时，阳光明媚，那青铜葵花，熠熠生辉，一派神圣，一派朝气蓬勃。这青铜葵花，就是他当年在任时，矗立这里的。触景生情，他便问："作者在哪儿？"

随行的人员告诉他：已经去世了——去干校劳动，淹死于大麦地村。市长听罢，望着默然无语的青铜葵花，一时竟悲上心头，眼里有了泪花。仅仅几年时间，这天底下发生了多少件天翻地覆的事情！他感叹不已。

后来，市长无意中得知作者的女儿还寄养在大麦地村，便作为一个很重要的问题在会议上提出来，并责成有关部门，抓紧时间将小女孩从大麦地村领回。有人表示为难，说："当时情况特殊，到底是寄养在当地老乡家的还是让当地老乡领养的，比较含糊。"市长说："不论是寄养，还是领养，都得给我带回来。"他望着地图上的大麦地，"孩子她太委屈了。我们怎么对得起她父亲！"

在市长的亲自关照下，拨出一笔数目不小的款项，专门为葵花设立了一个成长基金，对葵花回到城市之后的学习、生活以及她的未来，都进行了十分周到的安排。

城市在进行这一切时，大麦地村一如往常，在鸡鸣狗吠声中，过着平淡而朴素的日子，而青铜家的葵花，与所有大麦地的女孩一样，简简单单、活活泼泼地生活着，她就是一个普普通通的大麦地的女孩。

城市真的要让葵花回去了。

城里人对村长说："无论提什么条件，我们都可以答应。他们把孩子养这么大，不容易。"

村长说："你们知道，他们是怎么把孩子拉扯这么大的吗?"他眼圈红了，"我可以说去，但成不成，我可说不好。"

上头的人把村长拉到一边说："没有别的办法，这事说什么也得做成。他们家舍不得让孩子走，人家都能理解。养条狗，还有感情呢，就别说是人了。去商量商量吧。把人家城里人怎么想的、怎么做的，都告诉他们家。有一点，要特别强调：这是为孩子好!"

"好好好，我去说我去说。"村长就去了青铜家。

"人家城里人来了。"村长说。

爸爸、妈妈一听，立即让青铜去找正在外面玩耍的葵花，并让他带着葵花赶紧躲起来。

村长说："不必躲起来。人家是来与你们商量的，怎能抢人呢? 再说了，这里是什么地方? 是大麦地! 大麦地人能看着人家把我们的一个孩子抢去?"他对青铜说："去，和葵花一起玩去吧，没有事的。"

村长坐下来，与青铜的爸爸、妈妈说了一大通话："看这情况，难留住呢!"

青铜的妈妈就哭了起来。

正赶上葵花回来。她往妈妈怀里一钻："妈妈，我不走！"

不少人来观望，见此情状，不少人掉泪了。

妈妈说："谁也不能把她带走！"

村长叹息了一声，走出青铜家。一路上，他逢人就张扬："他们要带葵花走呢！人在村委会呢！"

不一会儿，全村人就都知道了。知道了，就都往村委会跑，不大一会儿工夫，人群就里三层外三层地将村委会围了个水泄不通。

上头的人推窗向外一望，问村长："这是怎么回事？"

村长说："我也不知道是怎么回事。怎么这么多人呢？"

人群先是沉默着，不一会儿，就开始说的说，嚷的嚷："想带走就带走？天下没有这种道理！""这闺女是我们大麦地的！""他们知道这闺女是怎么养大的吗？夏天，她家就一顶蚊帐，全家人点几根蒲棒子熏蚊子，把蚊帐留给这闺女。""她奶奶在世的时候，到了夏天，哪一夜不是用蒲扇给这闺女扇风，直到把她的汗扇干了，自己才睡？""这闺女，打那一天进他们家门，我们就觉得她就是他们家的闺女。""日子过得苦死了，可是再苦，也没有苦了这闺女。""这闺女也懂事。没有见过这么懂事的闺女。""这一家人，过得那个亲！才是一家子人呢！"……

有几个人走进了村委会。

村长说："出去出去！"

那几个人站着不动，冷冷地望着城里人。

城里人，看到外面黑压压站了这么多人，很受震动。他们对村长说："我们不是来抢孩子的。"

村长说："知道知道。"

其中一个挤进门里的汉子终于大声说："你们不能带走孩子！"

外面的人一起大声喊着："你们不能带走孩子！"

村长走到门口："叫唤什么叫唤什么？人家不是来商量的吗？你看，人家都没有直接去青铜家，让我先去说说看。"

还是那个汉子，冲着城里人说："你们趁早回去吧。"

村长说："怎么说话呢？一点儿礼貌都没有。"

村长走进里屋，咂着嘴："你们都看见了，带走孩子，难，难哪！"

城里人看着这番局面，还能说什么？对陪同他们来的上头的人说："要么，我们就走吧。回到城里，我们向领导汇报了再说吧。"

上头的人看了一眼外面的人群，说："今天也就只能这样了。"掉头对村长小声说了一句："这事没有完，我可告诉你！"

村长点了点头。

上头的人说："请大伙儿散了吧。"

村长走出来："散了散了！人家要走了，人家不接葵花了！"

　　村长带着一行人走出屋时，大麦地的人很客气地让出了一条路。

3

过了年，天刚转暖，风声又紧张了起来。

村长被叫到了上面。

上面说："这事，再也没有商量的余地了。"上面让村长回去做工作，三天三夜说不下来，就十天半个月，反正人家等着。这事，是一层一级压下来的，是不可以不办的。

市长把这事当成了大事，当成了他的城市还有没有良知、还有没有责任感的大事。他要全市的人都知道这件事情：一个被遗忘在穷乡僻壤的女孩，终于又回到了她的城市。但市长反复叮嘱，要好好做工作，要对孩子现在的父母说清楚，孩子还是他们的孩子，只是为孩子的前途着想，才让她回城的。这样做，也是对她的亲生父亲的一个交代。他相信孩子现在的父母会通情达理的。他还亲自给村长写了一封信，代表整个城市，向大麦地人、向孩子现在的父母致敬。

村长又来到了青铜家，当面向青铜的爸爸、妈妈念了那封信。

爸爸不说话，妈妈就一个劲儿地哭。

村长问："你们说这怎么办？"

村长说："人家有道理。确实是为了葵花好。你们想，这孩子如果留在我们大麦地会怎么样？她去了城里又会怎么样？两种命呢！谁还不知道，这闺女走了，你们心里会有多难受吗？知道，都知道，人家也知道。这些年，又是灾来又是难，这闺女幸亏在你们家。要不然……哎！大麦地，哪一个也没有瞎了眼，都看得清清楚楚。你们一家子，把心扒了出来，给了这个死丫头！她奶奶在世的时候……"村长开始抹眼泪，"拿在手里怕碎了，含在嘴里怕化了，恨不能天天把她顶在头顶上……"

村长就坐在凳子上，没完没了地说着。

爸爸始终不说话。

妈妈始终就是落泪。

青铜和葵花一直没有出现。

村长问："两个孩子呢？"

妈妈说："也不知去哪儿了。"

村长说："躲起来也好。"

青铜和葵花真的躲起来了，是葵花执意要躲起来的。

他们这回没有躲到芦苇荡。妈妈说："芦苇荡里有毒蛇，不能久待。"

他们藏到了一条带篷子的大船上，然后就让这条大船漂流在大河上。

知道他们藏在这条大船上的，就只有一个人：嘎鱼。

嘎鱼是撑着放鸭的小船，路过大船时发现青铜和葵花的。嘎鱼说："你们放心，我不会说的。"

青铜和葵花都相信。

嘎鱼问:"要不要告诉一下你们爸爸妈妈?"

青铜点点头。

葵花说:"告诉他们我们藏起来了,但不要告诉他们我们藏在什么地方。"

"知道了。"嘎鱼撑着他的小船,赶着他的鸭群走了。

嘎鱼悄悄地告诉了青铜的妈妈,见青铜的妈妈一副担忧的样子,他说:"你们放心,有我呢!"

大麦地人,从老到小,一个个都变得很义气。

这之后,嘎鱼就在离大船不远不近的地方放着他的鸭。他告诉青铜和葵花:"你妈叫你们藏着别出来。"这不是青铜妈妈的意思,而是他嘎鱼自己的意思。

到了吃饭的时间,嘎鱼就会将青铜的妈妈烧好的饭菜,用一个篮子拎着,悄悄地放到他放鸭的船上,再悄悄地送到大船上。

城里人又来了,这回是坐县上那艘白轮船来的,有五六个人。一层一级的,陪着他们来的,又是五六个人。这回来的人当中,有两个人,大麦地人都认识,就是那年将葵花带到老槐树下的阿姨。她们老了许多,也胖了许多。见了村长,她们俩,紧紧抓住村长的手,想说什么的,但声音却一下哽咽住了,泪水也将眼睛模糊了。

村长将她们带到大河那边的干校看了看,两个人站在萋萋荒草间,不知为什么,哭了起来。

终于又谈起葵花回城的事。

村长说："正说着呢。孩子她爸爸妈妈，好像有点儿被我说动了。再慢慢说。你们一起来帮我说。就是感情太深了！"

两个阿姨想见见葵花。

村长说："听说你们要带她走，小丫头跟她哥哥一道，躲起来了。"他一笑，"两个小鬼，能往哪儿躲呀？"

两个阿姨说："要不要找一找？"

村长说："找过，没找到。"村长又说："没关系，就让他们先躲着吧。"

嘎鱼再见到青铜、葵花时，说："城里来人了，你们千万别露面啊。"

青铜和葵花点点头。

"没有事，你们就在船上待着。"嘎鱼说完，撑着他的小船，又去追赶他的鸭子去了，一路上，他不住地唤着他的鸭子：呷呷呷……

声音很大。

嘎鱼要让藏在船舱里的青铜和葵花知道，他就在他们附近待着呢……

4

村长带路，城里的两位阿姨来到了青铜家。

坐在凳子上的爸爸妈妈一见，愣了一下，随即站了起来。

爸爸妈妈比她们两位的岁数稍大一些。

两位叫道："大姐！大哥！"随即，伸出双手去，分别握住了青铜爸爸和妈妈的手。

几年不见，她们觉得青铜的爸爸、妈妈衰老了许多。望着青铜爸爸和妈妈枯涩、暗淡的脸色和已经显出佝偻的身体，两人心里不由得一阵发酸，紧紧抓住他们的手，半天不肯松开。

村长说："你们说话。我先走了。"村长便走了。

两个阿姨一个高一点儿，一个瘦一点儿，一个戴眼镜，一个不戴眼镜。戴眼镜的姓黄，不戴眼镜的姓何。

两人坐下后，黄阿姨说："这一走，就是几年。我们心里常想来这儿看看葵花，看看你们。但一想到你们一家子过得好好的，就不忍心打扰你们了。"

何阿姨说："孩子在这边的情况，我们都在不时打听着，都知道她在这里过得很好。我们几个都商量过，说谁也不要去大麦地。怕惊动了孩子，惊动了你们。"

话题慢慢转到了接葵花回城上。

妈妈眼睛里一直含着泪。

两个阿姨将城里的具体而周到的安排一一告诉了他们。在哪一所学校读书（城里最好的学校），在哪一家生活（就是在黄阿姨家，阿姨家有一个跟青铜差不多大小的女儿），在什么时间里回大麦地看望爸爸妈妈（寒暑假都在大麦地住），等等。一听，就知道人家城里是很费心的，并方方面面地考虑得很周全。

黄阿姨说："她永远是你们的女儿。"

何阿姨说："你们想她了，也可以去城里住。市长亲自通知了市委招待所，让他们随时接待你们。"

黄阿姨说："知道你们舍不得。放在我也舍不得。"

何阿姨说："孩子自己也肯定不愿意走的。"

妈妈哭出了声。

两个阿姨一边一个地搂着妈妈的肩，叫着："大姐，大姐……"她两个也哭了。

里里外外地站着不少大麦地人。

黄阿姨对他们说："不是为别的，也就是为了孩子好。"

大麦地人，已经不像前些时候坚持拦着葵花不让进城了。他们在慢慢地领会城里人的心意与心思。

两个阿姨当晚就在青铜家住下了。

第二天，村长来了，问："怎么样？"

黄阿姨说："大姐答应了。"

村长问："都答应了？"

304

何阿姨说："大哥也答应了。"

村长说："好，好，好啊。这是为孩子好。我们大麦地，是个穷地方。我们有点儿对不住这闺女呢。"

黄阿姨："她要是个懂事的闺女，一辈子也不会忘记大麦地的恩情的。"

村长说："你们不知道这闺女有多懂事。这闺女太让人喜欢了。她一走，剜的是他们两个心头肉呢。"他指了指青铜的爸爸和妈妈。

黄阿姨、何阿姨不住地点头。

"还有那个哑巴哥哥……"村长揉了揉发酸的鼻子，"葵花一走，这孩子会疯了的……"

妈妈失声大哭起来。

村长说："哭什么哭什么！又不是不回来了。到哪儿，都是你的闺女。快别哭了。我们可说好了，孩子上路时，你可不能哭。你想想呀，孩子日后有了个好前程，应该高兴啊！"他用一只指头擦着眼角。

妈妈点点头。

村长给了青铜爸爸一支烟，并给他点着。村长抽了一大口烟，问："什么时候让孩子上路？"

两个阿姨说："不着急。"

村长问："那轮船就停在那儿？"

黄阿姨说："你们县长与我们市长说好了的，不管多少天，这轮船也得在这儿等。"

村长说："那就快把孩子叫回来吧，好好待上几天。"

妈妈说："我也不知道他们去哪儿了。"

村长说："我知道。"

村长早看到水上有条大船在漂流了。

5

村长驾了一条船，将青铜的妈妈送到了那条大船上。

妈妈叫道："葵花!"

没有人答应。

妈妈又叫道："葵花!"

还是没有人答应。

"没有事，出来吧。"妈妈说。

青铜和葵花，这才打开船舱的门，露出两个脑袋来。

妈妈将青铜和葵花领回了家。

妈妈开始为葵花收拾东西了。该说的说，该做的做，妈妈不停地忙碌着。

两个孩子，经常站在一旁，或者坐在一旁，傻呆呆地看着。他们不再躲藏了，他们觉得躲藏已经没有什么意义了。

妈妈在为葵花收拾东西时，一直不说话。收拾着收拾着，她会突然地停住发愣。

大麦地人已经在心里承认了这个事实：不久，葵花就要走了。

妈妈从箱底取出了奶奶临死前给葵花留下的玉镯，看了看，想起了奶奶耳朵上那对耳环和手指上那只戒指，叹息道："她除了一身的衣服，什么也没有为自己留下。"她把玉镯用一块布仔细包好，放在了一只柳条编的小箱子里——那里面已装满了葵花的东西。

晚上，妈妈与葵花睡在一头。

妈妈说："想家了，就回来。人家说好了，只要你说一声要回来，人家就送你回来。到了那边，要好好念书。别总想着大麦地。大麦地也飞不掉，总在那儿的。也不要总惦记着我们，我们都挺好的。我们想你了，就会去看你。要高高兴兴地上路，你高兴，你爸爸、你哥哥和我，也就高兴。你要写信，我让你哥也给你写信。妈妈不在你身边了，从今以后，你要自己照顾好自己。黄阿姨、何阿姨都会对你好的。那年在老槐树下，我一见到她们，就觉得她们面也善心也善。要听她们的话。夜里睡觉，不要总把胳膊放在被子外面。晚上要自己洗脚了，不能总麻烦人家黄阿姨。再说了，你也不小了，该自己洗脚了，总不能让妈妈一辈子给你洗脚呀。走路不要总往天上看，城里有汽车，不是在乡下，乡下摔个跟头，最多啃一嘴泥。别再像跟你哥哥、跟翠环她们那样疯，要看看人家喜欢不喜欢疯……"

妈妈的话，像大麦地村前的河水一般，不住地流淌着。

在葵花离开大麦地之前的日子里，大麦地人经常看到，夜晚，有一只纸灯笼在田野上游动着，它一会儿在那片葵花田停下，一会儿在青铜奶奶的坟前停下。

村长来了。

村长问："让孩子上路吧？"

青铜的爸爸点点头。

妈妈有点儿担心地说："我就怕青铜到时不让她走。"

"不是已跟他说好了的吗?"

妈妈说："说是说好了的。可，你是知道的，这孩子和别的孩子不一样。他一旦倔起来，谁拿他也没办法。"

村长说："想个办法，把他支开一会儿吧。"

那天早上，妈妈对青铜说："你去外婆家取个鞋样儿回来，我想为葵花再做一双新鞋。"

青铜："现在就去?"

妈妈说："现在就去。"

青铜点点头，去了。

村长就赶紧对城里人说："上路吧，上路吧。"

一直停靠在村前公共码头上的白轮船就发动了起来，行驶到了青铜家的码头上。

在爸爸往轮船上拿葵花的东西时，葵花就一直抓着妈妈的手站在河边上。

几乎所有的大麦地人，都站到了河边上。

村长说："天不早了。"

妈妈轻轻地推了一下葵花，没想到葵花突然不肯走了，一把抱住了妈妈的腰，大声哭着："我不走! 我不走，我不走……"

在场的人，有许多将头扭了过去。

翠环、嘎鱼，许多孩子都哭了起来。

妈妈推着葵花。

村长看了看这情形，叹息了一声，跑过来，一把硬将葵花抱了起来，转身就往轮船上走。

葵花在村长的肩上挥舞着双手，叫着："妈妈！爸爸！"然后就一直叫着："哥哥——"

人群里却没有哥哥。

妈妈转过身去。

村长将葵花一直抱到轮船上，两位阿姨从他手中接过了葵花。

葵花一个劲儿要往岸上挣，两个阿姨就紧紧抱住她，并不住地说："葵花乖呀，葵花乖呀。葵花哪天想家了，阿姨一定陪着你回来。也可以让你哥哥和爸爸、妈妈进城来啊。这儿永远是你的家……"

葵花渐渐地安静了下来，但一直在啜泣。

村长说："开船吧！"

机器发动起来了，一股黑烟从船的尾巴上不住地吐出，吐到水面上。

葵花打开了那只柳条箱子，从里面取出了那只玉镯，走到船头，叫着："妈妈……"

妈妈便走到码头上。

葵花把玉镯交到妈妈的手上。

妈妈说："我给你保管着。"

"我哥呢?"

"我让他去你外婆家了。他要在，不会让你走的。"

葵花的眼泪纷纷滚落下来。

村长大声叫道："开船吧！开船吧！"

他用脚使劲蹬了一下船头，妈妈和葵花便分开了。

两个阿姨从船舱中走出来，一人拉了葵花一只手，与她一起站在船头上。

船掉了一个头，稍微停顿了一下，只见船尾翻滚着浪花，船往水中埋了一下屁股，便快速地离开了大麦地……

6

青铜惦记着葵花在家的时间已经不多了，去时，跑着，回时，也跑着。

回到大麦地时，他看见大河尽头，白轮船已只剩下鸽子大小的白点儿了。

他没有哭，也没有闹，他只是整天地发呆，并且喜欢独自一个人钻到一个什么角落里。不久，大麦地人发现，他从一早开始，就坐到了河边的一个大草垛的顶上。

这里，有的草垛堆得特别大，像一座山包，足有城里三层楼那么高。

大草垛旁有一棵白杨树。每天一早，青铜就顺着白杨树干爬到草垛顶上，然后面朝东坐着，一动也不动。

他可以看到大河最远的地方。

那天，白轮船就是在那里消失的。

起初，还有大人和孩子们来到草垛下看他。但一天一天过去之后，他们就不再来看他了。人们只是偶尔会抬起头来，看一眼大草垛顶。然后，或是对别人，或是对自己说一声："哑巴还坐在草垛顶上呢。"或者不说，只在心里说一声："哑巴还坐在草垛顶上呢。"

无论是刮风还是下雨，青铜都一整天坐在草垛顶上，有时，甚至是在夜晚，人们也能看到他坐在草垛顶上。

那天，大雨滂沱，四下里只见雨烟弥漫。

人们听到了青铜的妈妈呼唤青铜的声音。那声音里含着眼泪，在雨幕里穿行，震动得大麦地人心雨纷纷。

然而，青铜对妈妈的呼唤声置若罔闻。

他的头发，像草垛上的草一般，被雨水冲得顺顺溜溜的。头发贴在他的脸上，几乎遮去了他的双眼。当雨水不住地从额头上流泻下来时，他却一次又一次地睁开眼睛，朝大河尽头看着。他看到了雨，看到了茫茫的水。

雨停之后，人们都抬头去望草垛——

青铜依然坐在草垛顶上，但人好像缩小了一圈。

已到夏天，阳光十分炫目。

中午时，所有植物的叶子，或是耷拉了下来，或是卷了起来。牛走过村前的满是尘埃的土路时，发出噗噗的声音。鸭子藏到了树荫之下，扁嘴张开，胸脯起伏不平地喘着气。打谷场上，穿行的人因为阳光的烤灼，会加快步伐。

青铜却坐在大草垛的顶上。

一个老人说："这哑巴会被晒死的。"

妈妈就差跪下来求他了，但他却无动于衷。

谁都发现他瘦了，瘦成了猴。

阳光在他的眼前像旋涡一般旋转着。大河在沸腾，并冒着金色的热气。村庄、树木、风车、船与路上的行人，好像在梦幻里，虚虚实实，摇摇摆摆，又好像在一个通天的雨帘背后，形状不定。

汗珠从青铜的下巴落下，落在了干草中。

他的眼前，一会儿金，一会儿黑，一会儿红，一会儿五彩缤纷。

不久，他感觉到大草垛开始颤抖起来，并且越来越厉害地颤抖着，到了后来，就成了晃动，是船在波浪上的那种晃动。

不知是从什么时候开始的，他的身体转了一个个儿，不再眺望大河了，眼前是一片田野。田野在水里，天空也好像在水里。

青铜向前看去时，不由得一惊。他揉了揉被汗水弄疼了的眼睛，竟然看见葵花回来了！

葵花穿过似乎永远也穿不透的水帘，正向他的大草垛跑着。

但她没有声音—— 一个无声的但却是流动的世界。

他从草垛上摇摇晃晃地站了起来。

在水帘下往大草垛跑动的，分明就是葵花。

他忘记了是在高高的草垛顶上，迈开双腿向葵花跑去——

他无声无息地躺在地上。不知过了多久，他醒来了。他靠着草垛，慢慢地站起身来。他看到了葵花——她还在水帘下跑动着，并向他摇着手。

他张开嘴巴，用尽全身力气，大喊了一声："葵——花——"

泪水泉涌而出。

放鸭的嘎鱼，正巧路过这里，忽然听到了青铜的叫声，一下怔住了。

青铜又大叫了一声："葵——花——"

虽然吐词不清，但声音确实是从青铜的喉咙里发出的。

嘎鱼丢下他的鸭群，撒腿就往青铜家跑，一边跑，一边大声向大麦地的人宣布："青铜会说话啦！青铜会说话啦！……"

青铜正从大草垛下，往田野上狂跑。

当时阳光倾盆，一望无际的葵花田里，成千上万株葵花，花盘又大又圆，正齐刷刷地朝着正在空中滚动着的那轮金色的天体……